XAVIER MAUMÉJEAN

Né en 1963, diplômé en philosophie et science des religions, Xavier Mauméjean habite et enseigne dans le nord de la France, à Valenciennes. Il a obtenu le prix Gerardmer 2000 du roman fantastique pour son premier roman, *Les Mémoires de l'Homme-Éléphant*. Il a depuis publié *Gotham*, un thriller urbain, *La Ligue des Héros*, lauréat du prix Bob Morane/Imaginaire 2003 de la ville de Bruxelles, *L'Ère du dragon*, *La Vénus anatomique*, relecture du mythe de Frankenstein sur fond de cape et d'épée qui a obtenu le prix Rosny Ainé 2005. En quelques années, il s'est imposé comme l'un des chefs de file de la nouvelle génération d'auteurs français dans le domaine de l'imaginaire. Ses romans, nouvelles et pièces radiophoniques ont été récompensés et salués par une critique élogieuse. Xavier Mauméjean est également directeur de collection aux éditions Mango pour le département jeunesse.

CAR JE SUIS LÉGION

SCIENCE-FICTION

Collection dirigée par Bénédicte Lombardo

XAVIER MAUMÉJEAN

CAR JE SUIS LÉGION

MNÉMOS

Dessin de la tour de Babel (page 416) :
Isabelle Dumonteaux

ISBN : 978-2-266-16095-7

Lorsque Marduk m'eut donné mission
d'organiser mon peuple
et de faire prendre la bonne route à mon pays,
j'y installai le Droit et l'Ordre et ainsi apportai-je
la prospérité à mes sujets.

HAMMURABI, prologue au Code (V, 13-24)

Babylonienne, l'étoile qui a fait tomber la nuit.

W. B. YEATS

Prologue

– 585 av. J.-C.

1

Terqa pleurait en remplissant le sac de provisions. Elle se tenait derrière son fils unique, âgé de neuf ans, chair de sa chair. Terqa avait souffert une première fois quand on lui avait extirpé l'enfant de ses entrailles, mais elle s'était abandonnée à la douleur avec reconnaissance, comme le font toutes les filles d'Inanna. Les larmes et le sang répandus étaient des présents offerts à l'Étoile du Matin. Une dette, que les mères honoraient avec joie. La souffrance qu'elle ressentait aujourd'hui ne trouvait aucune justification. Avait-elle oublié un dieu dans ses prières, vexé un habitant de l'En-haut ? C'était possible, il y en avait tellement... Dans ce cas, Terqa nourrirait sa colère pour la faire éclater dans le royaume souterrain, le moment venu. Morte, prisonnière du Pays-sans-retour, elle n'aurait plus rien à craindre, ou si peu.

Elle luttait contre le désir de contempler le visage de l'enfant, résistait au besoin irrépressible d'emplir sa mémoire en prévision des années à venir. Terqa craignait de s'effondrer. Il ne devait pas la voir ainsi, bouleversée comme une vieille folle, incapable de contenir sa tristesse. Aussi concentrait-elle son regard sur la nuque du garçon, sur l'épaisse toison de boucles brunes qui tombaient en cascades sur ses épaules. Comme il semblait petit, et fragile. Lorsque la vision devint insoutenable, Terqa se tourna vers la fenêtre.

Les champs s'étendaient à perte de vue, terre ingrate et exigeante qui, lorsqu'elle n'était pas constamment irriguée et entretenue, leur permettait à peine de subsister. La nature est exclusive comme un nouveau-né, mais elle donne peu en retour. Aléas de la fécondité, présents variables des dieux. Son mari disait parfois qu'il valait mieux compter sur ses bras que sur l'aide des habitants de l'En-haut, et qu'il n'avait pas les moyens d'offrir d'autres sacrifices que sa sueur et celle des siens. Ce qui était déjà beaucoup. Pourtant ils avaient vécu heureux durant les dix années passées, luttant au jour le jour, en comptant tout de même sur les dieux pour le reste. Jusqu'à aujourd'hui. Le bonheur s'était éloigné au matin lorsque le *rakkabu* avait franchi le seuil. L'envoyé du Grand accusateur.

Il était sale et couvert de poussière. L'homme n'était pas vêtu de riches étoffes comme on aurait pu s'y attendre, mais d'une simple tenue de cavalier. Il ressemblait à un Qayinite, un de ces nomades pillards à la chevelure de feu qui portent sur le front la marque de leur ancêtre. Les Araméens prétendaient qu'ils descendaient du Premier assassin. L'émissaire avait écarté les pans de son manteau raidi par la crasse pour exposer sa broche. Un cercle d'or martelé à l'effigie des sept *Apkallu*, les demi-dieux à faces de poisson qui avaient apporté le savoir aux humains. L'emblème authentifiait sa mission.

— Je viens chercher ton fils.

Bol de lait, place près du feu, fourrage pour sa monture, Terqa avait multiplié les offres, en espérant retarder son départ. Sans succès. Le *rakkabu* devait poursuivre vers l'intérieur des terres, à la recherche d'autres enfants. Il laissait au père le soin de conduire le garçon jusqu'à la capitale.

— Dis à ton mari qu'il se mette en route sans tarder. La cérémonie aura lieu après-demain.

Puis il était parti, après avoir brisé leur vie. À tout jamais.

Lorsque le père était entré dans la cuisine, il avait trouvé son épouse en pleurs. En voyant ses larmes inutiles tombant à terre, le colosse comprit immédiatement et sentit son cœur devenir sec, comme le sol stérile qu'il s'échinait à labourer. Il posa ses outils contre le mur, pâlit et se reprit.

— Allons, femme, sèche tes larmes. C'est un honneur pour notre famille.

Un honneur, en effet. Il fallait s'en persuader, puisque c'était inévitable. Son garçon devait partir, probablement pour toujours.

Terqa refoula son chagrin et emballa les vivres dans un linge propre, se souvenant de cette fatidique après-midi de printemps au ciel chargé d'orage, quand tout avait commencé. Une année plus tôt, presque jour pour jour, le voyageur s'était arrêté à la ferme. Grand, mince, crâne entièrement rasé, visage couturé de cicatrices, il inspirait crainte et respect. Bien qu'il portât les vêtements d'un homme du peuple, d'un artisan itinérant ou d'un voyageur de commerce, il ressemblait à un aristocrate soucieux d'être discret. Cela arrivait parfois, lorsque le palais envoyait des observateurs à travers le pays. L'étranger avait réclamé à boire. Terqa lui avait tendu une cruche d'eau et offert quelques galettes de seigle, comme le veut la tradition. Tout en mangeant, il observait l'enfant qui jouait près de la fosse à bitume. La mère ne le quittait pas des yeux. Son fils manipulait des figurines en terre cuite et mimait une dispute entre un homme et une femme.

« À cause de ta paresse, j'ai perdu toute ma récolte, mauvais paysan.

— Tais-toi donc, effrontée, ce n'est pas ma faute si le fleuve est en crue.

— Je n'ai plus rien, tu dois me rembourser !

— N'y compte pas, et passe ton chemin. »

Le voyageur avait délaissé son repas pour s'accroupir près de l'enfant. Il semblait curieusement intéressé par la saynète.

— Dis-moi, mon garçon, quel est ton nom ?

Sa mère avait répondu pour lui :

— Il se nomme Sarban.

— Il n'a rien à craindre, femme, fit l'inconnu au visage strié de balafres.

Puis il se tourna vers l'enfant :

— Sarban, puis-je me joindre à ton jeu ?

Le garçon s'était tourné vers sa mère. Elle lui avait donné son accord.

— Très bien, Sarban. Explique-moi ce qu'il se passe.

Sarban le lui dit en quelques mots. Anut, un cultivateur guère consciencieux, avait négligé de renforcer une digue. Or il lui incombait de réaliser ces travaux. Du moins en avait-il été convenu ainsi, en paroles mais pas par écrit. Sous l'effet des fortes pluies, les eaux du fleuve avaient percé une brèche et inondé les champs voisins. Ceux d'Itnit, la femme qui exigeait réparation. Le laboureur refusait d'assumer sa responsabilité.

L'étranger avait suivi l'exposé de l'enfant avec la plus grande attention.

— Je vois. Prête-moi donc l'une de tes poupées. L'homme par exemple. Il s'appelle Anut, n'est-ce pas ?

Le garçon avait souri.

— Oui, et il a mauvais caractère.

Le voyageur s'était raclé la gorge tout en agitant le pantin. Puis, feignant la colère, il avait déclamé d'une voix grave :

— Je ne te laisserai pas m'extorquer mon bien en tirant avantage du hasard, Itnit.

Le jeune Sarban s'était pris immédiatement au jeu :

— C'est trop facile, un bon laboureur prévoit ce genre de choses.

— Quoi, une inondation ? Dans ce cas, il deviendrait fort riche en n'étant surpris par rien.

— Il n'est pas question de tout anticiper, mais de réduire les risques.

— Et comment cela ? en attendant la bouche grande ouverte que le fleuve vienne y déverser son trop-plein ? Si j'étais capable d'avaler ses eaux, j'aurais la panse rebondie et plus jamais faim. On ne m'appellerait pas Anut, mais Ninurta.

L'étranger faisait référence au dieu des puits et des canaux. L'enfant avait pris le temps de mesurer sa réponse :

— Ne cite pas en vain le nom des dieux, Anut. Je te dis simplement qu'il est en ton pouvoir de prévoir. Tu as déjà connu les grandes crues. Il te suffit de te tourner vers ton passé et d'en tirer la leçon. Cela te permettra de faire face à l'avenir.

Sarban avait souri pour aussitôt ajouter :

— Et si tu as trop bu, d'eau ou d'autre chose, rien ne t'empêche de pisser. À condition que ce ne soit pas sur mes champs !

L'inconnu était demeuré un instant immobile, avant d'éclater de rire :

— Excellent, c'est vraiment remarquable ! Décidément, jeune Sarban, tu as réponse à tout.

Le voyageur était redevenu subitement grave :

— Il est bien trop intelligent pour un fils de paysan, fit-il en se tournant vers la mère. Je dois partir, mais bientôt tu entendras parler de moi.

Et il avait tenu parole.

Lors de sa tournée, le fermier général était venu les voir pour leur faire lecture de l'avis. Dans un an, à compter du passage de l'étranger, ils remettraient leur fils à l'envoyé qui se ferait connaître par sa broche. Un bijou représentant les Sept Sages. La mère avait manqué de s'évanouir. Son mari avait réclamé qu'on lui montrât le message. Le fermier général connaissait bien la famille et semblait mal à l'aise. Il leur avait tendu la tablette. Elle portait la marque du Grand accusateur. Dagan ne savait pas lire, mais en tant que vétéran des campagnes de Nabuchodonosor, il avait reconnu le sceau de Zod. Zod, le général qui avait mené les armées du Roi des rois jusqu'au Nil, Zod qui aujourd'hui incarnait la loi.

L'homme au visage couvert de cicatrices.

* * *

— Dépêche-toi de finir, ton père t'attend.

Tandis que Sarban terminait sa bolée de fèves, Terqa rassemblait les affaires du garçon. Elle avait dissimulé dans l'ourlet du manteau un charme de protection qui devait garder son fils, au moins jusqu'à la ville. Ce qui adviendrait par la suite ne la concernait plus, mais elle continuerait de prier. De toutes ses forces pour que ses demandes montent droit au ciel. Car les mots glissent sur la plaine et ne peuvent prendre de la hauteur. C'est pourquoi les prières retombent.

— Je n'ai plus faim.

— Dans ce cas, va à la charrette.

— Avant, est-ce que je pourrai dire au revoir à Natuf ?

— Il est enfermé dans l'atelier. Tu peux le libérer.

Sa mère l'attira vers elle et le pressa contre sa jupe. Puis, à contrecœur, elle le laissa filer.

Sarban quitta la salle principale, contourna le four de potier et pénétra dans la pièce du fond. Natuf s'abritait derrière une meule. Lorsqu'il entendit la voix de son jeune maître, le chien quitta sa cachette et vint fourrer son museau blanchi dans la tunique de l'enfant. D'une voix douce, Sarban lui prodigua des paroles de réconfort et le pria de veiller sur ses parents. Puis il gagna la cour centrale.

— Allons, grimpe !

Le garçon jeta le ballot de vêtements à l'arrière de la charrette et rejoignit son père. Ils se mirent en route, sous le ciel plombé, escorté par Natuf jusqu'au bout du chemin poudreux. Sarban se retourna plusieurs fois mais ne vit pas sa mère.

2

La première partie du voyage se déroula en silence. Sarban avait hérité de son père une certaine réserve, une tendance à ne pas user de mots lorsqu'on pouvait s'en passer. Aussi observa-t-il le paysage durant le trajet, les mornes étendues rouges battues par les vents. Parfois, Dagan pointait du doigt le vol de l'aigle ou la course de la gazelle. Il avait de la nature une connaissance remarquable, qui s'étendait bien au-delà des contrées traversées. Avant d'être fermier, cet homme doux, à la stature imposante, avait servi dans les armées du Grand Roi. Non pas dans un poste frontière à repousser quelques brigands, mais en qualité de soldat, dans de vraies guerres. À l'âge de douze ans, Dagan dépassait d'une tête la plupart des ouvriers agricoles. Il n'avait donc pas tardé à être recruté. Dagan avait pris part au siège de Tyr, qui s'était conclu au bout de treize années par la reddition de Pharaon. Pharaon, le roi qui tire sa force du faucon solaire, *Khenty-irty*, Celui qui voit. En désespoir de cause, voyant qu'Horus planait, indifférent, au-dessus de sa tête, le souverain d'Égypte s'était tourné vers Seth, le dieu serpent. Pharaon était disposé à tout pour contrer Babylone, y compris à pactiser avec les puissances souterraines. Lors de l'assaut final, il avait pris la tête d'une armée de morts. Sans effet, car Tyr était tombée. Nabuchodonosor avait alors dédié sa victoire à l'*Ubsukkinakku*, l'assemblée des dieux protecteurs qui veillaient sur lui depuis les cieux.

Cela aurait pu suffire dans une vie de soldat, mais le père de Sarban avait aussi participé à la prise de Jérusalem. Il était présent lors de la destruction du Temple, et de la déportation du peuple araméen. Les Juifs croyaient en un dieu unique, jaloux, puissant, mais terriblement isolé, et c'était peut-être là leur faiblesse. Dagan avait admiré leur courage, car il fallait être bien valeureux pour combattre avec un seul seigneur pour allié. Oui, Dagan aurait pu témoigner de bien des hauts faits, mais il préférait garder bouche close. Lorsqu'on le pressait de conter ses exploits, ce qui n'arrivait jamais dans sa propre maison, il crachait un proverbe : « En temps de paix, les fils enterrent leur père. En temps de guerre, le père enterre ses fils. » Sarban respectait son silence. Il tenait de sa mère suffisamment d'imagination pour reconstituer les batailles.

Quand vint le soir, Dagan décida de faire halte dans une auberge, un de ces établissements comme il s'en trouve partout dans le pays. C'était la première fois que Sarban pénétrait dans un tel lieu. Jusqu'à ce jour, son univers s'était limité à la cour de la ferme et aux champs parfaitement plats qui s'étendaient au-delà des murs de briques cuites. L'hôtelière les accueillit sur le seuil. Avant d'accepter le sac d'orge en guise de paiement, la grosse femme à l'air réjoui, au visage ridé comme une figue, précisa qu'il n'y avait aucune chambre de libre :

— Tout le monde se presse vers la capitale pour les fêtes de la nouvelle année, et vous ne trouverez rien dans la région qui n'affiche complet. Mais je peux te proposer la paille de l'étable et un bon repas.

Dagan paya sans mot dire. Ils pénétrèrent dans la grande salle et s'assirent sur un banc, à la table de marchands qui jouaient aux dés. L'atmosphère de l'établissement était saturée de cris et de rires, de chants grivois repris à tue-tête par des commerçants enjoués et des femmes aux paupières lourdement fardées, vêtues de couleurs chatoyantes. Des *kezertu*, une certaine catégorie de prostituées reconnaissables à leur coiffure. L'une d'elles, fixant le père de Sarban, apprécia ses traits fins et sa musculature. Elle tira son peigne et libéra sa chevelure parfumée. Un service, fourni par l'auberge, au même titre que le pain et la couche. Les établissements de ce type pouvaient satisfaire de nombreux appétits. Le colosse sourit et repoussa l'invite. Une fille de salle qui ne devait guère avoir plus d'une douzaine d'années posa devant eux un plat de ragoût fumant et deux gobelets de bière légère. Sarban se régala de viande cuite à l'orge tout en observant ses voisins de table. Chacun leur tour, ils lançaient les dés sur un plateau recouvert d'une mosaïque de coquillages et de lapis-lazuli. Puis ils plaçaient sur des cases un nombre de pions correspondant au coup tiré. Le garçon comprit qu'il s'agissait d'un jeu d'obstruction où chaque participant devait bloquer l'adversaire. L'un des marchands, un homme à la peau lisse comme celle d'un nourrisson et aux doigts surchargés de bagues, engagea la conversation :

— Dis-moi, fermier, ton fils semble intéressé. Peut-être aimerait-il te voir engager un sicle d'argent sur une partie ?

D'un revers de la main, Dagan essuya la mousse qui maculait sa barbe et ne répondit pas.

— Ne souhaites-tu pas augmenter ton bien, et rapporter de la capitale une belle robe à ta femme ?

Les colporteurs éclatèrent de rire. Le géant ne releva pas la moquerie. Il aurait pu renverser la table et broyer les crânes des joueurs comme on écrase des coquilles d'œufs. Au lieu de quoi, il tira de sa besace la tablette d'argile frappée du sceau de Zod et la déposa sur le plateau de jeu. À sa vue, les marchands pâlirent, bafouillèrent des excuses et quittèrent la table. Lorsqu'ils eurent terminé leur dîner, Dagan et son fils se dirigèrent vers la grange. L'hôtelière les rattrapa en chemin.

— Attends, l'ami, on t'a libéré une chambre. Un vendeur itinérant, qui t'a laissé la sienne. Je ne sais pas ce que tu as fait pour le convaincre, mais il a insisté. Tant mieux pour ton garçon, car il tombe de sommeil.

Le fermier examina la tablette avant de la remettre dans son sac.

— Au moins nous aura-t-elle servi à quelque chose.

3

Le lendemain, dès l'aube, ils reprirent leur route, parfaitement reposés. Dagan pas plus que son fils n'avaient fait de rêves prémonitoires, aucun indice annonciateur de ce qui les attendait.

À mesure qu'ils se rapprochaient de la capitale, les plaines d'argile sèche laissaient place à des champs d'orge, de seigle et de blé parfaitement levés, ondulant sous la brise. Même le vent semblait plus clément, comme si Ziquiqû, dieu des songes et de l'air, souhaitait tout de même les guider. Ils longèrent de vastes étendues d'herbe grasse où paissaient des troupeaux de moutons, et des pâturages où de magnifiques taureaux semblaient vaquer en toute liberté.

Sarban considéra les bêtes puissantes qui lui rappelaient le taureau céleste vaincu par Gilgamesh, le mythique roi d'Uruk. Tous les habitants du pays d'Entre-deux-fleuves connaissaient ses exploits. Inanna la déesse, reine du ciel et de l'amour, s'était éprise du souverain, de sa force physique et de son courage, jusqu'à vouloir en faire son époux. Gilgamesh avait repoussé ses faveurs. Comment un simple mortel pouvait-il rejeter l'offre de l'Étoile du Matin ? Puisque son hymen demeurait intact, le sang coulerait d'ailleurs.

Ivre de rage, échevelée, Inanna s'était présentée devant l'assemblée des dieux, en exigeant qu'ils lâchent la bête aux naseaux furieux. Renversant les tréteaux, éventrant les charrettes, semant la terreur sur son passage, le taureau nimbé d'or avait brisé de ses sabots des milliers de crânes. Jusqu'à ce que Gilgamesh et son compagnon Enkidu l'arrêtent. Depuis les dieux se méfiaient des hommes.

Orge, blé, troupeaux, Sarban n'avait jamais rien vu de pareil. Y avait-il suffisamment de bouches pour venir à bout de toute cette nourriture, ou était-elle destinée aux dieux ? Si c'était le cas, les hommes avaient bien besoin d'un nouveau champion, car les habitants de l'En-haut s'avéraient souvent égoïstes. Certes, ils protégeaient les hommes, mais demandaient beaucoup en retour. Parfois même, ils se laissaient aller à des plaisanteries cruelles, comme le font les enfants qui ne songent qu'à s'amuser, en oubliant leur intérêt. Sarban avait ainsi vu son père serrer les poings après le passage des sauterelles. Elles s'étaient abattues sur les champs pour le seul plaisir de Pazuzu, seigneur des nuées. Le démon avait préféré rire que de se remplir la panse, obligeant les paysans à le suivre dans son jeûne. Le bruissement des sauterelles résonnait encore aux oreilles du garçon.

Sarban fut tiré de sa rêverie. Son père, qui souhaitait profiter de ces dernières heures passées ensemble, s'avéra plus loquace qu'à l'accoutumée. Il lui détailla le système d'irrigation qui abreuvait les cultures, le vaste réseau de canaux qui alimentaient continuellement la terre et la transformaient en glèbe fertile. Planté sur la berge, un inspecteur du service des eaux veillait à chaque point de dérivation. Le *sêkiru* surveillait le débit, vérifiait les déchargeoirs, s'assurait sans faillir du niveau des eaux. La terre du pays d'Entre-deux-fleuves, limoneuse et féconde, était généreuse envers qui savait l'entretenir. Dès son accession au trône, le Roi des rois avait entrepris une vaste réforme agraire et mené en personne les travaux d'aménagement des sols comme on conduit une bataille. Il avait fait construire des canaux d'alimentation permettant de multiplier les courants d'eau, et obtenu de ses ingénieurs qu'ils mettent au point des machines de puisage, balanciers et roues élévatrices qui tiraient l'eau des nappes souterraines. Ainsi les sols cultivables situés aux alentours de la capitale étaient-ils constamment irrigués. Mais le village de Dagan se trouvait loin à l'intérieur des terres, et ne ressentait pas encore les effets des grands travaux. Le garçon s'émerveilla des richesses concentrées autour de la cité dont il ne distinguait pas encore les murs.

La charrette tirée par l'âne quitta les chemins sinueux pour s'engager sur la voie claire, pavée de briques. Ils roulèrent pendant des heures et parvinrent aux premières tours. Les *ziggurats*, plantées dans la campagne à distance les unes des autres, s'élevaient en vrille jusqu'à percer le ciel. Rien de ce que Sarban connaissait auparavant n'égalait ces constructions en majesté et en puissance. Splendides, avec leur surface colorée et sertie de cornaline, elles semblaient cependant terribles, comme si les bâtisseurs avaient tenté de parler aux puissances de l'En-haut dans leur propre langage.

— Comme ces tours sont belles, père, et tellement hautes ! Les dieux doivent être sensibles à ces présents.

Dagan tira sur les rênes.

— Comment savoir ?

— Mais elles sont si imposantes !

— Passe-moi donc les provisions. Cet endroit en vaut bien un autre pour déjeuner.

Sarban, interloqué, lui présenta le sac. Son père en extirpa des galettes et de la viande de chèvre séchée. Il répartit la nourriture et se mit à manger, en évitant de regarder les tours.

— Il ne peut y avoir plus sincère hommage de la part des hommes. N'est-ce pas aussi ce que vous pensez, père ?

Dagan éleva la gourde au-dessus de sa tête et but l'eau à longs traits. Puis il tendit l'outre à son fils.

— Mon garçon, lorsque tu seras en ville, tu découvriras une nation qui vit en exil sur nos terres. On les nomme Araméens. Un peuple ingénieux et sage. Courageux aussi, je les ai combattus dans leur capitale. Ils prétendent que les tours sont une démonstration d'orgueil, et qu'un jour elles agaceront leur dieu.

Sarban ne comprenait pas. Quelle divinité pourrait s'offusquer d'une telle offrande, elle dépassait en splendeur n'importe quel sacrifice !

— N'est-ce pas plutôt une marque de respect ?

— Peut-être. Mais les dieux sont nombreux, et leurs opinions diffèrent. Bien souvent, ils sont en désaccord. L'un d'eux pourrait tirer ombrage de nos actions. Je ne suis pas savant en ces matières, le plus simple est que tu découvres tout cela par toi-même. Allons, reprenons la route, il nous reste bien du chemin à parcourir avant d'arriver en ville.

4

La voie royale conduisant à la capitale était à ce point large que trois chars de combat pouvaient y rouler de front. Simple chemin de terre à l'origine, elle avait été aménagée par les monarques successifs pour permettre aux armées de rejoindre rapidement la cité, en cas d'attaque. Mais aujourd'hui elle était encombrée sur le dernier tiers de sa longueur par des colonnes de pèlerins et de marchands, de soldats et de fêtards.

Sarban et son père se trouvaient immobilisés derrière un énorme chariot débordant de marmites en cuivre et de vases à la panse ornée de motifs orgiaques. Les occupants du véhicule semblaient mettre un point d'honneur à reconstituer les scènes peintes sur les jarres. Buvant à la régalade du vin de datte qui n'était même pas coupé d'eau, ils se caressaient mutuellement, sans fausse pudeur. Tous étaient des hommes, mais certains portaient des vêtements féminins. Sarban ne pouvait détourner les yeux du spectacle.

— Observe bien, mon fils, et apprends.

— Qui sont ces gens ?

— Des prostitués, il me semble. À cette époque de

l'année, ils se regroupent aux portes des remparts intérieurs et négocient leurs charmes. Ils peuvent se faire beaucoup d'argent.

— Tu te trompes, paysan. Nous sommes des appâts.

L'homme qui se tenait debout sur le plateau du chariot était soigneusement fardé, joues poudrées de jaune d'ocre, cils alourdis de khôl. Il portait une robe à la mode *ischâli*, fendue sur le côté, qui découvrait ses longues jambes, lisses comme celles d'une courtisane. Satisfait de son effet, il reprit la parole :

— Puisque tu veux faire l'éducation de ton fils, ne lui encombre pas l'esprit de fausses idées. Sache que tu contemples de véritables *asusunamir*, des « Plaisants à voir ».

Dagan sourit. La suffisance de l'homme l'amusait.

— Et qu'est-ce qui nous rend votre vision si agréable ?

L'inverti feignit l'indignation et désigna ses partenaires :

— Mais notre grâce, bien sûr. Aurais-tu la mémoire courte, fermier, faut-il que je te la rafraîchisse ?

Tout mouvement étant impossible, on ne pouvait faire autrement que l'écouter. Dagan engagea la conversation :

— Je t'en prie, instruis-nous donc.

D'un geste affecté, l'homme repoussa un compagnon trop entreprenant, puis s'assit sur le plat-bord du chariot.

— C'est un de nos semblables qui a tiré la déesse Inanna des cavernes de l'Enfer. Maquillé et vêtu comme elle, il a charmé Nedu, le gardien du royaume des Morts. Celui-ci l'a aidé à franchir les sept portes qui mènent à *Ganzir*, la capitale souterraine. Là, notre frère travesti a longtemps erré dans les avenues de la cité. Trompés par son apparence, les morts suppliaient Inanna de leur venir en aide. Il a pleuré sur leur sort, et bien plus encore en découvrant la déesse, pendue à un crochet de boucher.

— Inanna était morte ? s'écria Sarban horrifié.

— Non, petit, sèche tes larmes, répondit l'inverti en lui caressant la joue d'un voile. La Dame du Ciel ne peut périr, mais elle était torturée par Ereskigal, reine de l'En-bas, soumise aux pires tourments par sa propre sœur, qui était jalouse de sa beauté.

— C'est injuste ! s'indigna Sarban en tournant la tête vers son père.

Celui-ci ne dit mot. Il savait par expérience combien les décisions des dieux pouvaient être arbitraires.

— Tu ne crois pas si bien dire, répondit *l'asusunamir*. Ereskigal avait pesé de toute son influence sur la cour des *Anunnaki*, les sept juges infernaux qui font la loi au Pays-sans-retour. Par la menace, et contre leur avis, elle avait obtenu que sa sœur ne puisse quitter *Ganzir*. Et, tant qu'Inanna, déesse de la Fertilité, demeurerait captive, les hommes ne pourraient procréer. Alors, pour sauver le peuple, ce peuple qui n'a trop souvent que mépris pour les efféminés, notre frère a pris la place d'Inanna. Sans lui, l'Étoile du Matin serait encore prisonnière, et notre race aurait cessé d'exister. En regard de ce service, que crois-tu que les gens de mon espèce ont eu pour récompense ? Uniquement la malédiction de la souveraine infernale !

D'une voix triste et mélodieuse, le prostitué déclama un chant :

— *Pour ce que tu as fait,* asusunamir, *tu seras maudit !*

Tu n'auras pour nourriture que la boue et pour boisson ce qui coule dans les caniveaux !

Tu demeureras dans les renfoncements des remparts /

Ivrognes et soiffards pourront te violenter.

Nous n'en continuons pas moins de tenir notre rôle.

— C'est-à-dire ? demanda Dagan qui ressentait une certaine estime pour le prostitué.

Certes, il portait de riches atours, et sa peau était souple, adoucie par les onguents. Mais il vivait de son corps, le cassait à la peine, en le soumettant à des labours qui auraient effrayé plus d'un paysan.

— Décidément, tu ignores tout ! Pour inaugurer la nouvelle année et favoriser la fertilité des sols et des ventres, le roi va s'accoupler à l'incarnation d'Inanna. Afin de ne pas éveiller la jalousie d'Ereskigal, qui règne sur le Pays-sans-retour, nous danserons pour elle, habillés en femmes. Ainsi, la souveraine de l'Enfer ne perturbera pas la cérémonie.

— Je croyais que le rituel de fertilité n'avait plus cours et que l'on se contentait d'unir deux statues.

— Mais de quel trou sors-tu ? Le roi l'a rétabli, et il a eu bien raison car, à ce qu'on prétend, l'actuelle prêtresse est une jeunesse plutôt ardente.

Le travesti gloussa en roulant du bassin.

— Je vois. Sais-tu quand nous parviendrons au péage de la Grande Porte ?

— Aucune idée. Nous sommes pratiquement immobilisés. Allons, ne sois pas pressé, et goûte à notre vin.

Dagan refusa la proposition et dépêcha son fils en éclaireur.

Le garçon sauta à bas de la charrette et longea la colonne. Des milliers d'hommes, de femmes et d'enfants se rendaient à la capitale. Des sujets du Grand Roi, bien sûr, provenant de toutes les provinces du pays d'Entre-deux-fleuves, mais aussi des étrangers.

Sarban dépassa un groupe de chameaux montés par des marchands libanais venus négocier leurs épices au prix fort, s'arrêta un instant pour écouter la musique envoûtante des habitants de l'Indus, des hommes saints décharnés, au visage dévoré par la barbe, qui pinçaient les cordes d'improbables instruments, contourna prudemment un mercenaire cimmérien et tomba en arrêt devant deux voyageurs aux cheveux couleur de paille et à la peau affreusement blanche. Des Grecs, lui précisa-t-on. Ils faisaient peine à voir, on aurait dit des cadavres. Tous attendaient d'entrer dans Babylone.

Babilim, la Porte des dieux, comme un fruit velouté et gorgé de suc prêt à rassasier le monde, affirmait-on des rives du Tigre aux déserts de Syrie. Une danseuse au corps de reine et à la matrice viciée, prétendait-on ailleurs. Dans tous les cas, la marque du Grand Roi sur l'empire, et l'affirmation de sa puissance clamée à la face des nations. La capitale aux cent soixante-dix-neuf palais, résidence favorite des dieux lorsqu'ils descendaient sur terre, s'étendait sur plus de neuf cents hectares. Elle était délimitée par une double enceinte de murailles hautes d'une trentaine de mètres, contenant une population de cinq cent mille habitants, grossie par les personnels d'ambassade et par des marchands et touristes qui affluaient chaque année. Les fortifications extérieures étaient composées d'un double mur de briques, crues et cuites. L'ensemble faisait dix-sept mètres d'épaisseur et s'étendait sur dix-sept kilomètres. Les remparts intérieurs, longs de sept kilomètres et flanqués de tours, étaient suffisamment larges pour qu'on puisse y circuler, comme sur une route. Ils étaient percés de huit portes conduisant au centre de la ville. Entre deux, le long des rives de l'Euphrate, s'étendaient les terres cultivables et les palmeraies, ainsi que les fameux Jardins Suspendus, orgueil de la cité. Le souverain aimait à s'y promener en compagnie de son épouse, la reine Amytis, et de ses courtisans. Il quittait alors son palais et oubliait pour un temps les affaires du royaume. Pour un temps seulement, car chaque jour des centaines de quémandeurs se pressaient dans la grande salle bleue aux murs couverts de bas-reliefs pour réclamer audience. Gouverneurs de province attendant d'être rassurés, paysans qu'un différend opposait, banquiers, agents de change, généraux ou prostituées, tous s'en remettaient à sa décision. Comptant sur une administration efficace, le Roi des rois déléguait une grande partie de son pouvoir, mais il lui incombait d'assumer en personne certaines tâches.

Comme présider aujourd'hui au rituel du Renouveau.

Pressés le long des renforts extérieurs, les sujets venus participer à la cérémonie commençaient à s'impatienter. Tous espéraient se trouver à l'intérieur des murs pour assister à la procession. Un spectacle à ne pas manquer, assura une grosse femme indisposée par la chaleur, sans parler du festin qui conclurait les fêtes. Sarban finit par distinguer le point de péage, signe que la colonne avançait. Il remonta le convoi et rejoignit son père.

5

La porte d'airain réfléchissait les rayons du soleil comme un bouclier. Les archers, postés de part et d'autre des vantaux, cuisaient depuis des heures. L'un d'eux, le chef probablement, fit signe à Dagan d'avancer. Le soldat portait une cuirasse égyptienne, faite d'épaisseurs de lin macéré dans du vin salé. L'homme semblait harassé et guère à sa place. Nul doute qu'il aurait préféré se trouver ailleurs qu'au poste de péage, à traquer les nomades dans la plaine ou à chasser le lion. Il était guerrier, et non garde-barrière.

— Tu dois t'acquitter du droit de passage. Vingt litres d'orge, fit l'archer à Dagan.

Une lourde somme. Le père de Sarban tira la tablette frappée du sceau de Zod.

— Ainsi donc, tu rentreras chez toi sans ton fils ? C'est bon, jc ne saurais t'en réclamer davantage.

Le soldat leur indiqua le chemin. Il fallait continuer tout droit à travers la plaine jusqu'aux murs intérieurs. Puis, sans quitter la voie, poursuivre jusqu'à l'avenue d'Inanna-Ishtar.

— Tu devras attendre la fin de la procession. Prends ton mal en patience, quoique je ne pense pas que vous soyez pressés d'arriver. Et méfiez-vous de la foule, elle est surexcitée.

— Pourquoi ?

L'archer se tourna vers Sarban.

— Les gens en sont à leur cinquième jour de jeûne, mon garçon. Et ils s'apprêtent à humilier le roi.

Puis, coupant court aux questions de l'enfant, le garde regagna son poste.

* * *

L'espace contenu entre les murs d'enceinte semblait abandonné, comme un jardin des plaisirs où l'homme n'aurait plus sa place. Les dieux étaient prompts à se mettre en colère, et un rien pouvait les irriter. Si l'on en croyait les prêtres, la race humaine avait déjà subi plusieurs fois leur courroux. Aux premiers âges, les hommes s'étaient multipliés et répandus à travers les terres, provoquant du bruit. Comme elle ne supportait plus le vacarme, l'assemblée de l'En-haut avait provoqué le déluge. Seul un groupe d'élus, dirigé par le sage Atra-Hasîs, avait survécu en se réfugiant dans une arche. Plus tard, Adad, dieu de l'orage qui avait fait grossir les flots, s'était plaint à Atra-Hasîs du peu d'enthousiasme que manifestaient les siens pour lui rendre grâce. Adad avait alors tari les pluies qui rendent les champs fertiles. Convaincu que les hommes ne survivraient pas à une seconde plaie, le patriarche s'était tourné vers les siens, exigeant qu'ils suspendent momentanément leurs rites, à l'exception du culte d'Adad. La sécheresse avait pris fin, mais les dieux surveillaient depuis la caste des laboureurs d'un œil jaloux, et ils exigeaient tous les jours davantage.

Dagan et son fils traversèrent les riches palmeraies totalement désertes et passèrent devant des bâtiments vides. Ici et là gisaient des cadavres d'animaux, percés de flèches. Sarban était stupéfait. Comment pouvait-on tuer des bêtes si ce n'est pour se défendre, ou pour manger ? Or il n'y avait là que des chiens et d'autres animaux familiers, rien qui justifiât un tel massacre. Ne pouvant garder plus longtemps le silence, l'enfant interrogea son père :

— Pourquoi les avoir exécutés ?

Dagan prenait soin de regarder tout droit, comme s'il répugnait à observer le résultat de la tuerie. Il finit tout de même par répondre :

— Parce qu'ils étaient infirmes ou gravement malades et ne devaient donc pas connaître la nouvelle année.

— Heureusement qu'on ne fait pas la même chose aux gens !

Le père de Sarban devint sombre :

— Crois-moi, les dieux ne se sont pas gênés. Avant de façonner la race humaine, ils ont commis bien des ratages. Toutes les tentatives avortées ont été effacées, mais il en reste des traces, dans les profondeurs de la terre.

Le garçon ouvrit grand la bouche :

— Des monstres, sous nos pieds ?

— Oui, prisonniers de l'En-bas. Béni soit Marduk qui veille sur nous.

Sarban médita ces paroles. Mais sa curiosité était celle d'un enfant, qu'un rien éveille. Aussi reprit-il :

— Comment se fait-il qu'il n'y ait aucun préposé aux jardins, pas même un promeneur ?

— Tous sont dans la ville. Les citoyens s'apprêtent à fêter l'*Akîtu*, l'avènement de l'an nouveau. J'espère que notre souverain est prêt, mon fils.

Sarban mesurait l'importance de la célébration. Fils de laboureur, il estimait la valeur des rites pratiqués dès les premiers âges, quand les murs de Babylone n'étaient pas encore dressés. Prédire la pluie, encourager la fertilité, favoriser les moissons : de leur bon accomplissement dépendait la vie. En tant que vicaire de Marduk, le Roi des rois veillait sur chaque être. L'homme, bien sûr, mais aussi le loup et la fourmi, parce que tous les êtres qui habitaient le pays d'Entre-deux-fleuves avaient combattu auprès du seigneur des dieux. Ensemble, ils avaient vaincu le chaos, avant même que ce monde n'existe. Nabuchodonosor protégeait chacun, et c'était là un honneur dont il tirait avantage. Mais pour cela, il devait payer, une fois l'an.

— Nous y sommes. Descends de la charrette, nous ferons le reste du chemin à pied.

Ils entrèrent dans la cité et se joignirent à la foule massée le long de l'avenue d'Inanna-Ishtar. L'artère, large d'une vingtaine de mètres, conduisait au temple de la déesse. Elle était gardée de part et d'autre par cent vingt lions de pierre à la crinière relevée d'ocre. Dagan joua des coudes, s'attirant des regards furieux, jusqu'à parvenir aux premiers rangs. Il plaça son fils contre l'échine pétrifiée d'un fauve. D'où il était, Sarban pouvait tout saisir d'un seul regard. Du moins essaya-t-il, car rien ne l'avait préparé au spectacle.

La Garde sacrée précédait le monarque. Elle ne portait pas de riches atours, comme il sied à des soldats d'élite, mais de vieilles cuirasses déchirées, passées sur des tuniques grossières. Les *qurbûtu* désarmés avançaient en désordre, au rythme lent des tambours, paumes plaquées contre les yeux. Chaque homme ou femme qui se tenait le long de l'avenue pouvait voir qu'ils pleuraient. L'un d'eux se déporta vers Sarban et manqua de basculer. Une jeune fille le repoussa en lui crachant au visage. Le guerrier ne répondit pas.

Puis apparut le roi. Les Babyloniens sont connus de tous les peuples pour leur haute taille. Pourtant, Nabuchodonosor, le chef de guerre, l'intermédiaire entre les hommes et les dieux, dépassait d'une tête n'importe lequel de ses sujets. C'était un géant, bien plus grand que le père de Sarban, l'expression même de la force dominant la terre. Sarban ne pouvait détacher son regard de la face massive aux traits fins, à la barbe noire aux boucles serrées. Coiffé d'une tiare, vêtu du *kuzippu*, le manteau pourpre de cérémonie, le Roi des rois tenait dans ses mains le cercle et le bâton, instruments du pouvoir remis par la déesse. Il était escorté par le Grand prêtre, un homme âgé et sec. Les plis de sa robe noire ne parvenaient pas à dissimuler sa maigreur. Le vieillard desséché murmurait à l'oreille du souverain qui acquiesçait mécaniquement. Puis, brusquement, il le gifla. La foule fit aussitôt silence. Nabuchodonosor essuya le sang sur ses lèvres et inclina la tête. L'archiprêtre se jeta sur lui. Tirant sur ses tresses, lui griffant l'oreille, l'officiant intima à son roi l'ordre de lui remettre ses emblèmes. Tiare, cercle et bâton. Nabuchodonosor s'exécuta et laissa tomber son manteau. Le géant était nu face à son peuple.

Alors, la colère éclata. Un grondement sourd, explosant en fureur, des milliers de bouches hurlant une haine trop longtemps contenue. Faim, misère, maladie, jetées à la face du souverain, de celui qui vit abrité dans son palais. Sarban criait sans comprendre. Il n'était plus un enfant, un petit paysan demeurant loin de la cité, mais un instrument de rage dirigé contre cet homme. Parce qu'il était le roi, parce qu'il était puissant, parce qu'il n'était rien d'autre qu'un être bouffi d'orgueil. À cet instant précis, qu'est-ce qui le distinguait des autres humains ? N'était-il pas lui aussi une marionnette, un simple pantin manipulé par les dieux ?

Écrasé par les quolibets et les injures, Nabuchodonosor se prosterna devant le prêtre indifférent. Les cris cessèrent d'un coup. Il finit par se redresser, le visage baigné de larmes.

— Je n'ai pas péché, je n'ai pas détruit Babylone !

Sa voix s'étouffa en sanglots. Cet homme, qui le reste de l'année pouvait détruire une existence comme on brise une brindille, s'abîmait dans son chagrin. À l'évidence, il ne simulait pas. Satisfait, l'archiprêtre ramassa le manteau et en recouvrit les épaules du monarque. Puis ils reprirent leur route.

Tous semblaient gênés, et soulagés d'en avoir fini. L'ordre reprenait ses droits, chacun pouvait vaquer à ses affaires. La foule se sépara en silence.

— Où vont-ils ?

Dagan se pencha vers son fils.

— Qui donc ?

— Mais le roi, père, et l'archiprêtre !

— Ils se rendent à l'*Esagil*, au temple de Marduk. Là, Celui qui règne sur toute chose rétablira le monarque dans sa dignité. Nabuchodonosor recouvrera ses instruments de pouvoir et son mandat se verra reconduit, jusqu'à l'année prochaine. Qu'y a-t-il, Sarban ?

L'enfant hésitait à poursuivre.

— Père, avons-nous bien fait ?

— Que veux-tu dire ?

— Laisser s'exprimer notre colère, provoquer la tristesse du roi, tout cela est-il juste ?

Dagan sourit.

— Chaque homme doit tenir sa place. Crois-moi, la sienne n'est pas la moins enviable. Ce soir, Nabuchodonosor se rendra au sanctuaire d'Inanna et oubliera sa peine dans les bras de la déesse. De leur union dépendra la fertilité des sols et des femmes. Le Roi des rois a bien des devoirs à remplir. Nous avons les nôtres, aussi ne traînons pas.

6

Ils poursuivirent leur chemin, coupant l'avenue d'Ishtar en direction de la vieille ville. Sarban demeura quelques instants en arrêt devant la porte bleue de la déesse, haute de vingt-cinq mètres, qu'encadraient deux tours-bastions. Il admira les bas-reliefs en briques émaillées représentant taureaux et dragons. La porte marquait la limite entre le profane et le sacré, et l'on ne pouvait la franchir sans raison valable. Cette nuit, le roi élevé au rang de divinité incarnée passerait sous l'arche et honorerait Inanna, déesse de l'amour.

Dagan et son fils manquèrent plusieurs fois de se perdre dans le dédale des ruelles mal famées, mais ne croisèrent personne. À cette heure, gueux et riches confondus convergeaient vers les rives de l'Euphrate pour assister à l'embarquement des effigies divines. Les statuettes de bois, hautes de sept travers de doigts et serties de joyaux, seraient conduites jusqu'au temple de *Bit Akiti*. Alors commenceraient officiellement les libations.

Par chance, ils tombèrent sur un tailleur de pierre demeuré seul dans son échoppe. L'homme ne demandait qu'à bavarder. Il avait appartenu aux ateliers royaux jusqu'à ce qu'un accident survenu dans une carrière lui fasse perdre l'usage de ses jambes. L'artisan ne pouvait donc participer à la procession et attendait des siens un compte rendu détaillé des festivités.

— Et qu'ils me rapportent de quoi boire. Mais comment se fait-il que vous ne soyez pas en train de vous gaver de viande braisée ?

Dagan prononça le nom du Grand accusateur. L'infirme comprit aussitôt. Il laissa échapper un soupir et leur indiqua la route à suivre.

— Je te plains, fermier, sincèrement. Chaque jour je remercie les dieux de m'avoir donné un fils balourd comme moi. Passez au-dessus du fleuve et continuez tout droit. Là, vous entendrez des cris d'enfants. Tu pourras alors dire adieu à ton fils.

Ils empruntèrent le pont, un magnifique ouvrage aux pierres liées de fer et de plomb, qui reposait sur six piles en forme de bateaux, enrochées dans le fleuve. Sarban avait le vertige. Il se raccrocha à la ceinture de son père qui avançait sans prononcer une parole.

Des dizaines d'enfants attendaient sur une petite place. Uniquement des garçons, placés sous la surveillance de gardiens. L'artisan n'avait pas menti. Beaucoup pleuraient et réclamaient leur mère. Les parents se tenaient derrière une barrière, à distance de leur progéniture. On remarquait aux vêtements et aux manières que les enfants provenaient de toutes les classes sociales. Rejetons de bergers ou héritiers de hauts lignages, tous répondaient à l'énoncé de leur nom. Ils recevaient alors une plaquette d'ivoire et quittaient les rangs. Au signal, un *muskinu*, esclave au crâne rasé à l'exception d'une mèche, conduisait les garçons derrière un rideau de roseaux, par lot de sept. Nul ne pouvait se déplacer sans autorisation, et il était impossible de deviner ce qui arrivait ensuite. Les fonctionnaires qui procédaient à l'appel avaient commencé par les natifs de la capitale, pour élargir ensuite aux provinces.

Il restait un peu de temps au père de Sarban pour faire ses adieux. Le colosse souleva l'enfant, léger comme une plume.

— N'oublie pas d'où tu viens, mon fils, jamais. Lorsque tu te sentiras seul, songe aux moments simples passés ensemble. Nul ne pourra te les reprendre. Et sache que nous serons toujours avec toi. Maintenant, va !

Un gardien se planta face à eux. Dagan esquissa un dernier salut, puis se détourna.

7

Sarban reçut une plaque ornée d'un signe. Elle lui rappelait les pièces du jeu étrange auquel s'adonnaient les marchands à l'auberge. À nouveau, il ignorait tout du déroulement de la partie. Le garçon ne parvenait pas à déchiffrer le motif gravé dans l'ivoire. Comme la plupart des enfants présents, riches ou pauvres, il ne savait pas lire. Pour contenir sa tristesse et ne pas faire honte à son père, il concentra son attention sur ses compagnons. Tous avaient entre six et dix ans, et aucun ne se réjouissait d'être là. Ils étaient tristes et souffraient d'avoir quitté leur foyer, mais plus encore ils avaient peur. On les avait arrachés à leurs habitudes pour les livrer à l'inconnu. Et ce néant ne pouvait même pas être dit, puisque aucun d'entre eux ne parvenait à déchiffrer le signe frappant l'ivoire. Ils tenaient leur futur dans la main, mais n'en étaient pas maîtres. *C'est bien là le destin que réservent les dieux !* songea Sarban qui détourna les yeux de la plaque. Son voisin immédiat, petit et chétif, pleurait sans retenue. Il hoquetait, reniflait dans son manteau, une pièce damassée, tissée de fils d'or, qui aurait coûté à Dagan une vie de labeur. Sarban s'approcha de lui.

— Sèche tes larmes. Nous ignorons ce qui nous attend.

Le garçon releva la tête. Il n'avait guère plus de sept ans.

— Peut-être, mais je sais ce que je quitte !

Il ne manquait pas de repartie. Sarban se garda de sourire.

— Dis-moi plutôt ton nom.

— Je m'appelle Casdim, fils d'Achad. Et toi ?

Casdim avait les traits fins du *sêlibu*, le petit renard.

— Sarban, fils de Dagan. Heureux de faire ta connaissance, Casdim. Pourquoi es-tu ici ?

Son compagnon ravala un sanglot.

— Je ne sais pas. C'est ma mère qui a tenu à m'inscrire. Mais je ne voulais pas me retrouver ici. Je lui ai tenu tête. Si tu savais comme je regrette !

— Que lui as-tu dit ?

— Pas grand-chose. Ma mère passe des heures à se maquiller, et ne s'occupe que d'elle-même. Pourquoi perdre tout ce temps, lui ai-je demandé, puisque tu connais ton vrai visage et que tu ne le montres ni à ton époux, ni à tes enfants ?

Sarban éclata de rire.

— En vérité, tu as la langue bien déliée !

Casdim esquissa un sourire.

— Et toi, pourquoi es-tu là ? Excuse-moi, mais tu ne sembles pas venir de la capitale, bien plutôt de la campagne.

Sarban se remémora cette fin d'après-midi au ciel plombé d'orage, et le voyageur qui avait souhaité partager ses jeux.

— Tu as raison, je ne suis pas d'ici. Un étranger s'est arrêté dans notre ferme. Un homme au visage couturé de cicatrices, à l'aspect inquiétant. Il a souhaité me faire venir.

Casdim le dévisagea, impressionné.

— Si c'est bien l'homme auquel je pense, c'est que tu dois être drôlement intelligent !

— Tu veux dire, intelligent pour un paysan !

Le garçon qui venait de les interrompre était plus âgé qu'eux. Beau et fort, il affichait une attitude incroyablement hautaine et se tenait à la tête d'un groupe. Tous étaient richement vêtus et la plupart portaient des bijoux. L'importun poursuivit :

— Dis-moi, Casdim, je sais bien que tu n'es pas très courageux, et que tu aurais tendance à oublier ton rang. Mais as-tu vraiment besoin de t'afficher avec un fils d'*ikkaru*, un simple cul-terreux ?

Les garçons ricanèrent. À l'évidence, Sarban se trouvait face à leur chef, et tous souhaitaient lui plaire. Fils de courtisans, ils en reproduisaient les travers, comme une maladie qui flétrit l'honneur et que l'on se transmet, à chaque génération.

Sarban prit la parole :

— Est-ce parce que tu ignores mon nom que tu ne t'adresses pas à moi ?

L'autre parut surpris, mais il se reprit vite :

— Ah ! parce que tu possèdes un nom ? Dans ce cas, tu n'es pas complètement pauvre !

Les rires et les cris fusèrent. Le garçon fixait Sarban, sans prêter attention à sa cour.

— C'est vrai, il est ma seule richesse, répondit le fils de paysan, sans se démonter. Mais puisque tu ne veux pas me dire ton nom, peut-être es-tu comme ces prêteurs sur gages qui ne présentent leur argent que contre garantie ? Si c'est le cas, comme je n'ai rien à te proposer, je me passerai bien de savoir comment tu t'appelles.

Le silence se fit. Les flatteurs attendaient la réaction de leur chef. Celui-ci toisa Sarban et pointa son menton en direction de l'esclave.

— On vient nous chercher. Nous en reparlerons plus tard.

Les chiots suivirent leur maître, d'un seul mouvement.

— Méfie-toi, Sarban. Il n'est pas bon de se faire un ennemi d'Haraïm, fils de Balaat.

— En quoi dois-je craindre ce nom ?

— Haraïm est apparenté à la maison royale, et il ne manquera pas de te le rappeler.

— Je croyais que les grands avaient pour mission de veiller sur le peuple ?

Casdim afficha un sourire résigné :

— C'était peut-être vrai, il y a longtemps. Mais, aujourd'hui, ils se déchirent entre eux, alors tu penses bien qu'ils ne se soucient pas des autres ! Crois-moi, Sarban, j'appartiens à une haute maison. Haine et mépris emplissent toutes ses pièces, et il en va ainsi dans bien des familles qui font étalage de leur haut lignage. Les Balaat en sont un triste exemple.

— Pourquoi Haraïm est-il ici ?

— Un esclave s'est réfugié sur les terres de sa famille. L'homme fuyait un maître brutal. Haraïm lui a donné asile, puis il a fait prévenir son propriétaire. S'il l'avait protégé, son geste aurait été assimilable à un vol de bien, et son propre père aurait eu à en pâtir. Sans connaître le droit, Haraïm a agi en respectant la loi. Il est malin.

— Il ne me fait pas peur.

— Parce que tu ignores tout de ce qui se fait à Babylone. Pour survivre dans la capitale – et je ne te parle pas d'y être heureux –, il va te falloir apprendre deux ou trois choses, et assez rapidement. Si tu le souhaites, je te ferai connaître la ville et ses usages.

Sarban n'avait rien d'autre à offrir que son bien le plus précieux :

— Avec plaisir, Casdim. En retour, accepte mon amitié.

* * *

Ils formaient un groupe de sept. Haraïm et ses riches compagnons appartenaient à un autre lot. L'esclave les conduisit derrière le rideau de roseaux.

Les garçons se retrouvèrent face à une gigantesque esplanade dépourvue de toute construction. Elle semblait déserte, comme si elle attendait la venue des dieux dans leur formidable équipage. Toutefois, en y regardant bien, on pouvait distinguer une dizaine de silhouettes qui se tenaient à l'autre bout. Parfaitement immobiles, elles ressemblaient à des statues reposant sur des socles larges. Le vent agitait pourtant les plis de leurs vêtements et leurs bases s'animaient, des bras et une tête, coincés entre les jambes. On aurait dit des créatures surnaturelles, ces brouillons vivants d'humanité qu'avait évoqués en chemin le père de Sarban, esquissés par les dieux avant qu'ils ne modèlent les hommes.

Casdim parut lire dans les pensées de son compagnon :

— Tu crois qu'ils sont vrais ?

Un autre risqua à travers ses larmes :

— Ce sont des *gallu*, des esprits venus du Pays-sans-retour pour s'emparer de nous !

L'esclave au crâne rasé le gifla avec force :

— Penses-tu vraiment qu'Ereskigal, reine de l'En-bas, a besoin d'un chevreau comme toi, qui bêlera jusqu'à lui briser les tympans ?

Les garçons se figèrent, stupéfaits. Le *muskinu* venait de commettre l'impensable, il avait frappé un citoyen, et personne ne s'était précipité pour l'égorger sur place ! Cet acte, plus que tout le reste, convainquit les garçons : un moins que rien pouvait porter la main sur eux. Dorénavant, ils n'avaient aucun secours à attendre.

L'esclave toisa les fils de Babylone, mesurant son effet. Puis il lâcha :

— Placez-vous ici.

Sarban suivit Casdim sous un panneau qui reproduisait le signe tracé sur la plaque d'ivoire. Haraïm et sa suite se trouvaient à quelques mètres. Leur écriteau affichait un motif différent et ils semblaient en tirer fierté. Un surveillant congédia l'esclave et prit le relais. Il se plaça entre les deux groupes :

— Silence ! Écoutez, car votre avenir en dépend. Vous allez maintenant traverser la place. Interdiction de rebrousser chemin, celui qui hésitera aura affaire à moi. Il est trop tard pour changer d'avis. Et si vous n'avez pas souhaité être ici, cela revient au même. Marchez, marchez en vidant votre tête de tout ce qui l'encombre. Aucun souvenir rassurant, pas de privilèges, ne pensez à rien, car rien ne vous prépare à ce qui vous attend de l'autre côté. Là-bas, vous serez pris en charge. Bonne chance à tous.

Ils se mirent en mouvement d'un pas hésitant, chacun mesurant l'avancée des autres. Les enfants réglaient leur marche sur le plus lent, un garçon poussif qui suait à grosses gouttes. Seuls Haraïm et Sarban avançaient sans fléchir. Très vite, ils se retrouvèrent en tête. Haraïm accéléra, l'invitant au défi. Sarban le rejoignit, puis le dépassa. La marche se transforma en course. Cœur martelant la poitrine, sang cognant aux tempes, les garçons traversèrent l'esplanade battue par les vents. Ils parvinrent à destination bien avant les autres, sans qu'aucun l'emporte.

Ceux que Sarban avait pris pour des êtres extraordinaires étaient en réalité des humains. Vingt hommes exactement, regroupés par paires. Au premier rang se tenaient des scribes. Chacun était accroupi aux pieds d'un juge. Sarban et Haraïm hésitèrent. Tandis qu'ils s'efforçaient de reprendre haleine, les garçons observèrent les magistrats. Ils étaient terrifiants. Le crâne rasé ou les cheveux impeccablement tressés, certains portaient des anneaux d'or aux narines et aux oreilles, reliés par une chaîne. D'autres présentaient des motifs complexes, peints à même la peau. Les serviteurs de la loi n'affichaient aucune expression. Seules leurs longues robes indigo semblaient animées d'une vie autonome.

— Approche-toi !

Sarban se plaça face au scribe. Celui-ci s'empara d'une tablette vierge et tira un stylet. Il rédigea quelques notes dans l'argile, puis lui demanda son nom. Le garçon déclina son identité et répondit à quelques questions concernant sa famille. Quand bien même il l'eût souhaité, Sarban n'aurait pu mentir. Il sentait le regard du juge percer son être durant l'entretien, le mettant à nu jusqu'au tréfonds de son âme. De la tête, le scribe fit signe qu'il en avait terminé.

— Tends ta main.

L'enfant s'exécuta. Alors, le magistrat se pencha, lui saisit le poignet et lui perça la chair. Une agrafe d'argent, entre le pouce et l'index.

C'est ainsi qu'aux premiers jours du mois de *tashritu*, Sarban entra comme novice dans l'Ordre des accusateurs.

– 565 av. J.-C.

1

— J'attends ta réponse.

L'accusateur se tenait en équilibre sur une colonne de pierre, haute de deux mètres. Il avait les mains attachées dans le dos au moyen d'un lacet de cuir, et une corde enserrait sa gorge. Face à lui, l'homme qui l'avait défié se trouvait dans la même position. L'inconnu souriait, convaincu d'avoir le soutien de la foule. Ce qui était probablement le cas.

La situation n'avait rien d'extraordinaire, mais elle tombait mal.

Tôt le matin, un messager avait frappé à la porte du magistrat. Il devait laisser tomber les affaires courantes pour se rendre au tribunal séance tenante. Aucune dérogation, tous les accusateurs de la capitale étaient convoqués. Une mesure d'exception qui revenait à priver Babylone de ses lois, le temps de la réunion. Il n'y avait aucun risque, la population ne semblait pas agitée et les archers pouvaient assurer la sécurité des rues.

— De qui provient l'ordre ? fit Sarban, tandis qu'il s'habillait.

— Directement de Zod, le Grand accusateur, lui précisa l'émissaire.

Sarban avait embrassé son fils qui dormait encore et quitté la demeure.

Il avançait en direction du tribunal, s'arrêtant un instant pour acheter des fruits, lorsqu'un passant l'avait accosté. Un étranger à la cité, si l'on en croyait ses vêtements. Peut-être un marchand, assurément riche et lettré. Non pas une tête brûlée, de ces adolescents qui cherchent querelle pour impressionner les filles, mais quelqu'un connaissant la loi. Suffisamment en tout cas pour tenter sa chance.

— Serais-tu donc muet ?

Le coup était prémédité. Il ne l'avait pas abordé par hasard, comme cela arrivait parfois lorsqu'un homme pris de vin oubliait toute prudence et lui soumettait un problème improvisé. Dans ces cas-là, comme l'exigeait le protocole, l'accusateur mettait en garde son interrogateur. Une fois. Bien souvent, en prenant conscience de son acte, celui-ci bredouillait des excuses et renonçait. Ce n'était pas le cas cette fois-ci. Lorsque Sarban l'avait invité à réfléchir, l'homme s'était tourné vers la foule, feignant de bâiller, avant de formuler à nouveau sa question. En persistant dans son attitude, il déclenchait le *Tamharu*, l'affrontement verbal qui ne se conclurait que par la mort d'un des deux adversaires.

Sarban songea à sa femme. Aux premiers temps de leur union, elle s'inquiétait à chacun de ses départs. Matali n'ignorait rien des risques liés à la charge de juge. Parfois, il trouvait dans son gruau d'avoine une figurine modelée dans la pâte à pain, un talisman de protection qu'elle l'obligeait à avaler. « Tu sous-estimes mes capacités », lui disait-il pour la rassurer, mais sans y parvenir. Alors il s'exécutait. Matali n'était pas de ces bonnes femmes superstitieuses qui sont incapables de mettre un pied dehors sans implorer les dieux. Sarban respectait ses dons. Enfant, elle était destinée à devenir prêtresse d'Inanna, et seul son mariage l'avait détournée de la Dame du Ciel. Depuis la naissance de leur fils, Matali donnait le change, mais elle continuait de craindre pour la vie de son mari. Sarban avait de la chance. La plupart des magistrats étaient célibataires et acceptaient leur sort. Rares étaient celles qui épousaient la justice.

— Parle donc, ou abandonne.

Les lois étaient inscrites dans la pierre, et chaque citoyen pouvait en prendre connaissance, à condition bien sûr qu'il sache lire. Isonomie, égalité de tous devant la loi écrite, ainsi l'avait souhaité l'antique roi Hammurabi. Son code, gravé sur une stèle de diorite noire et dont chaque cité possédait une copie, gouvernait le pays depuis plus de mille ans. Pour garantir l'application du droit, Ammisaduqa, quatrième successeur du monarque avisé, avait créé l'Ordre des accusateurs. Ces magistrats, sélectionnés dès l'enfance, n'étaient pas simplement les représentants de la justice. Ils étaient la loi, dans toute son étendue et sa complexité, à la fois juges, jurés et applicateurs de la sentence. Hammurabi était un roi équitable, un *sar mêsarim* qui n'avait pas souhaité laisser un code strict et figé, imperméable aux circonstances. Bien qu'écrits, les articles du code laissaient place à l'interprétation. Ils avaient valeur d'exemples et constituaient une source d'inspiration pour les magistrats. Mais ceux-ci jugeaient toujours en fonction d'une situation concrète, en tenant compte des particularités. Ce qui supposait une grande connaissance de la jurisprudence, et une bonne faculté d'improvisation. Personne ne devait contester la décision des juges, et nul ne pouvait s'opposer à leur décret, car il n'y avait aucun recours. Seul un accusateur pouvait en juger un autre, et cela n'arrivait jamais.

On pouvait toutefois les défier. Non pas demander leur avis – les magistrats répondaient volontiers aux interrogations du peuple et n'étaient pas avares de conseils –, mais les provoquer en leur soumettant un problème. Un défi, ayant trait au droit, posé par n'importe qui, homme ou femme. Après la sommation d'usage, l'accusateur acceptait l'épreuve. Chacun des opposants grimpait alors sur une hauteur, un muret ou une colonne. Puis on leur passait une corde autour du cou et la partie s'engageait, en présence de témoins. Arguments et objections fusaient, jusqu'à ce que la foule se prononce. Elle désignait alors celui qui parlait juste et on pendait l'autre. La plupart du temps, les juges avaient l'avantage, leur formation les protégeait. Mais il ne suffisait pas de détenir la vérité, encore fallait-il convaincre. Or les ignorants, les crédules ou les gens de mauvaise foi n'étaient pas rares.

L'accusateur observa son adversaire. Il paraissait avoir son âge. La trentaine, et l'assurance de vivre encore de nombreuses années. L'homme ne doutait pas de sa victoire. Il bénéficiait de complices dispersés parmi la foule, prêts à chauffer les têtes. Sarban l'avait vu plusieurs fois adresser des signes à deux ou trois comparses. Un clignement de paupière, un mouvement léger des épaules, qui déclenchaient aussitôt une réaction attendue. Ils riaient à chacune de ses reparties, et sifflaient l'accusateur. Peut-être étaient-ils payés, ou simplement souhaitaient-ils s'offrir un juge. Le spectacle d'un magistrat se balançant au bout d'une corde n'avait pas de prix.

— Juge, je n'ai pas l'intention de rester planté là toute la journée !

Sa jambe droite était ankylosée. Sarban déporta son poids sur l'autre, en mesurant ses mouvements. Il ne manquerait plus qu'il glisse. Lors d'un précédent affrontement, survenu bien des années plus tôt, il s'était retrouvé sur un muret d'argile, sous la pluie, face à un banquier. Un individu rubicond, qui maîtrisait la réglementation des finances. Sarban était jeune, à peine sorti de l'École, et il pouvait passer pour une proie facile. À maintes reprises, il avait manqué de déraper sur la terre molle. Finalement, il s'en était tiré. En rentrant chez lui, couvert de boue, Sarban avait pris un couteau et strié les semelles de ses sandales, pour assurer une meilleure adhérence. Nombre de ses compagnons l'avaient par la suite imité.

En soi, le problème posé était simple, mais il n'avait pas de solution. Il lui rappelait ces exercices pratiqués à l'Académie, des situations inextricables qui devaient préparer les cadets. Les simulations avaient aussi pour but d'opérer une sélection parmi les novices. La sanction n'était pas la corde, mais le renvoi. Ce qui était probablement pire. Sarban reprit mentalement l'énoncé. Un homme dérobe du pain pour nourrir ses enfants. Il est connu de tout son entourage pour son honnêteté, et seule la pauvreté qui s'est soudain abattue sur lui l'a conduit à voler. La question de l'homme était la suivante : doit-on le dénoncer, ou fermer les yeux sur ce qui n'est après tout qu'un menu larcin ? Si Sarban appliquait la loi, il devrait mettre l'homme en prison. Mais l'assistance, composée en majeure partie de gens simples, ne retiendrait que la cruauté de l'acte : il jetait la honte sur une famille déjà passablement éprouvée et la privait de nourriture et d'assistance. Si le magistrat passait outre, il contrevenait au droit, et chacun le saurait. De plus, les complices ne manqueraient pas de s'élever contre sa décision, quelle qu'elle soit. Sarban ferma les yeux, il avait le soleil en face. Tout jouait contre lui.

— Tu renonces ?

Il connaissait cette voix. Un timbre nasillard, des inflexions hautaines, surgies de son passé. Jusque dans les tournures de phrases, empruntées à un autre. Mais à qui ? Sarban ne pouvait le dire. Tout cela ne parvenait qu'à le distraire. Il fallait qu'il pense à autre chose, qu'il se concentre, sur l'essentiel.

— Voici ma réponse.

L'auditoire se rapprocha, jusqu'à toucher du doigt les colonnes.

— Tu dis que cet homme est honnête ?

— Oui.

— Et qu'il était potier avant de perdre son commerce ?

— Absolument, juge, un artisan consciencieux, comme il s'en trouve de nombreux ici, aujourd'hui.

Son adversaire se tourna vers l'assistance qui apprécia la flatterie.

— Et qu'il vit à Babylone ?

— En effet, ainsi que tous ceux qui sont disposés à t'écouter. Si, bien sûr, tu consens enfin à répondre...

— Dans ce cas, ta question n'a pas de sens. Comment un potier de notre ville pourrait-il connaître la faillite ? Avec les prix qu'ils pratiquent, le plus benêt d'entre eux pourrait s'offrir la boutique du boulanger !

La foule éclata de rire. Tous avaient eu au moins une fois maille à partir avec la guilde. Dans la cité, seuls les potiers maniaient les tours, et l'on ne pouvait façonner soi-même ses propres ustensiles. Une personne surprise en possession d'un plat ou d'un vase ne portant pas le cachet de la confrérie encourait une sévère amende. En choisissant cette profession, son adversaire avait commis une erreur. Une légère faille dans laquelle Sarban s'engouffra.

— Es-tu satisfait ?

Son adversaire perdit contenance. Il bredouillait et s'agitait dangereusement, quémandant de l'aide. Personne ne bougea.

— Nous le sommes, seigneur.

D'un coup d'épaule, une femme fit basculer l'étranger. La corde se tendit et lui rompit la nuque. Ses intestins se vidèrent d'un coup, souillant sa robe de lin. Deux hommes aidèrent Sarban à descendre. Un tavernier le félicita, épousseta sa robe indigo et lui offrit du vin. L'accusateur accepta de l'eau. Il but lentement, en scrutant l'assistance. Les complices avaient fui, ou se faisaient discrets. Peut-être se mêlaient-ils à ses admirateurs pour le congratuler. Certains sourires étaient sincères, d'autres non. Il n'était pas dupe. L'accusateur posa le gobelet sur une table et reprit sa route.

Il était en retard.

2

L'accusateur est la Loi, et la Loi ne ressent rien. Aucun sentiment de victoire, pas l'ombre d'un remords. Lorsqu'on l'interroge, elle répond ; lorsqu'on la défie, elle réplique. La Loi sait. L'homme, lui, pense. Endormi ou éveillé, il se perd dans les détours de son imagination, en quête de réponses. Assoiffé d'explications, il boit à toutes les eaux, mais sa bouche demeure sèche.

Sarban déglutit. Il sentait encore la corde comprimer sa gorge. L'étranger n'avait pas souhaité se mesurer à un juge anonyme, seul Sarban était visé. La rencontre n'était pas fortuite. Peut-être l'avait-on filé, depuis sa demeure. Non, il s'en serait avisé. On avait repéré son parcours. Du reste, ce n'était pas difficile, Sarban empruntait toujours ce chemin pour se rendre au tribunal. L'accusateur aimait traverser le marché. La vue des fruits et des légumes, des sacs de lentilles empilés sur la place et des quartiers de bœuf exposés sur les tréteaux lui rappelait d'autres temps et d'autres lieux, régis par l'immobilité. Les jours se succédaient dans la ferme paternelle sans que rien puisse les distinguer.

L'homme l'attendait, guettant son passage. L'accusateur avait immédiatement été sensible à sa voix. Elle s'était tue, étranglée par le chanvre, mais Sarban ne doutait pas qu'il l'entendrait à nouveau. On ne se débarrasse pas du montreur en tuant sa marionnette. Tandis qu'il parvenait à destination, Sarban se contraignit à oublier l'affaire.

Située à l'origine dans l'aile occidentale du palais royal, la cour de justice avait été déplacée de façon à laisser le champ libre aux monumentales archives de l'administration. En attendant d'occuper ses nouveaux quartiers, le tribunal siégeait dans un temple consacré à Samas, garant des affaires juridiques. Chacun semblait y trouver son compte. Le dieu du Jugement se réjouissait d'accueillir ses protégés, comme en témoignait la bonne marche des procédures engagées ces derniers temps, et les magistrats n'étaient pas tenus de verser un loyer. Cela aurait été le cas s'ils avaient accepté l'offre des servants de Kulla, dieu de la briqueterie, qui étaient disposés à leur louer des bâtiments neufs. Les prêtres de Kulla avaient bien préparé leur affaire. Refuser semblait difficile, alors même que les maçons bâtissaient le futur tribunal. C'était le meilleur moyen de s'attirer le mauvais sort. Le Grand accusateur avait dépêché quelques magistrats sur les chantiers de la capitale pour constater les différentes infractions et dresser des amendes. Kulla avait aussitôt retiré sa proposition.

Négligeant l'huissier en faction qui venait à sa rencontre, Sarban grimpa les marches du grand escalier. Puis il s'engagea dans le long corridor qui tenait provisoirement lieu d'Allée des Justes. Les bas-reliefs qui ornaient le couloir central de l'ancien palais de justice avaient été soigneusement démontés, puis déplacés jusqu'au temple. Ils reproduisaient les faits héroïques accomplis par de précédents accusateurs, aujourd'hui disparus. Certains exploits remontaient à près de mille ans, quand l'Ordre était encore jeune. Lorsque les cadets achevaient leur formation et qu'ils s'apprêtaient à devenir juges, on les faisait défiler devant leurs aînés, immortalisés dans la pierre. Les jeunes gens considéraient avec respect les sculptures et, quand on les interrogeait, quelques-uns avouaient vouloir figurer un jour parmi les Justes. Ceux-là étaient immédiatement renvoyés. Un accusateur ne pouvait faire montre d'orgueil.

Le corridor débouchait sur une cour intérieure. Sarban hésita un instant : il n'avait jamais rien vu de pareil. Un océan indigo animé par des corps secs ou gras, jeunes ou vieux, recouvrait toute l'étendue dallée et débordait sur les promenades couvertes. Tous les accusateurs en activité avaient répondu à l'appel, mais aussi les professeurs de l'Académie et les instructeurs militaires, des vétérans affectés à la formation des juges. Sarban avisa un groupe de jeunes magistrats qui faisaient cercle autour d'une fontaine. Tous l'accueillirent avec le sourire.

— Te voici donc enfin, Sarban !

Casdim, fils d'Achad, se trouvait parmi eux. Bienheureux Casdim à l'humeur égale, le passage des ans ne semblait pas l'affecter. Physiquement, rien ne pouvait davantage opposer les deux compagnons. Sarban avait hérité de son père sa haute taille, ainsi qu'une musculature longue et nerveuse. Casdim, quant à lui, était petit, mais il surprenait par sa vitesse et son agilité. Le fidèle compagnon d'études qui avait partagé à l'Académie les joies et les peines de Sarban ressemblait plus que jamais au renard. Ils se donnèrent l'accolade.

— Je suis étonné de te trouver ici, Casdim. N'étais-tu pas en mission dans la région de Mossul ?

— C'était bien le cas. Une affaire curieuse que je n'ai pu mener à son terme, puisque l'on m'a rappelé. Je te raconterai.

Il fallait plusieurs jours pour couvrir à cheval la distance séparant Mossul de la capitale. Casdim avait été prévenu suffisamment tôt, de façon à pouvoir assister à la réunion. La décision de convoquer les juges ne devait donc rien à la précipitation.

— Et toi, que deviens-tu ?

— Tout va bien.

À ceci près qu'on avait tenté de le tuer ce matin. Non pas l'accusateur dans le cadre d'un affrontement traditionnel, mais lui, Sarban.

— Eh bien, je suppose que Zod va se charger de pimenter notre quotidien, plaisanta Casdim.

— Sais-tu pourquoi nous sommes rassemblés ?

— Je l'ignore. Et personne ne paraît être au courant.

Sarban considéra l'assemblée des juges, identifiant certains visages ici et là. Il n'avait jamais vu auparavant un tel regroupement d'accusateurs. Seuls manquaient à l'appel les magistrats affectés définitivement aux provinces du royaume.

— Je n'ai pas souvenir qu'une semblable réunion ait déjà eu lieu.

Casdim était un excellent *sâ'ilu*, un interrogateur doté d'une formidable intuition, capable de fouiller dans l'esprit des suspects, de les poursuivre jusque dans leurs rêves pour en extirper des aveux. Mais il n'était pas très doué pour l'étude.

— Tu oublies nos chroniques, Casdim. C'est arrivé une fois, à la demande expresse du roi Ammisaduqa, le fondateur de l'Ordre.

— Bien sûr, mais je ne parlais pas de ce qui est à l'origine du corps des accusateurs. Et cela remonte tout de même à plusieurs siècles !

Quelque chose, désigné dans les tablettes comme « Le temps du Grand Désordre », avait contraint Ammisaduqa à s'entourer d'hommes de confiance pour faire appliquer le code d'Hammurabi, son sage prédécesseur. Ces Justes, considérés comme les ancêtres des magistrats, avaient dû faire face à une terrible menace qui avait ébranlé les fondations du royaume. Mais les écrits, mêlant faits et prodiges, demeuraient vagues quant à la nature du péril.

— Nous n'allons pas tarder à en savoir plus. Regarde !

Zod apparut sur la galerie du premier étage, imposant le silence. D'ordinaire, il était difficile de faire face au Grand accusateur. Son visage, couturé de larges cicatrices, reliquats du temps où il menait les armées du Roi des rois à la guerre, indisposait plus d'un juge aguerri. Aujourd'hui, Zod avait de plus la mine sombre et les traits tirés. On aurait dit un ange frappé par la foudre. Le Grand accusateur arborait au bras gauche un petit bouclier de bronze martelé à l'effigie des sept *Apkallu*, l'insigne de l'Ordre. Il observa un moment l'assistance, donnant à chaque juge l'impression qu'il le fixait, qu'il l'éprouvait personnellement. Puis il s'écarta pour accueillir l'archiprêtre de Marduk, premier officiant du pays, et Abudisi, l'accusateur royal. Un murmure parcourut l'assemblée des magistrats. Les dignitaires du royaume se tenaient au-dessus de leurs têtes, les personnalités les plus importantes de l'empire, après le roi.

— Abudisi est aussi parmi nous. Que se passe-t-il donc, Sarban ?

— Je ne sais. En tout cas quelque chose de suffisamment grave pour alerter notre souverain. L'accusateur royal ne traite pas les affaires courantes.

Abudisi était vêtu d'une robe de soie écarlate, un

manteau de plumes de paon jeté sur les épaules. Ses yeux étaient soulignés d'un trait de khôl et une chaîne d'or reliait sa narine au lobe de son oreille, percé d'anneaux. Les façons précieuses d'Abudisi n'invitaient pas à rire, ou alors de soulagement. Comme lorsqu'on se coupe un doigt et que la main aurait pu y passer. Il était assurément l'individu le plus dangereux du pays.

On avait beaucoup critiqué la nomination d'Abudisi au rang de Premier magistrat. Son appartenance à la maison royale avait laissé croire en une faveur, et l'on prétendait que ses mœurs étaient corrompues. Sans que l'on puisse en apporter la preuve, il avait la réputation d'être un débauché, d'apprécier le jeu et la luxure, sous toutes ses formes. Pourtant il avait mérité son poste. Remarquable commentateur de la loi, authentique lettré – sa bibliothèque contenait plusieurs centaines d'ouvrages ayant trait aux sciences et à la poésie –, Abudisi s'était imposé en affrontant simultanément quatre accusateurs, lors d'un défi croisé. Comme l'exigeait la coutume, le Roi des rois s'était présenté dans l'enceinte de l'Académie pour assister au *Tamharu* en compagnie de sa première épouse. Abudisi avait salué son oncle, puis s'était passé lui-même la cordelette de soie autour du cou, avant de faire face à ses opposants. Debout sur un parapet, il les avait défaits tour à tour en les contrant dans leur propre domaine. Le spécialiste du droit commercial avait renoncé le premier, puis l'on avait pendu successivement les experts en questions militaires et en réglementations fluviales. Le doyen de l'École, qui briguait le poste, avait tenu jusqu'à la tombée du jour. Au terme de l'affrontement, sans un regard pour les quatre dépouilles, Abudisi avait enfilé la robe pourpre. Établi comme Premier juge, il n'était attaché qu'à la seule personne du monarque. Nul aujourd'hui ne souhaitait contester sa place.

L'accusateur royal s'éventait négligemment en toisant l'auditoire. À la différence de ses voisins, il semblait parfaitement détendu et donnait l'impression d'assister à une fête, à une partie de chasse organisée en son honneur. Comme un loup fixant un troupeau de moutons situé en contrebas. Sarban observa l'archiprêtre, placé à la droite de Zod. Il portait la robe noire de cérémonie.

— As-tu remarqué la dague ? fit Casdim.

Un couteau au manche d'olivine était glissé dans sa ceinture. La présence de la lame témoignait d'une décision à prendre, d'une résolution majeure qui engagerait la cité. Ce qui n'était pas forcément bon signe. Le Grand prêtre ne quittait pas l'*Esagil*, le temple de Marduk, sans motif valable. Il échangea quelques mots avec Zod qui sembla approuver. Le protocole voulait que le Grand accusateur intervienne en premier, mais celui-ci céda la parole à l'officiant. L'archiprêtre entama son discours, la voix nouée par l'émotion :

— Aux premiers jours de la nouvelle année, nous avons accompli les rites. Chacun s'est purifié dans les eaux sacrées du fleuve et nous avons transféré au bouc émissaire les maux de la communauté, ses crimes et ses fautes. Nous avons jeûné, le roi a fait pénitence et réclamé pardon. Il a supplié Marduk d'envoyer le bien sur Babylone. Tout cela en vain. Aveuglés par notre stupide orgueil, nous pensions être quittes. Ce n'était pas le cas.

Le prêtre s'interrompit, visiblement bouleversé. Il invita Zod à poursuivre. Le Grand accusateur s'exprima d'une voix forte :

— Longtemps j'ai redouté cet instant, espérant n'avoir jamais à prononcer ces mots. En dépit de nos efforts, du zèle déployé par les générations successives de magistrats, il semblerait que nous ayons échoué.

Abudisi avait cessé de s'éventer. Zod marqua une pose, puis acheva l'annonce comme on porte un coup d'épée :

— Dans quelques jours, la loi disparaîtra. La justice s'effacera pour laisser place à l'anarchie, et nous ne pouvons rien y faire. L'ordre basculera dans le chaos.

L'assemblée ignorait quelle attitude adopter, car les mots du Grand accusateur n'avaient tout simplement pas de sens. Avait-on convoqué tous les magistrats de Babylone pour leur dire que, bientôt, ils ne serviraient plus à rien ?

Un accusateur, connu de tous pour son ancienneté dans le corps, apostropha Zod :

— Tu dis que la justice va disparaître, qu'il faut se préparer au désordre. Pour avoir consacré toute ma vie à servir la loi, j'attends de toi plus que des paroles vagues. Adresse-toi à des hommes, juge, et non à des poètes !

Ses paroles étaient téméraires. D'un seul mouvement, toutes les têtes se tournèrent vers Zod, attendant sa réaction. Les cicatrices semblaient palpiter sur sa face. Il afficha un rictus et lâcha :

— Tu veux plus que des mots ? Ma foi, tu as raison.

Le Grand accusateur retourna son bouclier et le brandit à bout de bras :

— Alors, vois !

Tous frémirent en voyant l'effigie renversée des sept *Apkallu*, ces demi-dieux qui avaient offert la raison aux humains. Zod cracha à la face des juges :

— Sens-tu encore en toi la vigueur d'un homme ? Vous tous, y a-t-il dans le code quelque chose qui préparait à cela ?

Abudisi, l'accusateur royal, affichait lui aussi un air grave :

— Non, bien sûr, car par définition, l'éducation des magistrats ne prévoit pas l'anéantissement de la justice. Aussi, je vous demande d'oublier vos certitudes, pour redevenir innocents. Non pas d'une innocence de juge, mais d'une naïveté d'enfant qui commence son apprentissage.

L'archiprêtre fit un pas en avant. Ses mains, semblables à des serres, agrippaient la balustrade tandis qu'il psalmodiait la prophétie :

— Lorsque la nuit oblitérera le ciel, ce qui est limpide deviendra opaque et ce qui est pur sera souillé. Les auspices se montreront défavorables et l'on n'entendra plus de prières. La confusion s'abattra alors parmi les hommes.

Le vieillard chancela. Il se retint au bras de Zod et conclut dans un souffle :

— Tous les signes convergent. Le temps est en train de pourrir. Nous devons supprimer le temps.

3

Au commencement était le chaos. L'océan primordial, une étendue immobile et indifférenciée, sans vie, sans passé ni futur. Le calme morne de l'éternité. Puis il y eut le mouvement, l'ouragan qui entraîna la séparation. Les eaux devinrent douces, et les eaux devinrent salées. Les unes se nommèrent Apsu et les autres Tiamat. Elles demeurèrent longtemps sans se rapprocher, découvrant leur nouvelle forme. Apsu était comme le mâle, et Tiamat comme la femelle. Apsu mêla ses fluides à l'amertume de Tiamat qui engendra les premiers dieux.

Apsu considéra ses enfants et vit qu'ils étaient bons. Il souhaita leur donner un nom et, comme ils étaient jumeaux, Apsu les nomma Lahmu et Lahamu. Les jours se succédaient sans qu'intervienne aucun changement. Pour tromper leur ennui, Lahmu et Lahamu s'unirent et eurent des descendants, Anshar et Kishar, qui à leur tour conçurent une progéniture. Les dieux proliférèrent ainsi durant des générations. La terre n'existait pas encore, pas plus que le ciel.

Apparurent enfin les dieux qu'adore Babylone. Il y eut tout d'abord Anu, le taureau céleste qui fuit la compagnie, puis Enki le seigneur qui aime à commander, Ea son frère aux conseils avisés, la sublime Inanna, et le plus jeune d'entre eux, Marduk. Les enfants sacrés jouaient et ne répondaient pas toujours aux commandements d'Apsu, le Père de tous les dieux. Il grognait parfois, mais laissait faire.

Tiamat, son épouse, était beaucoup moins patiente. Tout ce bruit l'irritait, l'empêchait de se reposer de nuit comme de jour. Elle regrettait le temps de la tranquillité salée, avant qu'elle ne perde les eaux pour enfanter. De plus Tiamat en voulait à Apsu d'avoir placé en elle le *kûbu*, l'embryon de vie qui l'avait rendue passive en l'obligeant à accoucher. La Mère du chaos souhaitait retrouver son état originel, se fondre à nouveau dans l'abîme marin.

Aussi décida-t-elle de supprimer les dieux. Tiamat extirpa de sa matrice quantité de créatures qui n'auraient pas dû naître, certaines visqueuses et transparentes comme la méduse, d'autres au contraire à la peau dure comme celle du crocodile. Elles étaient des milliers, répandues en paquets sanglants, s'agitant pour se délivrer du placenta. Les bêtes sifflaient d'aise, dressaient leurs piques ou déployaient leurs tentacules. Certaines rampaient sur le sol en dégorgeant une semence empoisonnée, d'autres filaient dans les airs, portées par leurs ailes de cuir striées de nervures. Toutes étaient munies de dents effilées comme des épées. Dans une dernière contraction qui lui arracha un hurlement de douleur, Tiamat expulsa le dragon Kingu. La Mère du chaos lava le long serpent noir, caressa ses écailles et en fit son amant.

Kingu lui était entièrement dévoué. Il avait pris la place d'Apsu auprès de Tiamat qui lui avait remis les Tables du Destin. Sans elles, Apsu perdait tout pouvoir. Le Père de tous les dieux s'éloigna et on ne le revit plus jamais. Tiamat exultait. Le serpent pourrait bientôt s'enrouler autour de l'univers, étouffer dans ses boucles la vie pour rétablir le vide du commencement. Mais auparavant, il lui fallait dévorer tous ceux qui l'approcheraient. Kingu attendit.

Ea eut vent du complot. Il vit les armées du chaos se préparer pour la bataille et pleura en entendant Tiamat. La Mère de tous les dieux vomissait les siens, refusait de prononcer leurs noms et riait de leurs sentiments. Mais, précisément, elle était leur mère. Elle méritait amour et respect. Ea, pourtant connu pour l'agilité de son esprit, ne sut quoi faire. Bouleversé, il se tourna vers Anu.

L'aîné des frères tenta de raisonner Tiamat. Il lui fit des présents, l'embrassa sur la bouche et lui murmura des paroles apaisantes. Ce qui eut pour effet de l'excéder, car elle ne supportait pas que l'on piaille et s'agite en sa présence. Le serpent invita Anu à s'approcher, le tentant de mille façons. Anu fuit et rendit compte de son échec à l'*Ubsukkinakku*, l'assemblée des dieux.

Qui pourrait s'opposer à Kingu, qui oserait faire face aux rangs des créatures déterminées à se battre ? *Lequel, parmi nous, trouverait suffisamment de courage et d'audace pour se mesurer à Tiamat ?* s'écria Anu. Le seigneur Enki déclina la proposition. Il était né pour régner, et non pour diviser. Ea était faible, Inanna était femme et Anu avait peur. Tous se tournèrent vers Marduk, le plus jeune.

Marduk accepta, à condition qu'on lui remette les pleins pouvoirs, aujourd'hui et pour toujours. Il réclamait la souveraineté sur un monde qui n'était pas encore créé. Enki sourit, persuadé de n'avoir rien à perdre. Ordonne, et l'on t'obéira, rugirent les dieux à l'unisson, soulagés ou convaincus qu'il ne reviendrait pas.

Marduk se retira en compagnie d'Ea qui avait

approché l'ennemi. Le champion lui fit décrire ses futurs adversaires, réclamant tous les détails. Lorsqu'il connut leur nombre, leurs formes et la nature de leurs armes, il convoqua Anu qui lui parla de Kingu, le dragon noir. Marduk médita, puis choisit son équipement. Il prit un arc que lui seul pouvait tendre et dont aucune cuirasse n'arrêtait les traits, s'empara d'une masse et pria Inanna de lui tresser un filet. Tous embrassèrent son arc en témoignage d'allégeance et Marduk partit affronter le danger.

Il marcha pendant plusieurs jours jusqu'à parvenir au carrefour des quatre vents. Marduk invoqua l'ouragan qui avait séparé les eaux et captura dans son filet les cyclones et les tempêtes. Puis il clama bien fort son courage, se répandant en injures et provocations. Irritée par ses cris et ses gesticulations, Tiamat ordonna qu'on le capture pour le donner en pâture à Kingu le serpent.

Les armées déferlèrent comme une marée polluée. Marduk se campa sur ses jambes, respira profondément et décocha une flèche. Le trait fendit l'air et décima l'avant-garde sur plusieurs rangs. Marduk abattit les lézards qui planaient au-dessus de sa tête, perça les scorpions qui se précipitaient sur lui et cloua les vers qui rampaient à ses pieds. La consternation fondit sur le camp de l'adversaire. Marduk en profita et se jeta dans la mêlée. Comme son carquois était vide, il dégagea sa masse et frappa autour de lui, habité par une fureur aveugle, brisant les têtes, déchirant les ventres mous sous les carapaces, jusqu'à ce qu'il ne reste plus d'ennemis vivants. Alors il fut rejoint par ses frères.

Tiamat était isolée et le serpent Kingu ne savait quoi faire. Marduk avança, auréolé de lumière, et se prosterna devant la Mère de tous les dieux. Le champion l'assura de son amour et tous la prièrent de reconsidérer son attitude. Rien d'irréparable n'avait été commis et les esprits connaîtraient à nouveau la paix, pourvu qu'elle le veuille. Ils ne réclamaient qu'un mot doux, un geste d'affection. Tiamat répondit.

Un grondement qui fit trembler les fondations du monde, une rafale de commandements, hurlés à la face de Kingu. *Attaque. Tue. Mange. Aime-moi.* Le serpent se détendit. Marduk esquiva et fendit le dragon sur toute sa longueur. Tiamat devint folle. Elle meuglait de rage et de douleur sans parvenir à refermer la bouche. C'était l'occasion. Marduk ouvrit son filet et libéra l'ouragan. Les vents s'engouffrèrent dans le ventre de Tiamat, faisant enfler ses entrailles. Au début, elle ne comprit pas. Se sentant gonfler comme une outre, la Mère de tous les dieux crut qu'elle gagnait en puissance, qu'elle recouvrait sa forme originelle, quand elle n'était qu'étendue d'eaux dormantes et vierges. Elle se dilata jusqu'à tout recouvrir de son ombre. Tiamat riait quand elle explosa.

Les dieux observèrent le silence et rassemblèrent les morceaux de leur mère. De sa tête, Marduk fit le ciel qu'il baptisa l'En-haut. Il l'offrit à ses frères qui y bâtirent l'*E-sara*, le domaine des dieux. À Inanna il accorda la lune, pour la récompenser d'avoir tressé son filet. Il façonna l'En-bas à partir du ventre corrompu de Tiamat, et c'est pourquoi l'En-bas est devenu l'Enfer. Enfin, il pressa les yeux de sa mère pour en faire couler les deux fleuves qui baignent le pays.

Marduk s'approcha ensuite du corps de Kingu. Il ramassa les Tables du Destin et imprima son sceau dans l'argile. Lui seul pouvait dorénavant décider du futur. Enki, le frère qui était destiné à régner, contint sa colère et ne dit rien.

Il fallait des serviteurs aux dieux, des créatures suffisamment intelligentes pour satisfaire leurs exigences, mais incapables de se révolter. Des êtres, en somme, qui ne puissent leur faire subir ce qu'ils avaient eux-mêmes fait endurer à Tiamat. Marduk tira un poignard, s'ouvrit la paume et mêla son sang à celui du dragon. Sagesse et mort dégouttèrent et se répandirent sur le sol. Le seigneur de l'univers modela l'argile et créa les humains. Il les dispersa à la surface, et apprécia sa création. Alors, estimant qu'il en avait suffisamment fait, Marduk s'accorda un repos.

Mais il n'était pas dupe. L'esprit de Tiamat demeurait en toute chose. À la moindre défaillance, elle tenterait de resurgir pour rétablir le néant. Marduk veillerait. À chaque nouvelle année, il insufflerait sa force au monde. Inanna l'aiderait probablement, comme elle l'avait déjà fait.

Il leur faudrait pourtant dormir, car même les dieux peuvent être fatigués.

Aujourd'hui, le sommeil les gagnait.

4

Sous le regard de Zod, de l'archiprêtre et de l'accusateur royal, l'assemblée des magistrats hésitait à réagir. Tous connaissaient bien sûr le Poème de la Création et la possibilité qu'un jour Tiamat puisse se réveiller. La menace couvait depuis des générations, et leurs pères avaient vécu dans la crainte de son retour. À présent, on demandait aux fils de mourir dans la certitude de sa venue. Les dignitaires s'étaient tus. Ils observaient l'assemblée, attentifs aux réactions, sachant que du comportement des juges dépendait l'avenir de Babylone. Or certains des magistrats les plus aguerris affichaient la pâleur de cadavres.

Zod apostropha sa légion :

— Je connais chacun de vous, votre seule présence en ces lieux témoigne de votre bravoure ! Si des hommes entraînés depuis l'enfance à servir la loi ne parviennent pas à faire face, alors autant renoncer !

Abudisi pressa le bras de l'ancien général. Zod fit un pas en arrière, laissant la parole à Abudisi :

— L'archiprêtre de Marduk répondra à vos questions, et je ferai de même pour ce qui relève du droit.

Que les plus hautes autorités consentent à s'exprimer était chose incroyable. Sarban, tout comme ses confrères, ne parvenait pas à ouvrir la bouche. Il aurait fallu de l'audace, ou avoir l'esprit rempli d'air comme une outre. Quelqu'un finit pourtant par prendre la parole :

— N'affirme-t-on pas qu'en dépit de son âge le roi demeure vigoureux et que sa semence est encore fertile ? Ne nous a-t-on pas assuré qu'il avait honoré la déesse ?

Le rite du renouvellement unissait le monarque et l'incarnation d'Inanna aux premiers jours du mois de *tashritu.* Durant des années, l'accouplement véritable avait laissé place à une cérémonie de substitution, au cours de laquelle on rapprochait deux statues. Lors de son accession au trône, trente-cinq ans auparavant, le grand Nabuchodonosor avait souhaité rétablir l'antique cérémonie. L'espace d'une nuit, Marduk lui déléguait sa puissance et il faisait l'amour à la Dame du palais. Leur vitalité contribuait à régénérer le temps.

L'aruspice royal considéra longuement l'intervenant, un homme petit et trapu originaire des montagnes du Zagros.

— Il faut croire que cela n'a pas suffi.

Le juge ne semblait pas convaincu :

— Pourtant l'union a été célébrée il y a déjà quelques mois, et rien dans la nature ou le comportement des hommes ne paraît indiquer un changement néfaste. Tout semble être parfaitement normal.

De nombreux magistrats acquiescèrent. Le Grand prêtre agita la tête, visiblement excédé. Assuré de son fait, il ne souhaitait pas se perdre en explications inutiles :

— Détrompez-vous. Ai-je besoin de rappeler aux accusateurs qu'il ne faut pas se fier aux apparences ?

Tandis que le roi rejoignait la déesse sur sa couche, la totalité du clergé de Babylone s'est réunie pour célébrer le *Zagmuk*, la Fête des Sorts. Chacun ici connaît l'importance de cette pratique, qui a pour but d'examiner les présages pour les douze mois à venir. Astrologues et augures ont lu dans les étoiles et fouillé les entrailles des animaux sacrifiés. Nos devins ont étudié les formes que prend l'huile qui flotte à la surface de l'eau, et ils ont observé le comportement des nouveau-nés. Immédiatement, nous avons su que quelque chose n'allait pas. Ces dernières semaines n'ont fait que confirmer nos craintes. Moutons à deux têtes, enfants contrefaits, blé qui ne prend pas, éclipse annoncée, tous les signes concordent. Les oracles sont formels : Marduk et Inanna ont besoin de repos, la cérémonie du renouveau n'entravera pas cette fois-ci le pourrissement du temps. Pour empêcher qu'il ne se gangrène complètement, nous devons l'arrêter. Acceptons la suspension du temps et invoquons la clémence des dieux.

S'ensuivit une longue litanie dédiée aux figures principales du panthéon, Anu, Enki, Ea, Marduk et Inanna-Isthar. Abasourdi, Sarban reprenait mécaniquement l'invocation, sans parvenir à fixer son esprit. Il avait toujours pensé que la suspension du temps était une pratique révolue, une cérémonie des temps anciens, quand les dieux passaient leur colère sur les hommes. Autour de lui, certains accusateurs d'origine paysanne murmuraient des prières destinées aux divinités mineures. Mieux valait se concilier toutes les volontés. Sarban lui-même s'adressa à Asnan, le seigneur des épis qui protégeait son village.

L'archiprêtre tira la dague de sa ceinture et réclama le silence :

— J'annoncerai moi-même la nouvelle au peuple

avant l'éclipse. Lorsque mon bras s'abattra et que la lame tranchera l'air, le temps cessera d'exister.

L'assemblée demeura perplexe. Nombre d'accusateurs ne possédaient qu'une éducation religieuse superficielle. Durant leurs années de formation à l'Académie, les cadets concentraient leurs efforts sur le droit et les exercices militaires, s'en tenant pour la foi aux obligations ordinaires. Les examens étaient redoutables, la sélection sévère, et seule une infime minorité d'entre eux avait pris sur ses heures de sommeil pour compléter son éducation. Sarban en faisait partie.

— Et c'est tout ?

Le Grand prêtre foudroya du regard le magistrat qui se tenait à la droite de Casdim. Un jeune juge, à peine sorti de l'adolescence. Abudisi, affichant la satisfaction du lion qui s'apprête à déchirer la gazelle, l'invita à se présenter :

— Udak, seigneur.

— Quelle est ta fonction, juge ?

— Je suis responsable du vieux quartier.

— Eh bien, oui, Udak, tu as raison. C'est tout, le temps va simplement s'arrêter. Pour toi en premier.

L'impudence du jeune magistrat venait probablement de lui coûter sa place, car on ne les avait pas convoqués pour un simple coup de couteau dans le vide. À cet instant, Abudisi ne méritait plus son surnom de « Précieux ». Ses airs nonchalants laissaient maintenant place à une détermination froide, identique à celle affichée dans l'arène de l'Académie, quand il avait fait pendre les quatre instructeurs qui briguaient eux aussi la charge d'accusateur royal. Il s'adressa à toute l'assemblée :

— Il me semble que vous n'êtes pas conscients de la gravité des faits. Cela me chagrine. Ai-je donc face à moi des cadets, dont la morve séchée sur le visage tient lieu d'expression ? Des idiots qui bavent, est-ce là le résultat de notre enseignement ? J'ose croire qu'il n'en est rien, aussi vais-je être patient. Comme l'a clairement dit l'archiprêtre, le temps est condamné à disparaître. L'abolition du temps entraînera l'annulation du passé, du présent et de l'avenir. Ce qui provoquera de nombreux bouleversements. Coupés de notre passé, nous ne serons plus tenus d'obéir aux traditions, aux coutumes et à la loi. Sans loi disparaîtront les notions de crime et de punition. Alors tout sera permis.

L'évidence s'abattit d'un coup sur les juges. Sarban vit que les portes étaient condamnées, et qu'elles étaient gardées par des soldats attachés à la seule personne de Zod. Ces hommes, vétérans des campagnes du Roi des rois, n'obéissaient qu'à l'ancien général.

Abudisi étendit les bras, imposant le silence :

— Durant cette période de non-droit, nous connaîtrons un renversement des valeurs. Il n'y aura plus d'antériorité, plus de respect pour les aînés et les supérieurs. Le fils sera l'égal du père, l'esclave du maître, et la femme sera traitée comme une simple *harmatu*, une prostituée vulgaire. Nos principes régresseront, jusqu'à se dissoudre dans la licence générale. Nul prix ne sera attaché aux promesses et aux liens, et c'est au contempteur de la justice qu'ira tout le respect. Plus de futur, aucun projet. Le viol tiendra lieu de mariage, le commerce laissera place au pillage. Les fondations de notre société seront sapées car chacun donnera libre cours à son désir. La furie des hommes ne connaîtra aucune limite, jusqu'à ce que les autorités sacerdotales en décident autrement.

L'un des magistrats risqua une question :

— En tant qu'accusateurs, nous obéissons à Samas,

seigneur du Jugement, qui ouvre chaque matin les portes du ciel, afin de répandre la lumière. Ne peut-on espérer que...

— Dorénavant, Samas n'a plus l'usage de ses clefs ! l'interrompit l'archiprêtre. L'En-haut va déverser les ténèbres, comme une femme perd les eaux. Redoutons d'accueillir ce dont il va accoucher !

— Pourquoi cela doit-il arriver ? s'écria un juge terrifié.

— Parce que Marduk est épuisé, poursuivit l'aruspice. Je dois en informer le peuple. Il doit savoir que notre seigneur n'est plus en mesure de veiller sur nos destinées. Marduk réclame le repos, qu'on le laisse tranquille. Babylone sera livrée à elle-même durant son sommeil.

Abudisi avait raison. Sans contraintes d'aucune sorte, les gens perdraient la tête.

— Et quand s'arrêteront-ils ?

— Lorsque nous l'exigerons, quand Marduk aura recouvré ses forces.

L'accusateur royal invita le vieux prêtre à s'asseoir et prit le relais :

— Durant cette parenthèse, il n'y aura pas de sanction. Vous devrez laisser faire. Mais à l'instant précis où les devins constateront le réveil de notre seigneur, tout devra cesser. Immédiatement, car le temps et la loi seront à nouveau rétablis.

Restait une question, qui brûlait les lèvres de chacun. Casdim se décida à la poser :

— Au plus fort des troubles, qu'adviendra-t-il du roi ?

Abudisi demeura un instant pensif. En tant qu'accusateur royal, responsable de la personne du monarque, lui seul pouvait répondre :

— Je me charge de sa sécurité. Quelques jours

avant l'annonce officielle, notre souverain et sa première épouse quitteront le palais pour une destination qui doit demeurer secrète. Un sosie remplacera Nabuchodonosor. Le *Sar pûhi* sera choisi pour son extrême ressemblance. De préférence parmi le peuple, si possible un vagabond ou un simple d'esprit, afin que sa mort ne porte pas trop à conséquence. Durant son mandat, le substitut vivra au palais et jouira de tous les avantages liés à la couronne. Puis, quand les troubles auront pris fin, il sera exécuté. Comme vous l'avez compris, cette situation exceptionnelle requiert des mesures d'exception. C'est pourquoi je laisse la parole au magistrat Zod.

Le Grand accusateur remercia Abudisi. Il balaya du regard l'étendue indigo, évaluant la force et la faiblesse de chacun, et détailla ses plans :

— Concrètement, il nous faut défendre les points stratégiques de la cité. Nous ne pourrons compter sur le soutien de la *sâb bâb ekalli*, puisque la garde personnelle du roi accompagnera notre souverain. Ses hommes lui sont entièrement dévoués, il n'y a donc aucun risque de ce côté-là. Hélas ! nous ne pouvons dire la même chose de l'*ummânu*. Des mutineries sont à prévoir dans l'armée régulière, d'autant plus redoutables qu'elles seront le fait d'hommes lourdement équipés. Nous enverrons donc les garnisons loin en dehors de la ville, pour effectuer des manœuvres. Quant aux régiments de mercenaires, ils toucheront leurs gages dès ce soir et seront dispersés. Des étrangers qui ne partagent pas nos croyances pourraient profiter de la situation. Légations et ambassades devront fermer leurs portes, car il n'y aura pas suffisamment d'accusateurs pour les protéger. Nous serons seuls, seuls pour défendre le palais, les temples, les bâtiments administratifs, les jardins et les cultures.

Deux contingents de juges veilleront sur le temple de Marduk et le sanctuaire d'Inanna, afin de garantir le repos des dieux. Vous recevrez vos ordres de mission demain dans la matinée. Un dernier point : je n'ai pas l'intention de réclamer des renforts en rappelant les magistrats affectés dans nos provinces. Il n'est pas besoin de désorganiser tout le pays si nous pouvons l'éviter. Mais il y a les cadets. Au terme de cette réunion, chacun d'entre vous se rendra à l'Académie pour choisir un novice qui l'assistera. Avez-vous des questions ?

Mille interrogations étourdissaient les têtes. Que se passerait-il si, devant eux, la foule hystérique tentait de mettre à sac un commerce ? Ne devraient-ils vraiment rien faire si la vie d'un enfant était en danger ? Chaque accusateur se récitait mentalement les articles du code d'Hammurabi. Toute cette sagesse accumulée et qui avait maintes fois fait ses preuves ne leur serait d'aucune utilité.

— Pouvons-nous prévenir nos familles ?

Zod se raidit. Le tissu cicatriciel qui striait son visage devint blanc.

— Certainement pas ! Chacun ici est légion, à la fois juge et mari, fils et serviteur de la loi. Aujourd'hui, je ne m'adresse pas à des pères ou à des époux, mais à des magistrats. Aucun passe-droit ne sera toléré. Si je m'avise que l'un d'entre vous a utilisé ces informations pour mettre à l'abri les siens, il sera exécuté. Ainsi que ses complices, femme et enfants.

Sarban intervint :

— Les paroles du seigneur Abudisi sont claires : une fois le temps suspendu, la loi sera figée. Nous ne pourrons intervenir. Aussi, quelle sera notre marge de manœuvre, comment devrons-nous réagir si l'on nous agresse ?

L'accusateur Zod se tourna vers Sarban et lui répondit en face :

— Votre rôle sera principalement dissuasif. Équipez-vous, prenez des armes. Et si l'on fait mine de vous approcher, tuez. La loi n'est pas temporelle, elle est éternelle. Rien ne doit menacer la loi.

5

Les autorités dispersèrent l'assemblée, et Zod ordonna à ses soldats d'ouvrir les portes. Certains magistrats hésitèrent à franchir le seuil, comme s'ils redoutaient de quitter l'enceinte du tribunal. Bientôt, il n'y aurait plus aucun abri à Babylone, aussi toutes les directions se valaient. Sarban et Casdim, accompagnés d'autres accusateurs, se dirigèrent vers un *astammu*, un estaminet situé non loin du temple. Ils prirent place sous une tonnelle, à une table placée près du comptoir, et commandèrent des boissons. Voyant leur air maussade, le propriétaire des lieux s'empressa de les servir, car mieux vaut ne pas contrarier un juge. Sarban allongea d'eau son vin de sésame, tandis que ses compagnons buvaient à même une grosse cruche de bière, au moyen de pailles. Comme il fallait s'y attendre, la conversation s'orienta aussitôt vers les mesures prises par leurs supérieurs.

— *Kittu u Mêsaru*, « Stabilité et Ordre », telle est notre devise. Et l'on nous demande d'y renoncer !

Celui qui venait de parler sortait à peine de l'École. Il avait revêtu la robe indigo quelques mois plus tôt et bouillait de faire appliquer la justice. La perspective de renoncer à ce qui donnait un sens à sa toute jeune vie l'écœurait.

— Le réveil de Tiamat, c'est une chose que l'on évoque au coin du feu ou dans l'ombre des sanctuaires, sans l'avoir jamais constaté.

— Allons, mon garçon, ne blasphème pas. Tu ne doutes pas que l'Égypte existe, sans pourtant y avoir été.

Le jeune magistrat considéra son interlocuteur. Homme calme et posé, il approchait de la soixantaine et était connu pour la clémence de ses sentences.

— Ce n'est pas la même chose. Je connais des gens qui s'y sont rendus, des commerçants et des soldats.

— Où est la différence ? Prêtres, devins et enchanteresses voyagent dans des contrées auxquelles nous n'avons pas accès. Des régions inconnues de l'âme, qui leur permettent de visiter les dieux. Il faut faire cas de leur témoignage.

Son interlocuteur répondit, agacé :

— Moi, je te parle de faits, d'actions menées par notre roi, en qui j'ai confiance. Comme chaque année, le grand Nabuchodonosor a procédé au *Têbibtu*, à la purification générale du pays. Cela devrait amplement suffire !

— Tu as entendu l'archiprêtre, il faut croire que non. Quant à Zod et Abudisi, ils n'auraient pas pris une telle décision sans raison valable. Déplacer le souverain, provoquer sciemment le chaos, tout cela ne s'improvise pas. Je connais Zod depuis des années, bien avant qu'il ne devienne Grand accusateur. Sa probité est au-dessus de tout soupçon. Nous devons le suivre.

L'aîné des magistrats préleva une datte dans la coupelle. Il la fit tourner lentement entre ses doigts, puis la reposa.

— Sais-tu pourquoi tous les jours nous mangeons à notre faim, pourquoi nous ne sommes plus obligés d'effectuer des razzias chez nos voisins pour y dérober notre nourriture ? Parce que depuis mille ans, le droit règne. Chacun est à sa place dans notre société et accomplit ses devoirs. Envers la communauté, et envers les dieux.

Le jeune juge aspira une goulée de bière. Il semblait s'ennuyer.

— Où veux-tu en venir ?

— Au fondement même de notre Ordre. Hammurabi a édicté le code qui régit encore nos actes. Mais ce n'était pas suffisant. Il a fallu instruire des hommes pour l'appliquer.

— Ammisaduqa et les Justes. Nous savons tout cela.

— Vraiment ? Peux-tu m'en rappeler les circonstances ?

Comme il n'obtenait pas de réponse, l'aîné des juges poursuivit :

— Le quatrième successeur d'Hammurabi a créé l'Ordre des accusateurs quand Tiamat s'est réveillée.

Tous se tournèrent vers lui.

— C'est une chose que l'on n'enseigne plus à nos cadets, et je le regrette. Les dirigeants actuels de l'Académie préfèrent insister sur l'autonomie de la justice vis-à-vis de la religion, et je ne suis pas certain que ce soit une bonne chose. La preuve, aujourd'hui. Si vous aviez connu l'origine même de la loi, vous n'auriez pas été surpris.

Il monopolisait leur attention. L'accusateur se cala confortablement dans son siège et entama l'historique de l'Ordre :

— Hammurabi a fait graver ses articles dans la pierre et tout a été bien, un temps. Le souverain honorait Inanna, rendait seul la justice et Marduk veillait sur le pays. Jusqu'à l'éclipse totale qui s'est abattue sur nos terres en même temps que la famine et la maladie.

— Tiamat, et son cortège de fléaux ?

— Ammisaduqa n'a rien pu faire. Le quatrième descendant du roi fondateur a assisté impuissant aux pillages, aux viols et aux assassinats. Il a ouvert au peuple ses greniers et répartit les réserves. Ce qui a calmé la faim, raffermi les corps et réveillé d'autres appétits.

— Soif du sang et des larmes...

— Oui, Sarban. Mais le souverain n'avait pas le choix, il ne pouvait faire autrement que de nourrir les siens, quitte à les voir se retourner contre lui. Vois-tu, le roi est semblable au père, qui veille parfois sur son futur bourreau. Ammisaduqa en a fait la triste expérience, et sa charge est devenue plus amère que le fiel. Il a survécu dans les ténèbres, grâce à une poignée de fidèles. Ces hommes, que l'on n'appelait pas encore accusateurs, ont su placer la loi au-dessus de leur vie. Comprenez-moi bien, je vous parle d'une époque où il n'y avait pas d'Académie, personne pour dicter à l'âme sa conduite.

— Des cœurs de bronze, fit Sarban en se remémorant les paroles de son père. Dagan prétendait qu'il existe un courage forgé au souffle même de la vie.

— C'est vrai, et j'aurais aimé les connaître. Baiser le pan de leur robe aurait été pour moi un honneur, car beaucoup y sont restés. Ils ne sont pas tombés dans une bataille opposant deux adversaires disciplinés. Non, on les a retrouvés étendus dans la salle du trône ou dans les jardins. Leurs dépouilles étaient profanées d'ignoble façon par ceux-là mêmes qui, d'ordinaire, servaient le monarque. Des lâches, chacals de courtisans, qui se contentaient jusqu'alors de tuer par la parole !

La voix du juge se brisa. Il but un peu de bière et conclut :

— Lorsque Marduk est sorti de son sommeil et a repoussé Tiamat, le roi Ammisaduqa s'est occupé lui-même de laver les corps des héros et de les enduire de miel. Il a fait graver leurs portraits sur les *kudurru*, ces stèles qui ornent notre Allée des Justes. Sachez que ces vieilles pierres, qui vous paraissent décrire des exploits légendaires, ne font que rappeler des faits. Enfin, pour honorer leur mémoire et prolonger leur total dévouement, il a fondé avec les survivants l'Ordre des accusateurs. Vous connaissez maintenant toute notre histoire.

Tous observèrent un long silence. Sarban laissa son regard dériver sur les passants. Chacun vaquait à ses occupations, dans l'ignorance de ce qui l'attendait. Cette femme qui allaitait, ce vieil homme qui sculptait une flûte, allaient-ils sous l'influence de Tiamat se transformer en meurtriers ? Sarban ne pouvait le croire.

— Mais peut-être que ces gens ne réagiront pas ?

— Détrompe-toi. Le peuple est proche des dieux. Il prend soin d'observer les rites. Tous retrouveront les gestes à accomplir, le moment venu.

— Peut-être se contenteront-ils de menus larcins ?

L'aîné des magistrats sourit amèrement.

— Mieux vaut te préparer au pire. Quant à moi, je vais vous laisser. Ma femme et mes petits-enfants m'attendent, et j'aimerais goûter une dernière fois leur amour, avant qu'il ne se transforme en haine. Vous devriez faire de même.

Le pessimisme de ses propos les mit mal à l'aise.

— Tu ne te rends pas à l'Académie, pour choisir un novice ?

— Non, mon ami. Novices, nous le sommes tous dans cette affaire. Tu n'auras qu'à choisir pour moi.

Il s'en alla, bientôt suivi par le jeune juge. Une fois seuls, Casdim et Sarban échangèrent des nouvelles, s'enquérant de la santé des proches. Casdim recouvra progressivement sa bonne humeur.

— T'ai-je dit que l'on m'a confié une étrange enquête ?

— Pas aussi curieuse que ce qui nous attend...

— Non, mais bizarre tout de même. Le gouverneur de la province de Mossul s'est retrouvé avec un méchant dossier sur les bras. Une mort suspecte, survenue dans des circonstances mal définies.

— Comment se fait-il qu'on t'ait désigné, il y a pourtant des magistrats dans le district ?

— Oui, mais pas très efficaces. Tu sais que, loin de la capitale, les juges mollissent et se laissent parfois corrompre. De plus la victime résidait à Babylone, et ne se déplaçait à Mossul que pour affaires. Seul un magistrat de la cité pouvait donc être chargé de l'enquête. Toujours est-il que je me suis rendu sur place. Les autorités locales paraissaient manifestement soulagées de ma venue. Elles m'ont grandement facilité le travail.

— Tu as pu examiner le cadavre ?

— Oui, dans l'état que tu imagines. Je n'ai constaté aucune plaie ou trace de coups.

Sarban se prenait au jeu. Le problème lui fournissait une distraction bienvenue.

— Pourtant il y avait bien quelque chose, sans quoi tu n'aurais pas été mandaté !

— En effet. L'homme, un individu d'une cinquantaine d'années, souffrait de troubles nerveux. Ses proches, ou ce qui en tient lieu, me l'ont confirmé. Il ne supportait pas la lumière vive et se réfugiait dans des pièces aveugles. Le moindre son lui occasionnait d'atroces souffrances. Il ne tolérait pas le mouvement et les déplacements. Non pas les siens, mais ceux des autres.

— Pas commun...

— Attends d'écouter la suite : tout ce qui l'entourait était recouvert de tissu sombre. Les pieds des meubles, mais aussi les plats, pour éviter le bruit et la réflexion de la lumière. Ses domestiques n'avaient pas le droit de l'approcher. Ils lui présentaient ses repas à distance, des aliments servis sur du lin teint en noir. Jamais ils ne touchaient leur maître, y compris pour le laver.

— Dans ce cas, il a dû très vite sentir sa solitude !

Casdim éclata de rire, postillonnant des miettes de gâteau au miel.

— C'est vrai qu'il était crasseux, et solitaire. On l'a retrouvé mort, étendu sur son lit, dans une pièce sans fenêtre fermée de l'intérieur. Tu te doutes bien qu'il n'aurait pas pris le risque qu'on vienne le visiter la nuit...

— Sa disparition n'a pas dû provoquer la tristesse.

— Plutôt le contraire. Il laisse une confortable fortune à des parents lointains qui ignoraient jusqu'à son existence. J'ai vérifié.

— Suicide ?

— Cela m'étonnerait car, à sa façon, l'homme aimait la vie. Il appréciait la bonne chère et passait des heures à contempler ses œuvres d'art à la lumière d'un brasero. L'une des plus belles collections du pays, à ce que l'on dit.

— Mort naturelle ?

— Toutes les morts sont naturelles, Sarban, mais certaines sont précipitées. Non, je pense qu'on l'a exécuté.

— Qu'est-ce qui te fait dire ça ?

— Allons, tu sais bien que je suis un *sâ'ilu*, un

enquêteur qui procède par intuition. Elle ne m'a jamais trompé.

En sa qualité de *sâ'ilu*, Casdim appartenait au corps des *bârû*, les déchiffreurs de rêves. Ces magistrats particuliers, placés sous la protection directe de Ziquiqû, dieu de l'air et des songes, traquaient la culpabilité des citoyens jusque dans leur sommeil. Ainsi, quelques mois plus tôt, un conseiller de la cour avait été dénoncé par son épouse pour avoir rêvé qu'il assassinait le Grand Roi. On l'avait exécuté. Mentir aux *sâ'ilu* était inutile. Procédant par intuition, examinant chaque geste du suspect et analysant ses paroles, les enquêteurs parvenaient toujours à débusquer la vérité. Ils avaient été formés pour cela, dès la prime enfance.

— Cet homme avait-il du pouvoir ?

— Tu peux le dire ! Il exerçait une véritable influence sur la guilde des marchands.

— Quelle était sa profession ?

— Ce n'est pas là le moins étonnant. Il était négociant et prospecteur. Carrière de pierres et gisement de bitume.

— Autrement dit, un travail qui l'obligeait à s'agiter en pleine lumière. Curieux, en effet.

L'échange entre les magistrats fut brusquement interrompu :

— Mais qui voilà, ne dirait-on pas les inséparables Casdim et Sarban ?

Haraïm, fils de Balaat, se tenait face à leur table. Il était vêtu d'un manteau léger, d'une robe aux plis irréprochables, et sa broche *apkallu* étincelait de mille feux. Haraïm les toisait. Sa morgue demeurait la même au fil des ans. Pire, elle augmentait à mesure que Sarban faisait ses preuves. Tout au long des années passées à l'Académie, le fils de paysan avait enduré sans mot dire les brimades infligées par

Haraïm et ses sbires. Il avait survécu aux épreuves, passé ses examens et était devenu un magistrat respecté. Cela, Haraïm de Balaat ne pouvait le supporter. De même qu'il n'admettait pas que Casdim, héritier d'un haut lignage, puisse être son ami. Pour Haraïm, apparenté à la maison royale, Sarban était un parvenu, et Casdim avait déchu. Sans qu'on l'y invite, il s'empara d'un siège.

— Sarban, on m'a dit que ce matin tu étais en retard à la réunion ?

— Possible...

— Mais que tu avais une excuse. Un défi, lancé en pleine rue, et qui t'a causé bien des tracas.

— Pas autant que tu le souhaiterais. La preuve, je suis encore là.

Haraïm fit mine d'approuver.

— C'est vrai. On ne peut pas en dire autant de ce pauvre Gehon.

Sarban connaissait la passion d'Haraïm de Balaat pour les jeux d'obstruction, et il venait de placer un pion. Un simple nom, Gehon, qui remontait à l'Académie. Lorsqu'ils étaient cadets, Gehon appartenait à la cour d'Haraïm. Étourdi par la beauté de son maître, il lui rendait grâce de l'accepter près de lui, et jouissait de n'être qu'un compagnon servile. Gehon était à ce point confit d'admiration qu'il imitait la voix d'Haraïm et singeait ses manières. Sarban se maudit de n'avoir pas fait le rapprochement. L'homme qui l'avait provoqué au marché reprenait les inflexions d'Haraïm. Celui-ci piocha dans l'assiette de pâtisseries.

— Tout à fait délicieuses. Mieux vaut s'engraisser, car nous allons devoir faire de l'exercice dans les jours qui viennent. Sers-toi donc, Sarban, tu me parais bien pâle.

— Moins que toi. La disparition de ton ami semble te peiner.

Haraïm fit non de la tête et répondit la bouche pleine :

— N'y pensons plus. De toute façon Gehon n'était qu'une larve, indigne de porter la robe de magistrat. Et c'est d'ailleurs pourquoi on l'a renvoyé de l'Académie.

Sarban se souvint. Lors de sa troisième année de noviciat, Gehon avait été pris en flagrant délit de vol. Un de ses condisciples l'avait surpris dans un dortoir qui n'était pas le sien, en possession de biens qui ne lui appartenaient pas. Rien de véritablement important mais un délit tout de même, perpétré dans l'enceinte de l'École. Un désaveu complet de la loi, commis par l'un de ses futurs représentants. On avait rassemblé les élèves dans l'amphithéâtre, tous niveaux confondus. Gehon avait comparu devant un tribunal composé de professeurs, d'instructeurs militaires et de représentants des cadets. Sommé de s'expliquer, il avait commencé par nier, au mépris de l'évidence. Les cadets de sa promotion avaient détourné la tête, car, par sa conduite, Gehon répandait la honte sur chacun. Voyant qu'il ne réussissait qu'à s'attirer le mépris de tous, Gehon avait tenté d'atténuer les faits, prétextant agir sur ordre d'un commanditaire. Croyant faire montre de courage, il s'était refusé à divulguer son nom. Ne retenant aucune circonstance atténuante, et sans tenir compte de la famille de l'accusé, pourtant l'une des plus prestigieuses de la ville, le tribunal l'avait banni de l'École. Tous les novices partageant le dortoir de Gehon s'étaient vus astreints à corvée, et le coupable n'avait pas tardé à quitter la cité.

Haraïm aimait à éprouver la fidélité de ses courtisans en les soumettant à des épreuves. Pour lui plaire, ils auraient fait n'importe quoi, jusqu'à tuer peut-être, sans jamais l'impliquer. Sarban vida sa coupe de vin et reprit :

— Pour une fois, je suis d'accord avec toi. En son temps, Gehon avait quelques aptitudes au droit, mais il a toujours été un individu méprisable. Personne n'aurait souhaité être vu en sa compagnie. Pas même toi, je suppose ?

L'allusion piqua Haraïm de Balaat. Durant un bref instant, sa beauté disparut, comme flétrie par un sort. Puis il se reprit et sourit :

— Tu es pourtant le dernier à l'avoir fréquenté, Sarban. Jusqu'à ce qu'on le pende.

— Eh oui, que veux-tu, le destin de cet homme était d'être pendu. À une corde, Haraïm, ou à tes lèvres.

Cette fois-ci, le juge Haraïm ne laissa rien paraître :

— Ma foi, c'est une façon de voir. Bien, puisqu'il ne nous reste rien à boire et à manger, je propose que nous nous rendions à l'École, pour choisir nos fameux cadets. Je vous retrouve là-bas.

Il se leva, déployant les pans de son manteau.

— Oh ! une dernière chose, Sarban. Cours vite à travers la ville. Je n'aimerais pas que quelqu'un d'autre te lance un défi.

6

L'Académie était située dans l'enceinte du palais, à quelque distance de l'École des Tablettes où l'on formait les scribes. Elle était constituée de larges bâtiments de briques blanchies à la chaux, hauts d'un étage. Outre le réfectoire et les dortoirs relégués au fond de l'enceinte, l'École comptait un terrain d'entraînement où les cadets se formaient aux disciplines militaires en se mesurant sur la terre battue, et différentes salles de cours, une pour chaque matière enseignée, disposées en cercles concentriques autour de l'amphithéâtre.

Par sa situation et son importance au sein de l'Académie, l'amphithéâtre apparaissait comme le lieu central, le pivot de l'École. D'une construction récente et originale, d'inspiration grecque, il détonnait quelque peu, mais son acoustique était parfaite. L'architecte athénien, engagé par Nabuchodonosor lui-même, y avait veillé. On y dispensait les cours d'exception – les aînés se souvenaient avec émotion que Balek le Sagace y avait soulevé un point de droit qui avait tenu l'assistance en haleine trois jours durant – et l'on y faisait passer les examens. Aptitudes physiques et joutes oratoires y étaient évaluées deux fois dans l'année en présence de chacun, du moindre novice au magistrat le plus renommé. Sarban et Casdim ne comptaient plus les heures passées sous la pluie ou le soleil d'été, à manier les épées de bois ou à tenter de répondre aux questions des maîtres.

Pour l'heure, les deux compagnons se tenaient face au fronton de l'entrée. Ils contemplaient avec émotion la stèle de diorite noire, le portrait d'Hammurabi recevant la loi des mains de Marduk et les articles du code gravés au-dessous. Soit deux cent quatre-vingt-deux articles, répartis en seize et vingt-huit colonnes de part et d'autre de la stèle.

— Tu te souviens ? fit Casdim avec émotion.

Comment oublier ? Sarban caressa distraitement la minuscule cicatrice qui marquait sa chair entre le pouce et l'index, là où l'on avait placé l'agrafe d'argent au premier jour de son noviciat. Après qu'on les eut triés sur l'esplanade, les enfants avaient été conduits jusqu'aux portes de l'École, sous la surveillance des magistrats. Avant de pénétrer dans l'Académie, on les avait contraints à quitter leurs vêtements, leurs riches atours ou leurs modestes effets, pour revêtir une simple tunique de lin uniforme. Certains pleuraient en ôtant leurs bijoux, d'autres affichaient leur nudité sans fausse pudeur. Tous perdaient leur identité et n'étaient pas encore la loi. En fait ils ne seraient plus rien, le temps de leur noviciat. Tandis qu'il se déshabillait, le jeune Sarban avait tenté de déchiffrer les signes inscrits dans la pierre. Sans y parvenir, puisqu'il ne savait pas lire. Tout cela viendrait, en son temps. S'il n'abandonnait pas, découragé par le manque de sommeil, l'exercice éprouvant et les privations... Beaucoup renonceraient. D'autres, jugés trop faibles ou inaptes à servir la loi, seraient écartés. Tous les rejetés retrouveraient alors leur existence antérieure et tenteraient de vivre avec leur échec. Quelques-uns se reconvertiraient dans l'administration et étoufferaient leur ennui en dressant des inventaires dans les sous-sols du palais. D'autres retourneraient à leur charrue ou à leur collection de monnaies étrangères. Beaucoup n'y survivraient pas. À leur façon, Casdim et Sarban étaient des rescapés. Une première fois, ils avaient franchi le seuil de l'École, craintifs et sans savoir ce qui les attendait. Aujourd'hui, ils y retournaient en maîtres. L'esclave en faction devant la porte s'inclina sur leur passage.

Ignorant la conciergerie qui connaissait le motif de leur visite, les accusateurs prirent tout droit, contournèrent les bâtiments réservés à l'intendance et aux archives et firent halte un instant devant la salle des Jeux Tranquilles. La pièce, un long couloir aux larges fenêtres, était recouverte sur toute la surface de son plafond par un motif émaillé représentant les étoiles. Sous la vigilance des astres figés dans leur course, les enfants s'amusaient, insouciants, se bousculant ou ramassant des jouets éparpillés au sol. Ils avaient entre six et dix ans et n'étaient à l'Académie que depuis quelques heures. Ils manipulaient les poupées de bois, des représentations d'animaux ou d'humains, tordaient leurs membres pour s'en désintéresser aussitôt, ou au contraire les chérissaient et reportaient sur elles toute leur affection. Certains demeuraient seuls et s'abîmaient dans la contemplation du ciel de mosaïque, d'autres formaient des groupes, élisaient leur chef et martyrisaient leur souffre-douleur. Tous étaient observés. Les *Râ's*, les « Têtes » comme on les nommait à l'intérieur de l'École, étaient des magistrats spécialement formés dans l'examen des caractères. Se relayant nuit et jour auprès des novices, ils étudiaient chacune de leurs réactions, notaient la moindre variation de tempérament.

Ils procédaient à un premier écrémage, et renvoyaient certains enfants à leur famille. Tel bambin geignard était retenu quand on refusait un garçon éveillé. Les critères de sélection demeuraient secrets et pouvaient sembler arbitraires. Ce n'était pas le cas. Grâce aux jeux, les *Râ's* parvenaient à déceler les failles et les talents. Les futurs accusateurs seraient ensuite orientés en fonction de leurs aptitudes ou de leurs faiblesses. Casdim avait pleuré, Haraïm s'était moqué, Sarban s'était contenté d'attendre. Tous trois avaient passé l'épreuve avec succès.

Quittant la salle des Jeux, les deux accusateurs se dirigèrent vers le terrain d'entraînement. Sous la surveillance d'un sergent instructeur, un peloton de cadets âgés d'une douzaine d'années s'exerçait au maniement du bâton de combat. Ils suaient sang et eau, tentaient de porter des coups ou d'effectuer des parades mais ne parvenaient qu'à se meurtrir les phalanges. D'autres novices s'exerçaient à frapper une quintaine. Le mannequin d'apparence grossièrement humaine, fait de planches, de paille et de chiffons, se balançait à l'extrémité d'une corde liée à un poteau. Les élèves portaient leurs coups et devaient rapidement dégager, pour éviter de recevoir le pantin en pleine face. À l'approche des magistrats, certains cadets rompirent l'assaut. L'instructeur fit volte-face. C'était Ninumba.

— Par les mamelles d'Ereskigal, en voilà une bonne surprise !

Ninumba, le tonneau à pattes, le taureau au poil frisé, à la couenne lardée de cicatrices. Nul doute que l'on continuait à le surnommer ainsi dans le secret des dortoirs. Guerre en Égypte, campagnes contre le royaume de Juda, le sergent avait accompagné Zod quand celui-ci commandait les armées du Roi des rois, et l'avait suivi dans sa nouvelle carrière. Par fidélité pour son général – il ne pouvait le désigner autrement –, Ninumba avait renoncé à sa solde de vétéran pour occuper le poste d'instructeur en chef à l'Académie. Depuis, il formait des générations d'accusateurs à grand renfort d'aboiements et de taloches. On finissait pourtant par s'y attacher.

Le sergent s'approcha des juges, les saisit sans autre forme de procès, et les palpa comme du bétail.

— Sarban, Casdim, vous m'avez l'air en bonne santé, quoiqu'un peu mous peut-être. Et toujours pas de barbe ? Si Marduk nous en a donné une, c'est bien pour la faire pousser !

Sarban éclata de rire. Aussi loin qu'il s'en souvienne, il avait toujours apprécié Ninumba. Parce que le sergent était un homme simple qui se contentait de faire son travail. En bien des points, le vétéran lui rappelait son père. Tous deux s'y entendaient dans leur tâche et, pour le reste, ne cherchaient pas à se bercer de mots.

— Tu dois avoir raison, comme toujours. Mais nous ne sommes pas venus pour ça.

— Je sais pourquoi vous êtes ici. Un instant.

Ninumba se tourna vers le peloton et rugit :

— Qu'est-ce qui se passe, bande d'empotés, on dirait que vous n'avez jamais vu d'accusateurs ! Ce n'est pas en bâillant que vous atteindrez leur niveau, reprenez l'exercice !

Casdim et Sarban échangèrent un sourire. Combien de fois leur avait-il parlé de la sorte ? La réponse était simple : jusqu'au dernier jour, quand on leur avait remis la robe indigo et la broche *apkallu*. Ninumba avait la mémoire bienveillante. Le vieux taureau avisa une place à l'ombre, se laissa tomber sur un banc et défit son corselet de cuir. Sarban remarqua que la toison bouclée qui recouvrait son torse, ses épaules et son dos, avait blanchi.

— Nous ne t'avons pas vu à la réunion, ce matin.

— C'était inutile. Hier soir, j'ai dîné avec le général. Nous avons partagé un quartier de bœuf et vidé quelques coupes. Il m'a tout expliqué.

Zod avait toute confiance en son compagnon d'armes. Le sergent renifla et cracha par terre.

— Il fallait s'y attendre. Le pays est pacifié et nos voisins ne bronchent pas. Que voulez-vous, les dieux s'ennuient. Notre inactivité les lasse, ils veulent nous secouer les puces !

Sarban se souvint de la conversation à l'estaminet, du massacre général qui avait conduit le roi Ammisaduqa à former l'Ordre des accusateurs.

— Lors du précédent réveil de Tiamat, le royaume a manqué de disparaître.

Ninumba afficha un air étonné :

— Tu sais cela ? Ma foi, c'est vrai, nous n'étions pas préparés. Je ne dis pas que ce sera commode, mais vous n'avez pas été formés à la facilité. Bon, allons voir ces fameuses recrues.

Emboîtant le pas au vétéran, les magistrats se dirigèrent vers le cœur de l'École.

L'amphithéâtre était bondé. Les élèves se massaient sur les gradins et certains se tenaient debout dans les allées. Ninumba fit signe à quelques novices de se pousser. Ils s'exécutèrent en courbant la tête. Les trois hommes prirent place au deuxième rang, face à l'arène où se déroulait l'affrontement. Il opposait un élève à son instructeur. Le cadet était étendu aux pieds du maître.

— Cesse donc de te vautrer dans la terre comme une esclave en chaleur sur sa couche. Relève-toi et fais face !

L'adolescent respirait avec difficulté. Il cherchait à se redresser, les jambes vacillantes, tandis que l'instructeur lui tournait autour, bâton de combat le long du corps.

— Puisque tu es là, à rêvasser, peut-être vas-tu consentir à répondre à mes questions : un homme a-t-il le droit de répudier sa femme ?

Le garçon prit appui sur son épieu. Un énorme hématome s'étendait sur son thorax et l'empêchait de bouger convenablement le bras droit.

— Oui. À condition d'avoir un motif valable.

On l'entendait à peine. Ses lèvres étaient craquelées et couvertes de terre poudreuse.

— Et qu'est-ce qu'un motif valable, puceau ?

— Ne pas lui donner des enfants.

Le cadet tenta une attaque. L'entraîneur se déporta sur le côté et lui balança un coup de pied dans les côtes.

— Je me demande parfois si la stérilité n'est pas préférable. Qu'est-ce qu'un père ferait d'un fils comme toi ?

Le garçon écarta ses cheveux poissés de sueur et ne répondit rien. Il toussa et cracha du sang. Rouge, comme la terre battue.

— Essayons autre chose. Cite-moi le contenu de l'article 71.

— Un fermier ne peut élever certains animaux.

— Lesquels ?

— Ceux qui appartiennent à la ménagerie du roi.

Le bâton fendit l'air. L'adolescent esquiva le coup, para une succession d'assauts et contra en atteignant son opposant à l'épaule. Sarban suivait la joute avec attention. Ce gamin avait de la ressource. L'instructeur jeta son épieu et tira un gourdin.

— Tu veux te battre ? C'est bien.

Le cadet gagna en boitant le centre de l'arène.

— Un juge a-t-il droit à l'erreur ?

— Non.

— Et pourtant cela peut arriver. Article 5.

— Dans ce cas il devra verser douze fois l'amende qu'il a fixée et se verra démettre de ses fonctions.

L'entraîneur jonglait avec son arme. Son adversaire ne la quittait pas des yeux.

— Contenu de l'article 283 ?

D'un large moulinet, le cadet fit voler la matraque. L'homme bondit sur lui. Le garçon se jeta dans ses jambes et le projeta en l'air. L'instructeur effectua un vol plané et retomba lourdement sur le sol. Il tenta aussitôt de se relever, mais l'extrémité renforcée de l'épieu touchait sa gorge.

— Aucun article 283 ne figure dans le code. Il est laissé à la libre appréciation du juge.

Le cadet redressa l'arme et tendit la main à l'entraîneur.

Une formidable ovation accueillit la fin de la rencontre, et les maîtres laissèrent faire. Ce type de réactions était propice à former l'esprit de corps, chacun ici le savait. L'entraîneur lui-même salua en souriant. Après tout, les honneurs de la victoire lui revenaient en partie, puisqu'il avait formé le novice. Sarban gagna l'arène. Un cercle d'admirateurs entourait le vainqueur. Ils lui offraient de l'eau et le congratulaient. *Leur attachement est sincère*, songea l'accusateur tandis qu'il s'approchait, *rien à voir avec la démonstration d'hypocrisie qui accompagnait ma victoire ce matin*. Parvenu à hauteur du groupe, les élèves s'écartèrent avec déférence pour le laisser passer. Sarban ressentit une pointe de nostalgie. Il aurait aimé partager leur joie simple, ne serait-ce qu'un instant. Mais il était l'accusateur, et un juge ne ressent rien.

— Comment t'appelles-tu ? fit Sarban en se composant un visage grave.

Aussitôt, le cadet inclina la tête et murmura :

— Tâmin, seigneur.

— Parle plus fort et lève les yeux. Tâmin, dis-tu ?

— En effet, seigneur.

— N'est-ce pas un nom araméen ?

— C'est vrai, seigneur. Il signifie *innocent*.

Quinze ans, de taille moyenne, les muscles secs, il affichait une mine franche et ne détournait pas le regard.

— Et comment se fait-il qu'un fils de citoyen porte un nom étranger ?

— Mon père l'a souhaité ainsi. Il n'a pu avoir d'enfant de sa première épouse, comme l'a rappelé l'instructeur. Je suis né d'une servante, native de Juda.

L'article 146 du code permettait au citoyen d'avoir un enfant d'une domestique. Dans ce cas, la première épouse devenait légalement la mère du nouveau-né, et la servante était attachée définitivement à la maison, ne pouvant être vendue comme esclave.

— Tâmin, tu me parais un solide combattant, pour un innocent. Va te changer, je t'engage comme auxiliaire. Retrouve-moi ici et ne traîne pas en route !

Escorté par ses compagnons, l'adolescent détala en direction des dortoirs. Sarban s'accroupit, enfouit ses mains dans la terre et la laissa couler entre ses doigts. Cette sensation éveilla des centaines de souvenirs. Sur ce sol, il avait versé des litres de sueur, bien plus qu'il n'en faut pour irriguer les champs du pays d'Entre-deux-fleuves. Par cette offrande, il ne faisait plus qu'un avec Babylone. D'une certaine façon, Sarban suivait les traces de son père laboureur, soc humain marquant de son empreinte le limon sacré.

Ninumba et Casdim le rejoignirent.

— Ça te rappelle aussi quelque chose ? Je me demande comment nous avons fait pour rester ici.

Sarban répondit sans lever la tête :

— Les Tables du Destin, Casdim. Nous n'y sommes pour rien.

Ninumba gratta son reliquat d'oreille. Le reste avait été emporté par une flèche scythe, quelque trente ans auparavant.

— Rajoute aux Tables quelques bons maîtres dans mon genre, et une volée de coups. Casdim, tu dégoteras peut-être une recrue pas trop mauvaise dans les bâtiments de cours.

Casdim s'éloigna. Demeurés seuls, les deux hommes contemplèrent le coucher du soleil. Dans quelques heures, les magistrats recevraient leur ordre de mission. Le vieil instructeur rompit soudain le silence :

— J'ai toujours pensé que tu ferais un bon accusateur, Sarban. Tu n'étais pas le plus fort, ni même le plus cultivé, mais tu étais malin et volontaire. Ce sont des qualités moins fréquentes qu'il n'y paraît. Elles te serviront pour faire face à ce qui nous attend.

— Personne ne sait ce qui nous attend.

— C'est vrai. La vie ménage parfois des mauvaises surprises. Vois-tu, lorsque j'étais soldat, il m'est bien souvent arrivé d'affronter le danger. Je ne te parle pas de petites escarmouches, mais de situations qui semblaient perdues. Tu me diras que cela fait partie du métier, et c'est pourquoi je n'avais pas peur. Une fois pourtant j'ai perdu courage. Oui, Sarban, à Tyr.

— Mon père a participé au siège.

— Dans ce cas, il pourrait me comprendre. Nous encerclions la ville depuis treize ans. Treize années de blocus, d'assauts et de contre-offensives. La population crevait de faim et de maladie, nous-mêmes en avions assez. On sentait pourtant la victoire à portée de main. Nos espions dans la place prétendaient que Pharaon s'était détourné de son dieu et qu'il avait jeté ses attributs de *Shemsu-Heru*, valet d'Horus, le faucon guerrier. Il n'écoutait plus les prêtres et s'enivrait d'encens nuit et jour, au fond d'un puits. Puis il est apparu, avec sur le front la marque sanglante de Seth. Le Grand serpent l'avait convaincu de tenter une sortie. Je me souviens que nos officiers ont ri en apprenant la nouvelle. Pas de quoi s'inquiéter, disaient-ils, les Égyptiens tiennent à peine sur leurs chars. On se préparait à recevoir le choc, confiants, lorsque nous avons croisé leur regard... Leurs yeux, Sarban, des yeux de cadavres qui n'avaient plus rien à perdre... Avant même qu'ils ne heurtent nos défenses, nous étions vaincus. Certains de nos plus braves guerriers demeuraient figés sur place, d'autres fuyaient en abandonnant armes et équipements. Leur cavalerie a enfoncé nos lignes jusqu'au campement. Aucune stratégie ne prépare à affronter des morts en sursis, et toute mon expérience d'homme de guerre était subitement devenue caduque. J'étais paralysé. Ce jour-là, comme nombre de mes camarades, j'ai senti le *sâru mûtu*, le souffle même de la Mort.

— Qu'as-tu fait ?

Ninumba courbait les épaules. Son témoignage lui coûtait.

— Ma foi, la vie a repris ses droits. L'instinct, sans doute. Mon bras frappait et contrait les coups. D'autres ont fini par réagir, et Tyr est tombée. Ou, plutôt, nous l'avons laissée tranquille. D'habitude, lorsque nous nous emparions d'une ville, surtout si elle avait résisté, le général autorisait le pillage. Il savait que c'était nécessaire. L'horreur, pour nous laver de notre peur. On répandait du sel et des épines sur la terre, les chefs ennemis étaient écorchés, et leur peau tendue sur les ruines. Nos scribes offraient une récompense pour chaque tête rapportée. Comme ils n'avaient pas le temps de les consigner toutes sur leurs tablettes, elles s'accumulaient devant eux, et nous puisions dans les tas pour jouer aux quilles.

Sarban se souvint des cauchemars de son père. Ce colosse pleurait parfois en rêvant. Il trouvait alors refuge dans le giron de sa femme. Bien des fantômes hantaient les nuits de Dagan.

— Je sais tout cela. Mais rien de comparable ne s'est produit à Tyr.

— En effet. On ne pouvait pas leur prendre la vie, puisque, d'une certaine façon, ils étaient déjà morts. Alors nous avons soumis la cité à l'impôt, le tribut des cadavres, et nous sommes partis.

Sarban laissa Ninumba vaincre sa peine. Elle est parfois plus dure à maîtriser qu'un guerrier.

— Que souhaites-tu me dire ? demanda l'accusateur d'une voix douce.

Le sergent fit mine de rire en se grattant la tête :

— Bah ! je ne sais pas trop, c'est le problème avec une vieille bête dans mon genre. Mais je suis sûr quand même d'une chose : dans quelques jours, tout ce que l'on vous a enseigné dans cette École n'aura plus cours. Les ténèbres vont recouvrir la capitale et s'infiltrer dans les cœurs. Dans le tien aussi. Tu percevras la morsure de la peur. Mais tu sauras quoi faire, le moment venu. C'est en tout cas ce que je te souhaite.

— Nous verrons bien. En tout cas je te remercie pour ta confiance.

À cet instant, Sarban était bien plus ému qu'il ne sied à un juge. Un cadet de dernière année, qui les rejoignit au pas de course, l'obligea à reprendre contenance :

— Pourriez-vous me suivre au réfectoire principal, seigneurs ? Nous avons un problème !

— *Nous ?* aboya Ninumba.

— L'École, seigneur, confirma l'élève en tenant son regard loin de Sarban.

Il semblait terrassé par la honte.

— Quel genre de problème ?

— Une accusation de vol, formulée par un juge.

Ils pénétrèrent dans la grande salle carrée et se frayèrent un chemin parmi les bancs. Haraïm de Balaat était assis à une table. Il sourit en découvrant Sarban et Ninumba. Comme un acteur de théâtre qui n'attendait que son public, Haraïm se redressa et claqua des doigts.

— Viens ici !

Un élève s'approcha, tête baissée. Il semblait bouleversé, à la fois craintif et révolté.

— As-tu quelque chose à rajouter pour ta défense ?

— Mais, seigneur, c'est toi qui m'as permis de le prendre, sans ça je n'aurais jamais osé !

Les larmes roulaient sur ses joues rondes.

— Que se passe-t-il ? intervint Ninumba d'une voix forte.

Le juge Haraïm esquissa un sourire.

— Ce cadet a volé du pain.

— Seigneur, tu m'as donné l'autorisation !

Haraïm de Balaat lissa les plis de sa robe.

— Je te l'ai donnée, en effet. Mais souviens-toi de mes paroles. Le contenu exact.

Le novice courba la tête. Haraïm lui releva le menton.

— N'ai-je pas dit : Haraïm t'autorise à prendre ce pain ?

Il lui parlait avec douceur.

— Oui, seigneur.

Le juge Haraïm se redressa lentement.

— Je me suis donc exprimé en mon nom, et non en ma qualité de magistrat. N'oublie pas que chacun d'entre nous est légion. C'est l'homme qui t'a enjoint d'agir de la sorte, pas l'accusateur. Il fallait être plus attentif à mes propos. Ne serait-ce que pour ton manque de discernement, tu ne mérites pas de rester. Ôte-toi de ma vue.

Le novice s'effondra en sanglots aux pieds d'Haraïm de Balaat qui, sans marquer plus d'émotion, se tourna vers Ninumba :

— Ce jugement vaut pour *dinat mesarim*.

— Une sentence équitable ?

Le vieux sergent serrait les poings.

— Oui. Veille à ce qu'il quitte l'Académie avant la tombée du jour.

L'instructeur blêmit. Il ne pouvait s'opposer à la décision. Ninumba ordonna au novice de rassembler ses affaires. Puis il s'adressa à son ancien élève :

— Décidément, Haraïm, tu ne changes pas. Toujours aussi prompt à faire appliquer tes décrets.

— Non pas les miens, mais ceux du code. Ne mélange pas tout, Ninumba, tu me parais bien fatigué. L'âge, probablement. Peut-être va-t-il falloir songer à prendre ta retraite.

Puis, se tournant vers Sarban :

— Quant à toi, cher compagnon d'études, ce matin tu as fait pendre Gehon. Un ancien voleur, du temps de l'École. Vois, je l'ai remplacé !

7

Sarban rentra tard ce soir-là. Il habitait avec sa famille dans un quartier résidentiel, à la limite de la vieille ville. D'ordinaire, l'accusateur aimait à flâner le long des ruelles, attentif aux bribes des conversations qui lui parvenaient des fenêtres. Rires, pleurs, récit de la journée l'intéressaient, non par excès de zèle, mais parce qu'ils étaient la preuve qu'une vie normale existait hors du regard de la loi. Du moins l'avait-il cru jusqu'à ce matin.

Sarban pénétra dans le vestibule, ôta ses sandales et se rinça les pieds en puisant de l'eau dans la cruche prévue à cet effet. Puis il franchit la deuxième porte qui conduisait à la cour intérieure. Il aimait cet espace en retrait de la rue, la fraîcheur de ses dalles et l'absence de bruit. Comme à chaque fois, il traversa la cour en suivant la rigole centrale, attentif à ne pas glisser dans l'eau de pluie ou de lavage. D'habitude, cet exercice lui permettait d'oublier les soucis de la journée. Mais aujourd'hui, il lui faudrait davantage qu'un jeu d'enfant. Il n'y avait personne au rez-de-chaussée. Les domestiques devaient probablement dormir.

— Ici !

Sarban releva la tête. Matali l'attendait au premier

étage, sur le balcon de bois qui faisait le tour de la cour. L'accusateur emprunta l'escalier et rejoignit sa famille.

— Tu es bien pâle, on dirait que tu as croisé Humut-Tabal, le passeur de l'Enfer en personne !

— Pire, j'ai rencontré Haraïm.

— Ah... Eh bien, assieds-toi, tu vas me raconter tout ça.

Mieux valait ne pas parler de l'incident survenu au marché. Sarban prit place tandis que sa femme déposait sur la table un souper froid. Puis elle se pencha au-dessus du berceau.

— Ton fils ne veut pas dormir, il s'est agité toute la journée. À croire qu'il a senti ta contrariété. Que se passe-t-il, Sarban, c'est Haraïm qui te tracasse ?

— Non, il ne peut rien contre moi.

Matali souleva l'enfant et le prit dans ses bras. Il portait au cou un collier orné de minuscules têtes de Pazuzu. En agissant ainsi, les parents s'attiraient les bonnes grâces du Prince des démons. Flatté de leur confiance, il tiendrait à distance du nourrisson les mauvais esprits qui composaient sa cour. Parmi eux, certains devenaient fous quand ils découvraient un nouveau-né. Ainsi de Lamastu qui ne peut enfanter. Dans sa démence, elle offre ses seins à téter à un chiot et à un porcelet, et elle se déguise en sage-femme pour dévorer les petits des hommes. Le seigneur des sauterelles doit aussi surveiller Lilîtu, vierge stérile et jalouse que vénèrent les jeunes filles mortes avant d'avoir enfanté. Mais Pazuzu se soucie bien plus encore de l'avidité des *kûbu*. Ces fantômes de fœtus ne supportent pas que d'autres puissent vivre, et ils tentent de leur infliger fièvres et maladies.

Matali murmura une prière afin que le démon à face de chien continuât son office. Mais, à cet instant, elle s'inquiétait davantage pour Sarban.

— Es-tu nerveux à cause de ce qui se prépare ?

— Comment ça ?

— Aujourd'hui, je me suis rendue au sanctuaire. Les servantes de la déesse Inanna n'accordaient aucune audience. Mais tu sais que j'ai gardé des contacts parmi mes anciennes sœurs. Nous avons parlé.

— Et peut-on savoir de quoi ?

— Tu le sais parfaitement.

Sarban considéra sa femme, ses longs cheveux noirs qui tombaient jusqu'à la taille, son corps souple aux attaches fines. Il l'aimait, et ce dès le premier jour, lorsqu'il l'avait rencontrée dans le cloître. L'adolescent s'était rendu au temple, pour consulter la déesse Inanna. Sa mère était malade, et il n'avait pu obtenir un congé pour se rendre à la ferme. Sarban souhaitait qu'on lui indique les prières à réciter. On l'avait confié à la jeune fille. Elle portait une couronne de corde sur la tête, en signe d'asservissement à la déesse, et son œil droit était crevé. Pourtant Matali était furieusement belle et le cadet avait failli en oublier le motif de sa venue. Elle avait répondu à ses questions, sans lui faire l'amour puisqu'elle n'était pas encore consacrée, et Sarban lui avait abandonné son cœur. En questionnant Ninumba, qui à l'occasion s'improvisait commère, le garçon avait appris que Matali était une enfant trouvée. Une sauvageonne rescapée des bois, parlant à peine lorsqu'on l'avait conduite au sanctuaire. Certainement pas une fille de citoyen, à en croire le teint sombre de sa peau. Elle avait survécu en mangeant des fruits et des racines, et son visage avait été lacéré. « Probablement un règlement de compte entre bêtes », s'était exclamé le soldat qui l'avait capturée au filet, car elle n'était rien d'autre qu'un animal. Une bonne à rien, qui ne pourrait même pas être vendue comme esclave. Les prêtresses d'Inanna l'avaient accueillie et lui avaient donné un nom. Très vite, elles avaient placé en Matali tous leurs espoirs. La petite sauvage possédait des dons. Tout comme Enkidu, le compagnon de Gilgamesh qui avait vécu dans la forêt, la jeune fille exerçait un pouvoir sur les éléments, et percevait la véritable nature des gens. Au terme de son éducation, elle deviendrait une remarquable *istarîtu*, une sainte prostituée sans égale, demandée par les plus grands. Un atout majeur pour le sanctuaire. Matali restaurerait la puissance des servantes d'Inanna face aux prêtres de Marduk qui dirigeaient la cité.

Sans malice, Ninumba avait ri de Sarban : « Tu ne souhaites pas simplement coucher avec elle, car cela, chacun pourra le faire. C'est donc que tu es amoureux. Dans ce cas, accroche-toi, car les courtisanes sacrées ne la lâcheront pas facilement ! » Le garçon s'était obstiné. Avec l'aide de Casdim, mis dans la confidence, il avait reconstitué l'emploi du temps des sœurs. En certaines occasions, les plus jeunes avaient l'autorisation de quitter le cloître, pour se rendre à la Porte Bleue d'Ishtar, ou aux Jardins Suspendus. Chaque fois qu'il pouvait quitter l'Académie, ce qui n'arrivait pas souvent, Sarban s'arrangeait pour la retrouver. Elle riait à ses plaisanteries, puis acceptait ses présents, des cadeaux dérisoires en comparaison de ce que d'autres lui offraient. Matali n'avait pas tardé à être séduite par ce grand échalas aux façons maladroites, ce fils de paysan qui était tout comme elle un étranger dans la cité. Comprenant qu'elles ne pouvaient rien faire, que les années passaient sans altérer leur passion, les gardiennes du sanctuaire avaient fini par autoriser le mariage. À contrecœur, mais Inanna était après tout la déesse de l'amour. Le rituel fut parfaitement respecté. Comme Matali n'avait pas de famille, ses sœurs avaient tenu le rôle de parents, et le père de Sarban leur avait versé une somme fixée d'un commun accord pour libérer la jeune fille. Matali avait jeté sa couronne de corde mais conservé ses dons. Davantage qu'une simple épouse, une *assatu* dirigeant la maison, elle était le complément de Sarban, son guide dans les régions obscures de l'âme. Le magistrat l'écoutait et suivait souvent ses conseils.

Sarban repoussa le plat de viandes et se contenta d'un morceau de pain trempé d'huile. Il n'avait pas faim.

— Que t'ont dit les sœurs ?

— Ce que tu as entendu au tribunal. Que les dieux étaient fatigués, et que Tiamat s'apprêtait à revenir. Il y a des signes qui ne trompent pas.

— Quels signes ?

— Voyons, de quoi a parlé l'archiprêtre, de bêtes à deux têtes et de moissons qui ne lèvent pas, je suppose ? Rajoute à cela des menstrues irrégulières chez les vierges et le lait qui empoisonne les nouveau-nés. Nous autres, filles d'Inanna, savons lire nos propres présages.

— Tout le monde paraît être au courant, je croyais qu'il s'agissait d'un secret !

— Parce que les prêtres de Marduk souhaitent qu'il en soit ainsi. Mais nous ne sommes pas idiotes.

— Tu penses qu'ils ont tout inventé ?

L'enfant babillait dans les bras de sa mère.

— Non, simplement que les valets de Marduk profiteront de l'annonce pour asseoir davantage leur pouvoir. Tu ne trouves pas étrange que seul le Grand prêtre dirige la cérémonie ? L'incarnation d'Inanna mériterait tout autant d'informer le peuple. La déesse aussi est fatiguée.

Sarban se massa les paupières. Il n'aspirait qu'à une soirée paisible, loin des tourments de la cité. Mais Matali n'était pas femme à renoncer. Aussi reprit-il :

— Marduk est le seigneur des dieux, la parole revient donc à son ministre. Ne cherche pas plus loin.

— Peut-être. Mais voilà comment les choses vont se dérouler : l'archiprêtre abattra sa lame pour trancher le temps. Puis, lorsque le sang aura suffisamment coulé, il le rétablira et tout le monde lui en saura gré. L'*Esagil* croulera alors sous les offrandes. À condition bien sûr que Tiamat laisse faire, et que tout rentre dans l'ordre.

— Que veux-tu dire ?

Matali recoucha leur fils.

— Tiamat est le chaos, Sarban, tout comme tu es la Loi. Les accusateurs vont devoir affronter la Mère de toute chose, une force qui leur est radicalement étrangère. Et j'ai peur.

— Pour qui ?

— Pour nous tous. Les gens vont devenir fous, c'est pourquoi j'ai renvoyé nos domestiques. Il va falloir me confier une arme.

Le magistrat se souvint des paroles d'Abudisi, l'accusateur royal : le fils se dressera contre le père, l'esclave contre le maître, et nul ne sera à l'abri. Matali se dirigea vers la chambre à coucher. La lueur du brasero dessinait son profil de gazelle sur le mur. Elle se retourna en souriant :

— Je sais à quoi tu penses, idiot. N'oublie pas que j'étais promise à Inanna, celle que tu dois protéger. Tu n'as rien à craindre de moi. Le moment venu, je ne perdrai pas la tête. En parlant de tête, je vois que la tienne tombe. Sarban, serais-tu fatigué ?

— La journée a été longue.

Matali se plaqua un poing contre la hanche :

— Ai-je bien entendu ? Toi, un fils de paysan habitué à gratter la terre, tu gémis comme une citadine épuisée ?

L'accusateur ne put s'empêcher de rire. Certes, Matali pouvait en bien des façons délasser le corps et l'esprit ! Oubliant tout *rasâhu*, le sommeil réparateur, ils firent l'amour. Au petit matin, comme le voulait la tradition, Sarban brûla des parfums, se lava méthodiquement et ne toucha à aucun vase avant de s'être purifié.

8

L'ordre de mission lui parvint en fin de matinée. Dans six jours à compter d'aujourd'hui, les accusateurs devraient se rassembler au pied du temple de Marduk. Quelques minutes avant l'éclipse, le Grand prêtre proclamerait la suspension du temps. Puis, chaque juge rejoindrait son poste.

— Où es-tu affecté ? demanda Matali.

— Avec mon auxiliaire, je devrai garder le pont qui enjambe le fleuve.

— Pour quoi faire ? Il suffirait d'ôter les deux lourds madriers situés aux extrémités pour en condamner le passage !

— Zod souhaite conserver le pont en état. Mais je crains qu'un seul juge ne soit pas suffisant. Dans la panique, les gens vont affluer de tous côtés. Certains tenteront de quitter la vieille ville, d'autres au contraire chercheront à s'y engouffrer.

— Et après ? S'ils veulent passer au-dessus du parapet ou finir écrasés dans la bousculade, c'est leur problème, Sarban, et non le tien.

Matali avait probablement raison. Mais il était difficile pour Sarban de cautionner le désordre, de renoncer à ce qui avait donné sens à sa vie, du jour au lendemain. L'accusateur finit de rassembler ses affaires.

— Quand rentreras-tu ?

— La veille de l'annonce.

Il devait se rendre chez son père. Le voir, peut-être pour la dernière fois. Matali lui tendit le sac à provisions.

— Tu vas lui en parler ?

Non, il n'en avait pas le droit. Pourtant, Sarban espérait de l'aide.

— Dans l'immédiat, mon père n'a rien à redouter. Et si Babylone tombe, il le saura suffisamment tôt.

— Embrasse-le de notre part. Et dis-lui que nous viendrons le voir, quand tout sera terminé.

Ils se quittèrent au bas de l'escalier. L'esprit préoccupé, Sarban traversa la ville, franchit l'enceinte intérieure et parvint aux écuries royales.

La plupart des stalles étaient vides. Dans les cris et les injures, palefreniers et valets s'agitaient en tous sens, tirant sur les longes, déplaçant les bêtes, évitant de justesse les auriges qui conduisaient les chars en direction du palais. L'évacuation du roi avait donc commencé. Sans prêter attention aux intendants responsables de l'inventaire – deux maîtres scribes qui ne dépendaient que d'Abudisi, l'accusateur royal –, Sarban se dirigea vers l'écuyer chargé des prêts.

— Vous emportez les chevaux ?

— Pas tous, juge, uniquement les favoris. Les autres crèveront ici en compagnie des ânes.

— Il m'en faudrait un.

Le garçon ne fit aucune difficulté :

— Grave ton nom ici.

Sarban apposa son sceau sur la demande, puis l'écuyer lui remit sa monture. L'accusateur enfourcha le destrier et quitta la cité.

* * *

La distance séparant Babylone de la ferme paternelle était d'environ sept *kapsu*, soit l'équivalent de deux journées à cheval. Durant sa chevauchée, l'accusateur ne cessa d'observer le ciel. Les nuages noirs formaient une masse compacte qui cachait le royaume de l'En-haut. Nul doute que, loin du regard des hommes, les dieux aussi se préparaient au chaos. Marduk donnait ses derniers ordres, et Inanna coiffait sa chevelure, afin d'apparaître plus belle encore dans son sommeil. Sarban songea à Enki, frère aîné de Marduk qui, à l'origine, était destiné à régner. En refusant de combattre Tiamat, la Mère de toute chose, il avait renoncé à la royauté, non sans colère. Enki profiterait-il du repos de Marduk pour s'emparer du trône, ou resterait-il fidèle à sa parole ? Personne ne pouvait le savoir, pas même les prêtres qui refusaient toute audience.

Plus par nostalgie que par nécessité, Sarban s'arrêta dans une auberge toute semblable à celle qui les avait accueillis, lui et son père, vingt ans auparavant. On lui trouva une chambre sans difficulté. L'accusateur se souvint des marchands qui lançaient les dés, et des prostituées aux cheveux teints. Les mœurs étaient les mêmes, on continuait de débourser dans les jeux de hasard ou de rencontre. Pourtant, les choses avaient bien changé. L'extension du réseau d'irrigation à travers le pays permettait d'abreuver l'intérieur des terres et réduisait considérablement les risques de famine. De plus, le roi ne menant pas de guerres, il y avait davantage de bras pour travailler aux champs. Des hommes qui rentraient chez eux le soir et couchaient avec leur femme. Le peuple croissait et se multipliait.

Au soir du deuxième jour, Sarban parvint à hauteur

de la ferme paternelle. Elle se trouvait en retrait du groupe de constructions disséminées qui tenait lieu de village. En dépit de son âge, Dagan n'avait pas souhaité se rapprocher du hameau. Il forçait l'admiration des métayers en continuant de diriger la propriété sans l'aide d'ouvriers agricoles. Cependant, la ferme était bien trop grande pour un homme seul, et la plupart des bâtiments tombaient en décrépitude. Mais le colosse ne s'en souciait guère. Son unique enfant étant parti, personne ne reprendrait l'exploitation. Dagan léguerait des souvenirs et aucune dette, tous ne pouvaient en dire autant.

L'accusateur mit pied à terre, gagna le corps du logis et s'engagea dans le réseau de couloirs qui reliait les pièces principales. Il trouva son père dans l'atelier de forge, occupé à redresser les dents d'une herse. Son dos était puissant, son marteau s'abattait avec force, et personne n'aurait pu dire qu'il entrait dans sa soixante-cinquième année. Un chiot tournait autour de ses jambes en jappant.

— Tais-toi donc, Natuf, ou je te laisse terminer le travail.

— Natuf ?

Dagan se figea, bras en l'air. Il dit, sans se retourner :

— Natuf, fils de Natuf. En fait, le troisième du nom.

Les deux hommes éclatèrent de rire et s'étreignirent chaleureusement. Sarban détailla le visage de son père, cuivré et strié de rides. Dagan était semblable à la terre qu'il labourait.

— Que me vaut ta visite ?

— Rien de particulier, je souhaitais vous voir.

— Eh bien, allons fêter ça !

Père et fils s'attablèrent autour d'un pain de poisson

séché au soleil et d'une jatte de lait caillé. Dagan remplit leur bol de bière rouge et, renouant avec les anciennes habitudes, ils mangèrent en silence. L'accusateur ne put avaler grand-chose. Un plat, une tenture passée, une simple lézarde dans le torchis ravivaient sa mémoire, le renvoyaient aux premiers temps de son enfance, quand seules les saisons dictaient la loi. Sarban se leva et caressa un bouquet de tilleul séché qui pendait au mur. Il avait aidé sa mère à cueillir les feuilles, et depuis le talisman veillait sur la maison.

— Tu penses à elle ?

— Oui, père.

— Moi aussi, tous les jours. Elle est morte en paix, Sarban, tu n'as rien à te reprocher. Dommage que Terqa n'ait pas connu ta femme, je suis sûr qu'elle l'aurait appréciée. Comment va ma bru ?

— Bien, elle vous embrasse.

Dagan rompit une miche de pain.

— Au début, je me suis méfié de Matali. Son œil, probablement, et le fait qu'elle soit belle comme on ne doit pas l'être. Une créature féroce, ai-je pensé, fabriquée par Sumuqan qui commande aux bêtes sauvages. Mais Matali n'a rien de commun avec ce petit dieu, elle est fille d'Inanna-Ishtar. Elle t'a donné un magnifique garçon et je me suis trompé. Comme quoi, on peut parcourir le monde et demeurer stupide !

Sarban réfléchit. L'accusateur ne pouvait se confier, mais il avait besoin de savoir.

— Père, avez-vous constaté des événements curieux, ces derniers temps ?

— Que veux-tu dire ?

— Des phénomènes étranges, affectant les champs ou les troupeaux.

Dagan se rembrunit.

— Suis-moi.

Ils quittèrent la salle commune et se rendirent à l'étable. Dagan tira un sac dissimulé derrière des ballots de fourrage.

— Écarte-toi.

Dagan retourna la besace au-dessus d'une mangeoire. L'accusateur fit un pas en arrière. La chose ne ressemblait à rien. Des os soudés autour d'un paquet d'entrailles, un cœur mis à nu et qui pompait furieusement. Une tête enfin, minuscule et qui s'agitait. L'odeur était insoutenable.

— Je l'ai trouvé ce matin, dans le ventre d'une brebis. La pauvre est morte, complètement déchirée. Elle n'est pas la seule, ils en ont aussi au village. Je comptais la montrer au fermier général, mais cette chose me répugne.

Dagan souleva l'auge, se dirigea vers la fosse à bitume et la balança dans le trou. Puis, il s'accroupit, cracha dans ses mains et les frotta contre le sol. Il semblait soudain épuisé, comme écrasé par toutes les années de labeur. Durant chaque journée que lui avait accordée Marduk, Dagan s'était acquitté de sa tâche, prenant soin de la terre. En retour, elle lui offrait une créature contrefaite, en guise de remerciements.

— Que se passe-t-il, Sarban, de quoi es-tu au courant ?

L'accusateur soupira, le cœur serré :

— Le juge en moi connaît la réponse, mais il ne peut se confier.

— Je comprends, répondit Dagan en se redressant.

Il ne chercherait pas à en savoir plus.

— Mais vous pouvez m'aider.

— Comment cela ?

— Le coffre, père, il me faut le contenu du coffre.

Dagan sourit.

— Sais-tu au moins ce qu'il contient ?

— Non, et ce n'est pas faute d'avoir essayé !

— Je sais cela, mon garçon, combien de fois t'ai-je surpris à marauder ! fit le colosse en fourrageant dans sa barbe.

— J'ai cependant une idée.

— Dans ce cas, puisque tu connais ma cachette...

La clef pendait à son cou. Dagan tira sur le lacet de cuir et la remit à son fils. Puis, tous deux se dirigèrent vers le fond de l'étable. Le coffre était un chef-d'œuvre de marqueterie, une prise de guerre, rapportée de Judée. Sarban se pencha, fit jouer la clef et parvint à l'ouvrir. Son père lui demanda d'attendre et souleva lui-même le couvercle.

— Laisse-moi faire, une dernière fois.

Une lourde pièce d'étoffe était posée à plat. Dagan écarta le pan de tissu damassé et découvrit les armes. Une hache d'airain à double tranchant, et une magnifique épée. Saisissant cette dernière, le vétéran des armées du Grand Roi retrouva immédiatement les gestes. Son bras, rompu aux travaux des champs, avait conservé tout au fond de ses muscles l'adresse du guerrier. L'épée fouetta l'air, chantant comme une belle fille qui rejoint enfin son aimé. Pour la première fois de sa vie, Sarban vit alors une étrange lueur dans le regard de son père. Un éclair farouche et terrible, semblable aux brasiers qui avaient dévoré Tyr et Jérusalem. Dagan prit soudain conscience que son fils l'observait. Un voile recouvrit ses yeux.

— Prends-la. Mais, d'abord, tu dois te purifier.

— Pourquoi, père ? demanda Sarban d'un ton humble.

Il se revit bien des années en arrière, aussi confiant qu'un enfant. À nouveau, Dagan était son guide, l'unique passeur dans les marécages du destin.

— Tu ignores tout des arts de la guerre. Cette arme

est faite à ma main, elle ne connaît que son contact. Tu dois le neutraliser.

— Comment ?

Dagan le saisit à l'épaule :

— Ta robe de juge, elle est symbole de justice et d'équité.

Bien sûr ! Tous les citoyens sont égaux devant la loi, comment n'y avait-il pas pensé ? L'instant était solennel. Sarban fit glisser sa paume le long du tissu indigo, puis saisit l'épée. Sa lame était d'acier, parfaitement équilibrée. L'accusateur soupesa le pommeau d'argent ouvragé représentant deux lions gardant un palmier.

Dagan rompit le silence :

— Dorénavant, elle est à toi, mais je te préviens, c'est une compagne exigeante, il te faudra l'entretenir, lui donner à boire...

— Je vous remercie, père, fit Sarban en inclinant la tête.

— Il n'y a aucune raison de me remercier, crois-moi, je préférerais n'avoir jamais eu à te la remettre. Le sang contient l'âme, Sarban, cette épée s'abreuvera au sang de tes ennemis. Prends garde à étancher sa soif, à lui fournir des âmes, car sinon tu lui abandonneras la tienne.

9

Une ligne de chair, de cuir et de bronze séparait la foule du temple de Marduk. Les accusateurs étaient regroupés en une masse compacte autour de l'*Esagil*. Tous avaient troqué la robe de fonction contre des vêtements plus pratiques : tunique de mailles, cuirasse légère, jambières de cavalier. Chacun portait un casque à éclisses qui dissimulait ses traits. Les lamelles métalliques protégeant le visage chauffaient au soleil, et plus d'un juge gisait à terre, la face grillée et couverte de cloques. Mais ils n'étaient pas remplacés, les accusateurs se contentaient de resserrer les rangs. Derrière eux, les auxiliaires détachés de l'Académie formaient la réserve. Armés de piques et de frondes, revêtus de leurs protections d'exercice, ils gardaient la rampe principale menant au premier niveau du sanctuaire. L'annonce devait être faite depuis cet étage, et l'on attendait toujours les dignitaires.

— Ça fait des heures qu'on est là sans rien faire, qu'est-ce qui leur a pris de nous convoquer si tôt ?

Celui qui venait de parler était un juge originaire de la région de Sungur, qui avait conservé son franc-parler de paysan. Sarban répondit sans tourner la tête :

— Probablement pour attirer l'attention du peuple.

Son voisin pesta :

— Je croyais qu'on avait envoyé des messagers à travers la ville !

Le moyen, quel qu'il fût, avait été efficace. Sarban reporta son attention sur la foule. Répondant à l'appel du clergé et du tribunal, Babylone s'était rassemblée sur la gigantesque esplanade. Un petit groupe, tout d'abord, constitué de courtiers et d'agents de change travaillant dans le quartier des affaires et au *kârum*, la chambre de commerce. Puis, au fil des heures, la totalité des citoyens, qui s'étaient déplacés seuls ou en famille. Certains avaient eu l'occasion de lier connaissance et s'interrogeaient à voix haute en fixant les magistrats :

— Pourquoi nous a-t-on obligés à fermer boutique ?

— C'est vrai, qu'y a-t-il de si important pour qu'on nous dérange en plein milieu de la journée ?

— Et qui remboursera le manque à gagner ?

Aucun dédommagement, songea Sarban, simplement le vol et le meurtre. Les réponses viendraient bien assez tôt, et elles ne seraient pas au goût de tout le monde.

Soudain, les juges placés en avant-garde frappèrent du poing leur cuirasse, comme un roulement de tonnerre annonçant le déchirement des cieux.

— Voici Zod, l'éclair de la Loi ! hurla un héraut.

Le char de combat tiré par trois onagres déboucha d'une artère à vive allure. Les sabots des bêtes frappaient les pierres, arrachant des étincelles. Le Grand accusateur méritait bien son surnom. Il se faisait annoncer par la foudre, et, comme elle, Zod était disposé à frapper. On distinguait l'écume sur les mors, et le conducteur déchirait les chairs avec son fouet, comme s'il souhaitait précipiter son équipage en Enfer. Et c'était probablement là sa destination, songea Sarban qui craignait que le véhicule ne bascule. Le *narkabtu* manqua d'ailleurs plusieurs fois de verser, mais il finit par s'arrêter au centre de la place. La foule interrompit aussitôt son caquetage. Zod se tenait debout entre le conducteur et le porte-bouclier. Il avait revêtu sa vieille armure de général, aux pièces cabossées, et était armé de courts poignards fixés à ses avant-bras. Le Grand accusateur sauta à bas du véhicule, suivi par le porte-bouclier, et s'empara d'une torche. Un archer quitta les rangs des magistrats et lui tendit une flèche. Zod enflamma la pointe trempée dans le naphte. L'homme banda son arc et décocha le trait en direction du ciel.

C'était le signal.

Au rythme lent des tambours, les prêtres en robe noire se déployèrent sur toute la largeur du premier étage. Puis apparurent l'archiprêtre, le visage couvert d'un voile de lin sombre, et l'accusateur royal. Abudisi brandissait une longue canne de cérémonie qui lui arrivait à hauteur du menton. Elle représentait Nabuchodonosor, en son absence.

Sarban tournait le dos à la scène et fixait la foule. Tous avaient reconnu le son des tambours *Lilissu*, qui ne résonnaient qu'au moment des éclipses ou à la mort du roi. L'inquiétude commençait à gagner les citoyens, brouillait les visages, comme un scribe qui malaxerait l'argile avant d'y consigner ses cauchemars. Les juges pouvaient sentir la peur, comme une vague venant s'écraser sur leurs boucliers. L'effroi, pour commencer, la violence viendrait ensuite. Après l'annonce. Des centaines de milliers d'hommes et de femmes qui abattraient leurs poings sur les accusateurs, arracheraient leurs protections et les balaieraient, avant de s'entre-déchirer. Hommes, femmes, mais aussi les enfants à qui l'on ne promettait que l'horreur pour futur. Conduits par Tiamat, les citoyens s'engouffreraient dans l'*Esagil*, renverseraient la toiture de cèdre recouverte d'or et profaneraient le siège de la royauté. Sarban songea à Matali et à leur fils qui se trouvaient sur l'esplanade. Que feraient-ils lorsque les ténèbres se répandraient dans la cité ? Mieux valait ne pas y penser. La loi n'éprouve aucun sentiment. D'ailleurs, la loi ne ressentirait bientôt plus rien, car elle serait morte.

Brusquement, les tambours se turent. L'archiprêtre s'avança jusqu'à l'extrémité de la rampe. Il demeura un long moment immobile, puis tendit les mains, paumes tournées vers le soleil.

— *Ludlul bêl nêmeqi*, louons le Seigneur très sage.

Par respect pour le souverain des dieux, la foule inclina la tête.

— Ô Marduk, Seigneur de l'univers, Protecteur de toute culture, Créateur des céréales, nous Te remercions. Toi qui veilles sur nos vies, qui détournes les maux et nous tiens à l'écart des fléaux, nous Te chérissons.

Le peuple reprit l'invocation. Zod se tenait toujours face à ses troupes, torche brandie, mâchoire serrée, le regard rivé sur le premier étage. Le Grand prêtre poursuivit :

— Toi qui peux tout, Tu consacres une part de Ton précieux temps à t'occuper de nous, qui ne sommes rien. Avec l'aide d'Inanna, Tu garantis la fertilité des sols et du ventre des femmes, et cela depuis le Commencement. Par Toi, les générations se succèdent, pour Toi elles œuvrent dans le respect de la loi. Mais aujourd'hui... Tu es fatigué.

Le premier officiant marqua une pause, laissant à

l'assemblée le temps de mesurer ses paroles. Marduk fatigué, qu'est-ce que cela voulait dire ? De mémoire d'homme, le seigneur de l'univers avait toujours déployé une formidable énergie. Il plaisantait, chassait et banquetait tout en administrant son royaume. D'ailleurs, Nabuchodonosor mettait un point d'honneur à en faire autant. Si le vicaire de Marduk était en parfaite forme, n'en allait-il pas de même pour son maître ? Les citoyens attendaient, le visage crispé. Certains riaient nerveusement, d'autres faisaient mine de s'approcher, pour mieux entendre la suite.

— Oui, Tu es épuisé, lassé de tenir à bout de bras nos misérables existences. Et pour quoi ? Pour quelques prières et de trop rares offrandes. Tu nous as prévenus, en nous envoyant des signes. Bien des fois Tu nous as rappelés à nos devoirs, et nous sommes restés aveugles, sourds à Tes avertissements... Alors, qu'il en soit ainsi.

L'assemblée se figea instantanément en observant le soleil. Haut dans le ciel, au-dessus du temple, le disque de feu paraissait brisé, comme sarclé à la serpe. Et de sa blessure dégouttait un sang noir. Marduk saignait sur Babylone.

— Le dieu s'éteint, son énergie le quitte. Il s'est dépensé pour sa cité. Pour son peuple, qui regorge de santé.

Le jour disparaissait à mesure que l'ombre dévorait le soleil. Déjà, on ne parvenait plus à distinguer l'autre extrémité de l'esplanade. Les derniers rangs de citoyens tentaient d'avancer, de se frayer un passage pour échapper à la pénombre. Bousculades, coups, pleurs, la foule progressait dans le plus grand désordre en direction du temple.

— En position !

Au commandement de Zod, les accusateurs tirèrent

leurs épées. Sarban obéirait aux ordres, mais il redoutait cet instant, car il n'avait pas en face de lui des coupables. Simplement un troupeau apeuré, conduit par un berger fou. Loin de calmer les esprits, l'archiprêtre hurlait, invectivant la masse, cherchant à réveiller sa mauvaise conscience. Il crachait, projetait ses invocations sur tout le peuple, ou s'en prenait directement à un seul, qu'il pointait du doigt. On s'écartait alors du malheureux comme s'il avait la peste.

— Babylone, toi qui reçois, es-tu prête à donner ?

De fait, la maladie se répandait en ténèbres, fluides comme l'encre mêlée à l'eau, séparant les familles, avalant les gens. Hommes et femmes ressemblaient à des statues de craie, prêtes à s'effondrer.

— Resteras-tu sans rien faire ?

La nuit coulait en direction des accusateurs. Certains juges tenaient difficilement en place. Écumant de rage, Zod dégagea ses deux poignards et se tourna vers la troupe :

— Sur ma vie, j'égorge le premier qui bouge. Et ses voisins, pour ne l'avoir pas retenu !

Sarban ne quittait pas des yeux le Grand prêtre. Il semblait frappé de démence. Puis l'officiant éleva sa dague en s'adressant au néant :

— Autoriseras-tu la mort de ton dieu ?

Le chaos lui répondit. Un cri, une plainte, une promesse. La dernière.

— NON !

La lune recouvrit entièrement le soleil. Abudisi, l'accusateur royal, tira de sa manche une plaque de mica, pour contempler à travers le repos des dieux.

— Vois, Babylone, Inanna a rejoint Marduk sur sa couche. Tous deux se préparent à dormir.

L'archiprêtre parlait à présent d'une voix douce, comme si le pire était passé. Il est vrai qu'il ne lui restait plus grand-chose à faire. Simplement à supprimer le temps, et déclencher la haine. La dague tremblait dans son poing. Il reprit :

— Lorsque j'abattrai cette lame, plus rien n'existera. N'attendez aucune aide, aucune sanction, pas de pitié. Contentez-vous de répandre le sang, de déverser votre énergie. Car il le faut, Marduk en a besoin.

La main osseuse du vieillard retomba. Un coup sans force, qui suffit pourtant à déchirer l'univers. Aussitôt, Zod aboya un ordre. Les accusateurs fixèrent leurs broches *apkallu* tête-bêche, tandis que le porte-bouclier se plaçait près de la torche en brandissant l'écu.

Un seul feu brillait dans la ville, pour éclairer la justice renversée.

10

Rien ne se produisit. Aucune violence, nul assaut contre le temple. La foule attendait, hébétée, la fin de l'éclipse. Puis les prêtres descendirent lentement par la rampe et se répandirent sur la place, pour venir en aide et répondre aux questions : Oui, Inanna était repartie pour rejoindre son sanctuaire et prendre du repos. Non, Marduk n'était pas mort. Chacun pouvait le voir, mais il ne répondrait pas. Le seigneur de l'univers dormait, son peuple devrait affronter Tiamat sans son aide. Les citoyens pleuraient, tentaient de se réconforter mutuellement et quittaient l'esplanade par groupes. Ils semblaient exténués, vidés de toute passion, incapables de saisir l'importance de la situation. Dorénavant, et pour une période indéterminée, seuls les hommes occupaient le pays d'Entre-deux-fleuves. Les dieux étaient exilés du paradis. Bientôt, Kingu le serpent se loverait autour de l'*Etemenanki*, la tour de Babel, et les accusateurs défendraient les jardins.

Sarban ôta son casque et se fraya un chemin parmi les magistrats. Il rejoignit Ninumba, occupé à répartir les troupes.

— Ceux qui ne sont pas affectés à la garde de l'*Esagil* se rendront immédiatement à leur poste. Les auxiliaires suivront plus tard, quand la place sera entièrement dégagée. Exécution !

Les juges brisèrent les rangs et se déployèrent sur l'esplanade au pas de course. Sarban tourna son regard vers le premier étage. Il était vide. À cet instant, Zod et Abudisi devaient peaufiner leur stratégie de défense à l'intérieur du sanctuaire.

— Tu es encore là ? Ne lambine pas, il reste beaucoup à faire.

Ninumba paraissait nerveux. Le vieux soldat moulinait de la hache en observant un couple et leurs enfants.

— Ça s'est plutôt bien passé. Je m'attendais à autre chose.

— Ce n'est que le début, Sarban. Vois, le poison commence déjà à agir.

L'instructeur tendit son arme en direction de la famille. Visiblement excédée, l'épouse parlait à voix haute.

— Je te dis que nous serons plus à l'abri chez mon frère.

— Qu'est-ce que tu sous-entends, femme, que je suis incapable de veiller sur les miens ?

— Non, simplement que la maison de mon frère a des murs plus solides, que son quartier est plus sûr.

— Et une fois chez lui, il pourra nous dépouiller !

— Comment peux-tu dire une chose pareille ? Fais ce que tu veux, mais moi, j'emmène les petits !

L'homme décocha une gifle à son épouse. Puis il s'éloigna en crachant des injures. Ses enfants tentèrent de le rattraper, mais il les repoussa. Ninumba retint Sarban par la manche.

— Laisse, ce n'est plus de ton ressort. Tu vas devoir t'y habituer.

Un magistrat s'approcha du sergent :

— Zod te demande.

— Très bien, dis-lui que j'arrive. Quant à toi, je ne veux plus te voir ici. Allez, file !

Sarban obéit et se fraya un chemin parmi les auxiliaires. En dépit de leurs protections dérisoires et de leur armement de fortune, ils formaient un bloc solide et confiant. L'avenir de la justice, alors même qu'elle se trouvait privée de futur.

Ne laissant rien paraître de sa fierté, l'accusateur s'éloigna du temple et prit la direction du pont.

11

Conçu pour relier la vieille ville à la nouvelle, le pont prolongeait l'avenue d'Ishtar et enjambait l'Euphrate sur une longueur de cent quinze mètres. En attendant l'arrivée de Tâmin, l'auxiliaire recruté à l'Académie, Sarban examina l'ouvrage. Il était indéfendable. D'une construction imposante, de pierre et de plomb, au tablier large et nu, il était exposé de tous côtés. Pas le moindre recoin derrière lequel se protéger. Face à un groupe déterminé, l'accusateur et son aide n'auraient aucune chance : ils seraient lapidés ou simplement dépassés par le nombre. Sarban se pencha pour contempler l'eau du fleuve. À travers les rayons diffractés du soleil, il pouvait distinguer les bases des piles en forme de bateau, plantées dans la terre limoneuse. Le magistrat releva la tête. Il restait tout de même une possibilité. En escaladant les suspentes, on pouvait grimper jusqu'aux coffrages de la voûte, située à bonne hauteur. De là, à califourchon sur une poutre, il serait possible de surveiller la totalité du pont, et de riposter à distance en criblant de flèches les attaquants. Cela n'allait pas sans danger et supposait un bon équilibre, une attention de tous les instants, car au moindre faux mouvement, ils basculeraient et s'écraseraient trente mètres plus bas, sur les piles.

L'accusateur fut distrait par l'arrivée d'une vieille femme. Plongé dans la préparation de son plan, il ne l'avait pas vue s'approcher. Sarban s'en voulut pour son manque de vigilance, une erreur d'inattention qui aurait pu lui coûter cher. Il fallait être sur ses gardes, davantage qu'à l'ordinaire, et se méfier de tous, y compris des personnes à l'apparence inoffensive. L'aïeule portait une couverture en guise de manteau, qui laissait entrevoir sa robe aux pans déchirés. Une tache sombre maculait le tissu et du sang coulait à l'intérieur de ses cuisses.

— Que t'est-il arrivé ? s'enquit Sarban.

La femme sourit en découvrant ses chicots plantés en désordre, comme jetés dans sa bouche par quelque dieu négligent.

— Rien, seigneur, seulement quelques jeunes hommes qui m'ont un peu bousculée. Mais il faut bien que jeunesse se passe. Et à mon âge, c'est plutôt flatteur.

La vieille s'agrippa le ventre et partit d'un fou rire. Sarban recula d'un pas. Elle était folle.

— M'autoriseras-tu une question, seigneur ?

Que lui voulait-elle ? Certainement pas le défier. Les petites gens n'osaient jamais argumenter sur un point de droit. Lors d'un affrontement, ils préféraient désigner le perdant, en toute impunité. De toute façon, la loi n'existait plus, le Grand prêtre l'avait clairement précisé.

— Je t'écoute.

— Aimes-tu les ânes ?

— Je ne comprends pas...

— Tu sais bien, les animaux dociles qui tirent les charrues et portent le faix.

— Pourquoi me demandes-tu cela ?

— Parce que j'ai quelque chose pour toi, fit-elle, avec malice.

La femme glissa sa main sous la couverture et en tira un paquet. Un sexe, énorme et sanglant, une colonne de chair, tranchée à la base, qu'elle jeta par terre.

— Tiens, et donne-toi du plaisir !

Elle éclata en sanglots, lui tourna le dos et poursuivit sa route.

* * *

Tâmin arriva à point nommé. L'auxiliaire rejoignit son poste en fin d'après-midi, alors que Sarban ressassait l'épisode de la vieille femme. Il n'avait rien fait pour l'arrêter, se contentant d'expédier son présent dans l'eau, d'un coup de pied, et maintenant sa conscience de juge lui paraissait ternie, comme le serait une broche *apkallu* confiée à un magistrat négligent.

— L'esplanade de Marduk est-elle dégagée ? demanda Sarban d'une voix sèche.

Le garçon paraissait essoufflé.

— Oui, seigneur. Mais je ne viens pas qu'avec de bonnes nouvelles. Vois !

Tâmin pointa du menton l'extrémité du pont conduisant à la vieille ville. Un char se tenait à l'arrêt. Un véhicule de combat perse, aisément reconnaissable à son armement. Des lames acérées garnissaient sa flèche et ses moyeux.

— J'ai tenté plusieurs fois de les semer, sans succès. Ils roulaient tranquillement derrière moi, et semblaient connaître ma destination.

Sarban fit signe au novice de se taire. Un homme

avait sauté à bas du char et marchait dans leur direction. Il allait pieds nus, vêtu de pantalons collants vivement colorés et d'une tunique à franges, et portait un carquois en cuir moulé. Un mercenaire.

Le Perse parvint à leur hauteur :

— Je savais bien que Zod collerait un de ses juges sur le pont, dit-il avec morgue. Le vieux est tellement prévisible. Un pont, non, mais je vous le demande, qu'est-ce qu'il y a à voler sur un pont ?

Pupilles dilatées, gestes brusques, l'homme était visiblement drogué. Les Perses se chargeaient avant de partir au combat, ils raffolaient d'un mélange de vin, d'encens et de champignons hallucinogènes. Bien souvent, ils partageaient la boisson avec leurs chevaux.

— Qui es-tu ? demanda Sarban.

Le mercenaire s'inclina en une parodie de respect :

— Il est vrai, juge, que je manque à tous mes devoirs. Mon nom est Khoraz. Avec mes amis que tu vois là-bas, j'étais attaché au service du grand Nabuchodonosor. Pour garder ses Jardins. Enfin, je te parle de choses déjà anciennes, puisqu'on nous a congédiés.

— Alors passe ton chemin, étranger.

Le Perse tiqua :

— C'est plus facile à dire qu'à faire. Vois-tu, j'ai l'intention de filer au palais pour me servir. En guise de dédommagement. Après tout, nous avons bien droit à une compensation. Mais pour cela, nous devons emprunter ton pont...

N'étant pas citoyens du royaume, ces hommes n'étaient en rien concernés par le réveil de Tiamat. Ils cherchaient le conflit, uniquement par plaisir. Mais, dans ce cas, l'accusateur était en droit d'intervenir.

— Je ne bougerai pas, répondit Sarban qui souhaitait effacer l'épisode de la vieille femme.

Le Perse lui en donnait peut-être l'occasion.

Khoraz sourit, en caressant sa barbe taillée en pointe.

— Dans ce cas, voilà ce que je te propose : prie ton dieu et meurs.

L'étranger fit demi-tour et ajouta :

— Libre à toi de me planter ta hache dans le dos, juge, mais je ne pense pas que tu le feras !

Si Sarban l'abattait sur place, le char se mettrait aussitôt en mouvement. L'accusateur avait besoin de réfléchir. Il laissa le Perse regagner son véhicule.

— Tâmin, prends ton arc et grimpe sur la charpente.

— Et toi, seigneur ?

— Laisse-moi faire.

Sarban se planta au milieu du pont et encocha une flèche. Il pouvait voir Khoraz s'entretenir avec ses compagnons. Le Perse monta à l'arrière, et le porte-bouclier vint se placer près du conducteur. Les mercenaires ne comptaient donc pas utiliser leurs javelots, placés à l'avant. Ils se contenteraient de foncer en protégeant leurs flancs. Les faux placées sur le char feraient le reste.

— Tiens-toi prêt, Tâmin, mais ne tire qu'à mon signal.

Un caparaçon de cuir et de mailles recouvrait les chevaux. Rien à tenter de ce côté-là. Khoraz s'empara d'une gourde et but à la régalade. Puis il donna le signal. Le char se mit en mouvement. Lentement, d'abord, puis accélérant brusquement sur une distance de quelques mètres. C'était une belle machine, faite aussi bien pour la course que pour le combat.

Sarban s'adressa à Tâmin :

— Tir en faisceau sur le conducteur. Mais seulement quand j'en donnerai l'ordre.

L'accusateur banda son arc. Il se trouvait dans la

trajectoire du char, exactement face à la pointe de fer placée entre les chevaux. Les lames latérales fixées aux moyeux tournaient en sifflant. Le coup était risqué.

— Maintenant !

Tâmin et Sarban décochèrent leurs traits, mais le porte-bouclier réagit immédiatement. Levant l'écu, il parvint à dévier les flèches. Sarban se jeta sur le côté, évitant de justesse les roues armées de faux, et retomba lourdement sur le tablier de bois goudronné.

— Bien joué, juge !

Khoraz enrageait. Placé à l'arrière, le mercenaire n'avait pas pu lancer ses traits. Et maintenant, il lui était impossible d'atteindre le juge qui se trouvait protégé par le renfort du parapet. Le char poursuivit sa route et s'arrêta à l'extrémité du pont. Puis il fit demi-tour. Prenant appui sur un pilier, l'accusateur se redressa. En équilibre sur les suspentes, Tâmin était à l'abri, du moins pour l'instant.

Le char roulait lentement. Sarban observa ses occupants. Ils changeaient de tactique. Le porte-bouclier avait délaissé l'écu et s'était emparé de deux javelots, disposés à l'avant. L'accusateur préleva une nouvelle flèche.

— Occupe-toi du conducteur, Tâmin, je me charge de l'autre.

L'auxiliaire acquiesça et prit sa fronde. Le char accéléra, tiré par des chevaux furieux, écumants, drogués comme leurs maîtres. Les Perses concentraient leurs efforts sur Sarban. Ils l'avaient pris pour cible et allaient tenter de le clouer de leurs épieux ou de l'écraser contre la pierre. Le conducteur serra soudain sur sa gauche. Les roues armées de faux se rapprochèrent dangereusement. Alors, l'accusateur visa et tira. Le trait transperça le cou de l'homme aux javelots. Il se renversa en arrière, un flot bouillonnant jaillissant de sa gorge. Le conducteur chercha à redresser quand sa tête explosa. Sarban se tourna vers Tâmin qui déjà réarmait sa fronde.

— Attention, seigneur !

Mais l'accusateur était prêt. Il bondit entre les chevaux, manqua de glisser et se rétablit de justesse. En équilibre instable, Sarban était accroupi sur la flèche centrale et s'agrippait à la voiture. Khoraz lui faisait face. Le mercenaire hurla et lui porta un coup d'épieu qui déchira sa cuirasse. Sarban se plia en deux, mais tint bon. Le souffle coupé, il s'apprêtait à tirer son épée quand le char fit une embardée. Livrés à eux-mêmes, les chevaux se rapprochaient dangereusement du parapet. Soudain, les lames fixées sur les moyeux heurtèrent la pierre et se brisèrent en une pluie d'étincelles. L'une d'elles traversa la voiture et toucha Khoraz à la jambe. Pendant un instant, le Perse parut ne rien ressentir. Puis il sourit, laissa tomber son arme et écarta les bras.

— Meurs avec moi !

Le mercenaire se jeta sur Sarban. Il voulait l'enlacer, l'entraîner en Enfer.

Brusquement, la voiture versa. Sarban fut projeté hors du véhicule et s'écrasa sur la dépouille d'un des mercenaires. Avant de sombrer dans l'inconscience, il vit Khoraz basculer sur le côté. Les faux vrillèrent sa chair, et son corps tourna au rythme des roues, jusqu'à ce que le char s'immobilise.

12

La journée s'acheva sans nouvel incident. Sarban et Tâmin entreprirent de fouiller la carcasse du véhicule. Auparavant, l'accusateur avait tranché les longes pour libérer les chevaux. Ils s'étaient précipités en direction des vieux quartiers, écumants, les yeux injectés de sang, frappés par la maladie qu'ils contribueraient à répandre dans la cité. La peste s'étendait déjà sur le pays d'Entre-deux-fleuves et rongeait les cerveaux.

— Regarde, seigneur, il y a des gâteaux !

Sarban examina les provisions. Les Perses étaient friands de pâtisseries qui accompagnaient indifféremment plats salés ou sucrés, et ils avaient la réputation d'en consommer à longueur de journée.

— N'y touche pas, ils sont peut-être drogués.

Ils trouvèrent aussi dans le char des sacoches bourrées d'objets précieux, de bracelets d'albâtre ou de corail noir, et des statuettes d'ivoire finement ciselées représentant des dieux inconnus ou des motifs érotiques.

L'accusateur tira de son baudrier des galettes et de la viande séchée qu'il partagea avec l'auxiliaire. Ils mangèrent en silence, sans goûter la nourriture, l'esprit plongé dans la contemplation de Babylone.

Depuis le pont, on distinguait ses deux visages. Elle s'étendait de part et d'autre du fleuve, parfaitement régulière, ses longues avenues se coupant à angle droit, ou bien proliférait sans ordre dans un dédale de ruelles et de venelles obscures. Harmonie et chaos, la cité reposait depuis toujours sur un équilibre précaire, aujourd'hui contrarié. À première vue, elle paraissait paisible, mais l'on pouvait distinguer ici et là des foyers d'incendie, dans l'enceinte des jardins ou près de la porte bleue d'Ishtar. Les panaches de fumée s'étendaient sur la ville et finissaient par se mêler à la pénombre, comme un voile séparant Babylone de l'En-haut.

Sarban fut tiré de sa rêverie par la relève : un magistrat qu'il ne connaissait pas, et son auxiliaire. En quelques mots, ils l'informèrent de la situation :

— Pour l'instant tout va bien, surtout quand on sait à quoi il faut s'attendre ! Quelques rixes, des boutiques mises à sac, rien que nous ne puissions contrôler. La plupart des gens restent chez eux. Certains commencent pourtant à se rassembler, devant l'*Esagil* de Marduk, le sanctuaire d'Inanna ou la tour *Etemenanki*. Et bien qu'ils se tiennent tranquilles, ces regroupements inquiètent Zod. La défense des lieux consacrés demeure l'objectif prioritaire, aussi prépare-toi à une nouvelle affectation dans les jours qui viennent. En attendant, tu peux rentrer chez toi.

L'accusateur s'apprêtait à partir quand il se souvint de Tâmin. Le garçon semblait hésiter. Sarban comprit.

— Tu dois rejoindre l'Académie ?

— Non, seigneur, elle est fermée.

— Et tu n'as pas d'endroit où coucher... Suis-moi, on te trouvera bien quelque chose.

Ils marchèrent côte à côte, parlant peu, constamment sur leurs gardes, attentifs au moindre danger qui pourrait surgir d'une venelle ou du fond d'une impasse. Tâmin était de bonne compagnie. Lorsque Sarban l'interrogeait sur l'École, il répondait sans détour, ne cherchant pas à plaire comme il est fréquent à son âge. L'accusateur comprit que ses condisciples lui rendaient souvent la vie difficile. Fils de servante et d'étrangère, certains le considéraient comme doublement inférieur. Il lui fallait obtenir les meilleures notes quand la plupart se contentaient de ne pas échouer. Sarban ne dit mot. Rejeton de paysan, lui aussi avait connu l'injure et l'obligation de succès. Simplement pour avoir la paix, pour ne pas songer à la guerre, à cette rage qu'il ravalait à chaque fois qu'Haraïm de Balaat croisait son chemin. Plus d'une fois, il avait failli le tuer.

Ils parvinrent enfin au seuil de sa demeure. La porte était entrouverte. Inquiet, Sarban tira son épée. Arc bandé, Tâmin vint se placer derrière l'accusateur, dos contre dos. Le juge et l'auxiliaire pénétrèrent dans la cour. Le sol était jonché d'éclats de poterie et de fruits écrasés. Un corps reposait en travers de la rigole d'évacuation. On lui avait tranché la gorge. Un autre cadavre gisait près de la fontaine. Celui d'une femme, à la tête défoncée. Sarban la connaissait, pour l'avoir vue plusieurs fois en compagnie de son épouse. L'accusateur prit sur lui pour ne pas maudire les génies qui gardaient son foyer. Les statuettes, enfouies sous le dallage, avaient été inefficaces, preuve qu'une quantité de petits dieux se détournaient déjà de Marduk. *Est-ce là ce que l'on doit attendre des veilleurs*, ragea Sarban, *qu'ils détalent aux premiers signes du danger ?* Mais il devait se contenir, sous peine d'éveiller la rancœur des esprits.

Tâmin tourna lentement la tête et murmura à l'oreille du juge :

— Seigneur, crois-tu que...

Sarban ne lui laissa pas le temps de finir. Il projeta le novice contre un mur et le maintint plaqué à la paroi de briques. Tâmin prit peur en découvrant son regard : c'était celui d'un fou. Pourtant, l'auxiliaire ne fit rien pour se dégager. Il attendit que le juge dompte l'inquiétude qui, à cet instant, torturait le père et l'époux.

Sarban finit par le lâcher. Sans un mot, en veillant à ne pas faire de bruit, il se dirigea vers la cuisine. Tâmin resta dans la cour pour surveiller les hauteurs. La salle commune était entièrement dévastée, ainsi que les quartiers réservés aux serviteurs. Du sang poissait les meubles et les ustensiles de cuisine. Était-ce celui des siens ? L'accusateur détourna son regard des flaques, et adressa une prière muette à Asnan, dieu des laboureurs. Lui au moins ne dormait pas, et connaissait l'importance de la famille.

Sarban réprima un grognement, contint la douleur qui irradiait de son torse. Le Perse avait bien failli lui arracher le cœur d'un coup d'épieu, il en conserverait une cicatrice. Mais, pour l'instant, cela n'avait aucune importance, seule comptait la sécurité des siens. Il s'y reprit à trois fois pour ôter sa cuirasse, car l'angoisse rendait ses gestes imprécis. Allégé et armé d'un seul poignard, il passa la tête par la fenêtre et fit signe à Tâmin de le couvrir. Puis il grimpa l'escalier conduisant aux galeries du premier étage.

Les appartements étaient vides. Sens en éveil, Sarban se glissa dans sa chambre. Le berceau de son fils avait été éventré et jeté dans un coin de la pièce. Fou d'inquiétude, il regagna le balcon. Tâmin le fixait, désarmé, une dague pointée vers son cou. Son agresseur se tenait derrière lui, à moitié dissimulé dans l'ombre.

— Matali ?

Tâmin retenait sa respiration. La lame s'écarta sensiblement de sa gorge et il fit un pas en avant. Matali apparut, le visage éclairé par la lueur d'un brasero. Cheveux en bataille, traits tirés, elle ressemblait à Ereskigal, reine de l'En-bas. Sarban songea qu'elle n'aurait pas apprécié la comparaison.

— Vous n'êtes pas très discrets.

Sarban dévala les escaliers et enlaça son épouse. Matali sentit brusquement la tension disparaître. Ils étaient à nouveau réunis.

— Où est notre fils ?

Matali jeta un regard en direction de Tâmin.

— En sécurité.

— Ne t'inquiète pas, ce garçon est sûr.

En présence du danger, elle redevenait une bête sauvage, la fille trouvée dans la forêt.

— Qu'est-il arrivé ? demanda Sarban.

Matali glissa la dague dans sa manche.

— Au début, rien. Les gens étaient angoissés et pressés de rentrer chez eux, ils s'entassaient sur toute la longueur de l'avenue. Afin d'éviter les bousculades, j'ai coupé par les ruelles. Finalement, nous avons pu regagner la maison sans incident. Les domestiques n'étaient plus là. Je ne voulais personne autour de notre enfant. Trois heures environ après l'annonce, alors que je m'apprêtais à nourrir notre fils, la voisine est venue, accompagnée de son gendre. Elle m'a demandé une mesure d'huile, pour la préparation du dîner. Tout de suite, je me suis méfiée. Quelque chose dans son air, tu sais que je sens cela. Il a fallu que je les tue, Sarban, et ça n'a pas été propre. Plus tard, le reste de la famille est venu pour saccager la maison. Ils ne nous ont pas trouvés, c'est une chance.

Le magistrat caressa les cheveux de Matali. Elle

s'écarta doucement, redressa un banc et fit signe à Tâmin de s'asseoir.

— Donne à ton aide de quoi manger. Pendant ce temps, je lui préparerai une chambre.

— Non, nous resterons dans la cour.

La jeune femme haussa les épaules.

— Comme tu veux.

Sarban se tourna vers Tâmin :

— Laisse-moi voir mon fils, puis tu pourras dormir. J'assurerai le premier tour de garde.

— Oui, seigneur.

Le juge hésita, mais poursuivit :

— Quand je t'ai repoussé contre le mur...

— Inutile, seigneur, j'ai compris, l'interrompit Tâmin. J'aurais aimé que mon père en fasse autant.

L'accusateur hocha la tête et suivit son épouse. Avant l'annonce, et conformément aux ordres, il n'avait rien tenté pour protéger les siens. Maintenant, il pouvait le faire.

— Tout le monde sait que j'habite cette maison, beaucoup voudront s'en prendre à la famille d'un juge. Vous devez quitter ce lieu.

Matali le toisa comme s'il était un *saklu*, un idiot à l'esprit vide.

— Et pour aller où ? Aucun endroit n'est à l'abri, et ce n'est que le commencement. C'est ici que nous vivons, c'est ici que nous t'attendrons.

13

Matali avait vu juste. Dans les jours qui suivirent, la situation se dégrada. Les citoyens, terrassés dans un premier temps par le départ de Marduk, prirent de l'assurance en constatant que la justice n'avait plus cours. Disputes et larcins laissèrent place aux meurtres et aux pillages, et les accusateurs renoncèrent au contrôle de la cité. Dépassés par le nombre, comptant de lourdes pertes dans leurs rangs, les magistrats se replièrent dans les temples et les sanctuaires, assurant uniquement la garde des points stratégiques. Chaque rue, chaque maison devint le lieu d'une embuscade, et les quartiers étaient tenus par des bandes qui plaçaient à leur tête des chefs de hasard, artisans ou boutiquiers. Ces généraux de fortune utilisaient la force pour exercer leur loi, une parodie de droit qui composait avec la violence et l'insulte. Ils avaient leurs bouffons, leurs courtisans et leurs putains et disposaient de tout pouvoir, jusqu'à ce qu'un autre les remplace. Souverains d'un jour, de deux peut-être, ils régnaient sur une courée ou une avenue en s'obligeant à ne pas dormir. Et lorsque le sommeil finissait par les gagner, ils crevaient dans leur lit, exécutés par d'éphémères successeurs. Marduk seul avait droit au repos.

Parfois, le crime se faisait plus discret. Il corrompait une famille, dans l'intimité du foyer. Les rancœurs accumulées se matérialisaient en une lame ou un poing qui annulait toute différence. Le fils devenait l'égal du père, leurs mêmes sangs se mélangeaient en coulant de mille blessures. La mère prenait l'amant de sa fille, ou il les prenait tour à tour, passant de l'une à l'autre, indistinctement. Les animaux avaient leur part, complices ou victimes. Âne, chien, faucon dressé à la chasse se retournaient contre leurs maîtres ou étaient immolés en l'honneur d'un dieu absent.

* * *

Chaque matin, Sarban et Tâmin assuraient la relève. Ils échangeaient quelques mots avec l'équipe de nuit, balançaient les victimes de la veille dans l'eau du fleuve et grimpaient dans les suspentes. Ils pouvaient attendre des heures sans que rien se passe. Les gens se désintéressaient du pont, de cet espace nu et sans attrait surplombant le vide. Ils préféraient mettre à sac les échoppes et briser ce qu'ils ne pouvaient emporter. Certains s'arrêtaient pourtant, examinaient la carcasse du char et arrachaient ses motifs de bronze en se brisant les ongles. L'accusateur laissait faire, comme il ne faisait rien pour empêcher les meurtres. Trois par journée en moyenne, moins que le soir, Tâmin tenait les comptes. Un matin, alors que deux hommes s'apprêtaient à violer une adolescente, Sarban fut tenté d'intervenir. Mais la jeune fille se débarrassa de ses agresseurs en les dressant l'un contre l'autre :

— Ma parole, tu es monté comme une libellule ! Laisse passer ton ami, lui au moins a de quoi me satisfaire !

L'un rit, l'autre rougit et fondit sur son complice,

tous deux basculèrent au-dessus du parapet. L'adolescente leva la tête et son regard se perdit dans les hauteurs. Lorsqu'elle repéra le magistrat, elle se racla la gorge et cracha dans sa direction.

Sarban oublia vite l'incident, car il ne souhaitait pas souiller sa mémoire. D'ailleurs, que valaient des souvenirs qui n'appartenaient pas au temps ? Plus de passé, aucun futur, l'impact brutal de l'annonce avait laissé place à un quotidien macabre. Sarban et Tâmin avaient bien tenté de résister, mais au fil des jours, gagnés par la banalité du crime, ils s'étaient installés dans une terrifiante routine. Ramasser les cadavres, assister passivement aux meurtres, tuer parfois, quand leurs existences étaient en danger, l'anormalité s'était établie en norme.

L'incident survint au cinquième jour. Alors qu'ils s'apprêtaient à prendre leur service, le juge et l'auxiliaire assistèrent à la poursuite. Un homme, gras et richement vêtu, courait dans leur direction. Intrigués, ils se portèrent à sa rencontre. Ses bourrelets de graisse roulaient sous sa robe et une mauvaise transpiration recouvrait son teint, blanc par endroits ou franchement écarlate. Sa bouche, petite et finement dessinée, semblait celle d'un poisson que l'on tire de l'eau. L'homme perdit une sandale, ne s'en soucia guère, reprit sa route, manqua de trébucher, parvint à se rétablir et finit par s'étaler de tout son long. Le spectacle était risible. On aurait dit un marchand de comédie fuyant des créanciers. Il fuyait, sans aucun doute, mais ses poursuivants le rattrapèrent. Ils étaient cinq, masqués et habillés de même façon, équipés d'armes étrangères en véritable acier. Rien de comparable au fretin habituel, songea Sarban. Leur calme, cette parfaite assurance qui rejetait l'éventualité même de l'échec, éveilla la curiosité du juge. Pour eux, l'affaire était faite, et l'homme condamné. Il est vrai qu'à les voir, on ne pouvait penser autrement. La proie roula en ahanant sur le côté, cherchant à s'exposer le moins possible. Les chasseurs ralentirent le pas et se déployèrent en faisceau. L'accusateur posa son arc contre un pilier et se rapprocha de la scène. Les tueurs portaient des combinaisons de cuir vert, et d'étranges crêtes surmontaient leurs cagoules. Ils ressemblaient à des créatures surgies du ventre de Tiamat, des reptiles à la peau luisante et squameuse. Lorsque le magistrat parvint à leur hauteur, ils ne firent pas mine de s'écarter. Le malheureux qui se tordait à leurs pieds tendit une main vers Sarban.

— Je t'en supplie, juge, fais quelque chose !

L'accusateur ne pouvait intervenir, et chacun ici le savait.

— Ne me faites pas de mal, j'ai promis de ne pas parler !

Les hommes tirèrent leurs épées et formèrent le cercle. Leur proie gémit et s'adressa à l'un d'entre eux :

— Plusieurs fois vous avez cherché à me tuer. Je n'ai pas porté plainte, je n'ai rien dit, et tu le sais. Alors par pitié, laisse-moi !

Il les implora sur tous les tons et finit par éclater en sanglots. Ses tortionnaires demeurèrent impassibles. Il n'était qu'un travail à accomplir, une tâche à exécuter. Maintenant.

Au signal de celui qui semblait être le chef, ils abattirent leurs lames. Sans passion, remarqua Sarban, économes et efficaces. De véritables assassins, et non des tueurs improvisés aux tripes pleines de vin et à l'esprit chargé de rancœurs. L'accusateur s'en voulut d'admirer leur froide détermination qui lui rappelait celle des magistrats. Non, tout n'était pas comparable, se reprit Sarban, l'absence de loi n'annulait pas les différences.

L'Ordre créé par le roi Ammisaduqa œuvrait à maintenir la justice dans les ténèbres. Ces silhouettes masquées étaient comme des ombres surgies de l'En-bas.

Alors qu'ils s'apprêtaient à soulever la dépouille, Sarban s'interposa :

— Vous avez fait ce que vous aviez à faire. Maintenant laissez-le !

Plus de temps, plus de loi, la chose était bien claire, il n'avait aucune raison d'agir ainsi. Les tueurs se concertèrent tandis que Tâmin les tenait en joue. Sans se départir de son calme, le chef toisa longuement l'accusateur et finit par claquer des doigts. Ses hommes rompirent le cercle et se replièrent en ordre. Calmes et confiants, ils tournèrent le dos au juge, s'exposant à ses coups. Aucun ne prit la peine de se retourner.

* * *

— Mais pourquoi, seigneur ?

— Je n'en sais rien. Contente-toi de répondre à mes questions : où se trouve la plus proche Maison des Cendres ?

Il y en avait plusieurs, ouvertes à la hâte et réparties dans l'enceinte intérieure de Babylone. Des chapelles ardentes où l'on entassait les cadavres.

— À la Porte de Saraqel, je crois. Pas trop loin d'ici.

— Très bien. Lorsque notre tour de garde sera achevé, nous y déposerons le corps.

— Inutile de se donner toute cette peine. Rien ne nous y oblige...

— Il suffit.

Tâmin avait raison. Leur fonction était limitée, pour ne pas dire nulle. Occuper des lieux, errer de place en place comme de simples fantômes, des *etemmu* sans chair qui, quelques jours auparavant, avaient pour corps la loi. Mais quelque chose dans les circonstances de l'assassinat intriguait Sarban... une impression diffuse, qu'il ne pouvait pour l'instant préciser. L'accusateur entreprit de fourbir ses armes en attendant l'arrivée de son remplaçant. Celui-ci se présenta en fin d'après-midi, blessé et seul.

— L'auxiliaire qui me secondait est mort. Lapidé.

Le magistrat accepta la gourde et but à longs traits. Une large estafilade barrait son front. Il était harassé.

— Je vous relève pour la dernière fois. Tous les juges qui ne sont pas affectés aux sanctuaires principaux doivent gagner l'*Esagil*, par ordre de Zod.

— Que se passe-t-il ?

— La situation est préoccupante, nous avons perdu un tiers de nos effectifs. Les gens sont devenus fous. Ils marchent en direction du temple de Marduk, calmement, et viennent s'empaler sur nos lances... D'autres les remplacent, et d'autres encore. Hommes, femmes et enfants, une marée humaine qui finira par nous recouvrir. Mais ce qui choque par-dessus tout, c'est le silence. Pas un mot ne sort de leurs bouches.

— Ils sont armés ?

— Certains le sont. Mais la plupart n'utilisent que leurs mains. Nous les coupons, elles repoussent, sur de nouveaux bras. Les juges marchent sur des champs d'araignées, Sarban, des araignées de chair.

Sa voix était cassée par l'émotion. Tâmin songea que la loi exigeait beaucoup de ses fils. Elle les pressait comme des fruits, jusqu'à en faire jaillir la pulpe. Puis elle les jetait, à l'image de ce juge. Tâmin avait été cueilli à l'arbre de la justice. Il avait mûri au soleil noir du chaos, bien plus que durant toutes les années passées à l'Académie, dans le respect éblouissant de ce qui est juste. Oui, il était dorénavant mûr, et, à la moindre défaillance, prêt à pourrir.

— Aide-moi à le soulever ! fit Sarban.

Il le rappelait à l'ordre, et l'auxiliaire lui en fut reconnaissant.

Ils s'éloignèrent en emportant le cadavre.

14

Le corps était affreusement lourd, modelé par des années de luxure. Chaque pouce de graisse était un hymne à l'excès et à la dépravation. L'accusateur et l'auxiliaire portaient le vice à bout de bras. Une allégorie, sans doute, destinée à quelque dieu absent. Le spectacle du trop plein, joué à vide.

Ils contournèrent prudemment un groupe de pillards qui dévalisaient une échoppe. Sarban reconnut Mansûr, un conseiller royal extrêmement riche et influent, qui prenait la fuite, les bras chargés de poteries vulgaires. Il marchait d'un pas vif en riant, plus heureux qu'un roi et moins libre qu'un esclave. Les chaînes de la folie sont légères.

Parvenus à mi-chemin, Tâmin et Sarban firent halte près d'un feu. Les hommes regroupés autour du foyer s'écartèrent en grognant, protégeant de leurs bras la nourriture au fumet repoussant. L'accusateur ne voulut pas savoir ce qu'ils mangeaient. Tandis que son assistant prenait du repos, le magistrat procéda à un rapide examen du cadavre. À la lueur vacillante des flammes, on distinguait parfaitement d'anciens hématomes, et des cicatrices à peine refermées. Ce qui ne fit qu'ajouter au trouble de Sarban. Si ses soupçons s'avéraient fondés, ce crime ne pourrait être passé sous silence. Mais avant d'avertir les autorités, il lui faudrait des preuves. C'est pourquoi il souhaitait se rendre à la Maison des Cendres. Là, il pourrait procéder à des examens.

Lorsque l'auxiliaire eut recouvré ses forces, ils reprirent leur route et parvinrent enfin à la porte de Saraqel, ange de l'équinoxe d'été, visage à la barbe bouclée, jambes fermes, sabots de bœuf et deux paires d'ailes couvertes d'yeux dorés ; celui qui connaît la course de la lune paraissait s'ennuyer en l'absence d'Inanna. Mais il est vrai que les êtres de cette espèce sont incapables d'initiative. Les anges n'ont pour eux que leur beauté.

En un dernier effort, Sarban et Tâmin franchirent le seuil de la Maison des Cendres et déposèrent le corps sur une table. La pièce principale, large et basse de plafond, chichement éclairée, était encombrée de cadavres empilés les uns sur les autres. Comme des *ziggurats* pitoyables qui tenteraient vainement de toucher les cieux. Les employés de la morgue, reconnaissables à leur tablier de cuir, se délestaient des morts sans prendre la peine de les examiner. On entassait les dépouilles dans un va-et-vient incessant, en attendant que quelqu'un les réclame.

— À mon avis, c'est inutile.

L'homme qui les avait accostés était le médecin responsable. Un chirurgien capable, habituellement attaché au palais. Il n'avait pas déserté, c'était une bonne chose.

— Qu'est-ce qui est inutile ? répliqua Sarban, agacé.

Le praticien décrivit un cercle avec son bras.

— La Maison des Cendres, regrouper les corps, enfin, tout.

— Leurs familles peuvent venir les chercher.

— Tu veux rire, juge ? La plupart du temps, ils ont été exécutés par des proches !

Le médecin tira trois tabourets et les invita à s'asseoir.

— Que puis-je faire pour toi, digne incarnation de la loi ?

Sarban ne releva pas la moquerie. L'homme semblait à bout de forces.

— Procéder à un examen ; je t'indiquerai quoi chercher.

— Certainement pas ! Crois-tu que je n'ai que ça à faire ?

L'accusateur jeta un œil alentour. Le praticien disait vrai, nul ne pouvait prédire quand cesserait le désordre...

— Soit. Alors veille sur cette dépouille et préviens-moi si quelqu'un cherche à la récupérer.

— Et pourquoi ?

— Parce que je te le demande.

— Tu ne peux rien m'ordonner. Pas durant le sommeil de Marduk.

L'animosité des médecins à l'encontre des juges était proverbiale. Le code réglementait sévèrement leur art et prévoyait toute une série d'amendes ou de peines plus lourdes, en cas d'échec. Les praticiens avaient bien tenté de se regrouper en guilde à la façon des marchands, pour édicter leurs propres règles, mais le tribunal s'était prononcé contre. Depuis, ils enrageaient.

— Tu ne m'as pas bien compris. Ce n'est pas un commandement, mais un service que je te demande.

Le chirurgien se massa les paupières.

— Comme je te l'ai dit, je n'ai pas que ça à faire. Mais tu peux laisser ton novice pour garder la dépouille. À condition qu'il ne me dérange pas.

Sarban se tourna vers Tâmin :

— Reste là, veille sur lui, et avertis-moi si quelqu'un se présente. Surtout, que personne n'y touche. Je repasserai demain.

L'accusateur fit demi-tour et quitta la Maison des Cendres. Les relents de pourriture lui irritaient la gorge. Il avait l'impression de goûter la mort et d'être l'un des rares à ne pas la savourer. L'air de la nuit lui fit du bien.

Un homme était attaché à la statue de l'ange Saraqel. Nu, des plumes de paon fichées dans le dos, on l'avait amputé des avant-bras à hauteur des coudes pour les remplacer par des pieds de bœuf, liés aux moignons. Il était arqué, vertèbres prêtes à se rompre, comme pour prendre son envol. Sarban tira son épée et s'approcha prudemment. Le supplicié respirait encore.

L'accusateur s'empara de sa gourde et humecta les lèvres du malheureux.

— Doucement, doucement, là...

Soudain, l'homme lui cracha une écume rosâtre en pleine face. Sarban se contint, luttant contre l'envie de lui broyer la nuque. Il avait une victime, uniquement une victime en face de lui.

— Qui t'a fait ça ?

Sarban le connaissait pour l'avoir vu mille fois dans son échoppe. C'était un artisan renommé, et un homme pieux. Celui-ci redressa la tête et, rassemblant ses dernières forces, murmura quelque chose d'inaudible.

Soudain, l'épouse du boutiquier surgit derrière le magistrat.

— C'est moi.

Elle était vêtue de voiles et sa chevelure était lourdement parfumée, comme celle d'une *kezertu*.

— Tu aimais ton époux, chacun le sait. Alors, pourquoi ?

— Il voulait partir d'ici. S'envoler dans les cieux et rejoindre Marduk. Il me l'a demandé.

La femme dénuda ses épaules.

— Si tu veux, je peux te faire la même chose. Mais il faudra d'abord me baiser.

L'accusateur se détourna et, réprimant son dégoût, poursuivit sa route.

15

Ils luttaient dos à dos, piétinant les corps de leurs camarades, assurant une mince ligne de défense qui finirait bientôt par tomber. Déjà, les accusateurs avaient été contraints d'abandonner le grand escalier qui conduisait au premier niveau de l'*Esagil*. Chaque marche était couverte du sang des juges et des novices. Leurs âmes, étouffées par les cadavres des assaillants, ne pouvaient remonter vers le ciel.

Il était midi.

En fin de matinée, Ninumba avait ordonné le repli. Les attaquants avaient enfoncé l'arrière-garde qui s'était sacrifiée pour permettre aux forces de se regrouper. Les magistrats parvenaient à contenir les vagues d'assaut au prix de lourdes pertes, mais ils commençaient à marquer des signes de faiblesse. Face à eux, la foule se renouvelait, sans discontinuer. La masse était silencieuse, comme une armée de fantômes *etemmu*, surgis de l'En-bas. Tiamat avait forcé Ereskigal, reine de l'Enfer, à ouvrir ses portes, et les spectres se répandaient, sans autre but que de grossir les rangs du chaos.

Sarban soufflait bruyamment sous son casque. Trop de fatigue, d'énergie investie dans une tâche qui semblait insurmontable. Il para un coup d'estoc, contourna son adversaire et lui fracassa le crâne.

— Derrière toi !

L'avertissement de Casdim lui parvint trop tard. La femme l'agrippa par les épaules et lui mordit le cou. Il ne parvenait pas à s'en dépêtrer. Sarban prit appui contre le muret et se projeta brusquement en arrière. La femme s'empala sur la pointe du bouclier qui protégeait le dos de l'accusateur. Elle tomba à ses pieds, les yeux démesurément ouverts. Leurs yeux, il ne fallait pas croiser leur regard, car il était vide, songeaient les juges. Un néant noir et liquide, tourné vers Tiamat.

Casdim se débrouillait bien. Sarban ne pouvait s'empêcher de veiller sur lui, comme il l'avait toujours fait. Son compagnon d'études luttait depuis des heures, muscles tétanisés par l'effort, abattant mécaniquement son bras, sans réfléchir. Mille entailles couvraient ses cuisses, et sa cuirasse était en partie déchirée. Mais Sêlibu-le-renard parvenait toujours à sourire.

Plus loin, à l'angle de la promenade qui surplombait le vide, Haraïm de Balaat et ses hommes repoussaient les assauts furieux de citoyens suicidaires. Les agresseurs s'élançaient sans armes, grimpaient les marches de l'escalier, empoignaient les magistrats et se jetaient avec eux cinquante mètres plus bas. Haraïm, l'ennemi de toujours, superbe dans sa cuirasse de cuir laqué, faisait honneur à son rang. Sarban devait en convenir. L'abrogation du temps avait aussi figé les rancœurs, momentanément.

— Protégez le flanc droit !

Les accusateurs rompirent la ligne et se placèrent en quinconce, manquant plusieurs fois de déraper sur les flaques de sang. Ils ne disposaient plus d'épieux ou de javelots, et les arcs n'étaient d'aucune utilité. Ils se battaient au corps à corps, moulinant de la hache et de l'épée ou enfonçant des poignées de flèches dans le ventre des attaquants. Ils hurlaient pour se donner du courage ou pour faire sortir la douleur.

La loi pleurait ses fils mais les encourageait à tenir. Pas de repli, les ordres étaient clairs. Juste l'espoir de la relève et d'un corps ami debout à ses côtés si les forces affectées au sanctuaire d'Inanna ou à la tour *Etemenanki* parvenaient à se libérer. Les attaques étaient principalement dirigées contre l'*Esagil*, comme si les citoyens cherchaient à faire payer Marduk. C'était probablement le cas. Une rancœur personnelle, lourde d'espoirs avortés, intime comme une blessure secrète et cuisante. Après tout, Marduk, le créateur des céréales, garant de la fertilité des ventres et des champs, les avait abandonnés. Aux mains de Tiamat sa mère, celle qu'il avait précisément défaite aux premiers âges. Hommes et femmes de Babylone servaient maintenant la souveraine du chaos en s'accommodant parfaitement de cette nouvelle alliance. Un temps chasse l'autre.

Le groupe des défenseurs se prépara au choc. Épée tendue, garde à hauteur d'yeux, campés sur les jambes, ils devaient résister, empêcher la déferlante de submerger le premier niveau, puis de se répandre dans les différents corps du bâtiment. Ils formaient le dernier rempart avant l'accès à l'enceinte sacrée, tenue par Zod et sa garde. Les assaillants se regroupèrent au sommet de l'escalier. Des colporteurs, artisans, tenancières et banquiers qui ne faisaient montre d'aucune tactique, d'aucune discipline. Ils tombaient par centaines depuis des heures et ne s'en souciaient guère. Leur nombre finirait par l'emporter. Les accusateurs se préparèrent à l'inévitable en murmurant quelques prières qui se perdirent dans les airs. Marduk dormait, et les invocations pas plus que le fracas des armes ne pouvaient l'atteindre.

Soudain, l'adversaire rompit son attaque. Les juges suspectèrent une nouvelle tactique, mais ils durent se rendre à l'évidence : l'armée de Tiamat s'était immobilisée. Sarban et ses compagnons en profitèrent pour souffler, sans toutefois abandonner un pouce de terrain. L'attente se prolongea et Ninumba finit par comprendre. L'inaction, bien plus que la fureur des combats, leur ferait perdre courage. L'absence de temps jouait en faveur de Tiamat.

Ninumba fit un pas en avant. Le vieil instructeur, vétéran des campagnes du Grand Roi, se détacha du groupe et marcha en direction des attaquants. Il tournait la tête, lentement, fixant chacun des agresseurs, paraissant hésiter, pour finir par se camper devant l'un d'eux. Un patriarche à la stature imposante, à la poitrine cerclée de fer, comme un tonneau. Il était accompagné de sa famille, trois jeunes filles qui lui ressemblaient. Le sergent sourit au colosse et tendit sa hache en direction d'une adolescente.

— Tu la connais ?

— Elle est mon aînée, répondit l'homme, étonné.

— Je vois.

Ninumba inspira profondément et, d'un revers, l'éviscéra. Surprise, elle regarda sa robe, fixant une mince ligne écarlate, discrète comme un motif de broderie qui se transforma en plaie d'où se répandirent les entrailles. Elle s'effondra, tel un sac d'abats que l'on jette.

— Cela te fait-il quelque chose ? interrogea le sergent.

L'homme ne répondit pas. Le silence s'était abattu sur la foule et les magistrats.

— Et celle-ci, tu la connais ?

— Sa... sa sœur.

L'homme semblait reprendre ses esprits.

L'enfant d'une quinzaine d'années tenait une pierre couverte de sang. Jolie, elle serait devenue une belle femme, et ses soupirants auraient tué pour un simple sourire. D'un coup de hache, Ninumba lui arracha la mâchoire.

— Cela te fait-il quelque chose ?

Le colosse se tourna vers ses complices, mais personne ne bougea. Tous semblaient tétanisés, incapables d'appréhender la fureur qui leur faisait face. Cette colère froide et rationnelle singeait leur propre folie, comme une grimace de la loi au chaos. Les accusateurs eux-mêmes hésitaient à intervenir. Ninumba souleva délicatement la fillette et l'assit sur son épaule.

— Et celle-ci ? Réfléchis bien, c'est la dernière.

L'homme transpirait. Auparavant, il avait été un père, et son corps cherchait à exsuder ses crimes. Une sueur grasse, qui devait lui tenir lieu de larmes.

— Laisse-la, je t'en prie...

Ayant perdu l'habitude de parler, il avait croassé sa réponse. Ces derniers temps, le langage était devenu inutile. Tiamat ordonnait quoi faire, il n'y avait rien à ajouter.

Ninumba lui tendit son enfant :

— Prends ta fille et quitte ces lieux.

L'homme obtempéra sans rien dire et disparut dans la foule. Les rangs se reformèrent immédiatement comme pour effacer toute trace du drame. L'assemblée des citoyens formait une étendue morne et sans joie, semblable à l'océan primordial qui avait engendré la Mère de toute chose, une force aveugle qui venait s'écraser vague après vague contre les murs de la raison.

Ninumba gardait ces remparts :

— Vous tous, n'avez-vous pas compris la leçon ? Dois-je encore vous donner un exemple ?

Le vétéran des armées marchait de long en large, s'arrêtant parfois pour détailler un visage.

— Désires-tu être le prochain ?

Ninumba abattit sa hache sur un vieillard.

— Et toi, souhaites-tu le suivre ?

La femme ne parvint pas à éviter la lame.

L'instructeur œuvra ainsi durant des heures, seul, bras s'abattant sans relâche comme une faux tranchant les épis.

Les rangs des citoyens finirent par refluer, dans la confusion écarlate du coucher du soleil. Ninumba laissa alors tomber son arme et s'effondra en pleurs. Casdim s'approcha et tenta de le réconforter. Genou à terre, le vétéran se retourna et, mufle en avant, lui saisit le poignet.

— Ne me touche pas !

Puis il se releva et partit sans que nul cherche à le retenir.

— Que lui arrive-t-il ? Je ne comprends pas, il nous a sauvés. Sans lui, la justice serait morte.

Haraïm de Balaat ôta son casque à éclisses et le tendit à un auxiliaire.

— Détrompe-toi, Casdim. Ninumba n'a pas su incarner la loi. Ces gens n'ont vu qu'un tueur en face d'eux. Une autre incarnation de Tiamat. Dès lors, ils n'avaient plus à nous combattre. Notre vieux soldat a échoué, et il le sait.

16

Une fois relevés, Sarban et ses compagnons quittèrent la promenade du premier niveau parsemée de cadavres et laissèrent place aux troupes fraîches qui encadraient médecins et brancardiers. Les premiers soins seraient portés sur place, et l'on évacuerait dans la soirée les blessés grièvement atteints en direction des habitations sacerdotales converties en chambres de soins. Ceux qui étaient encore capables de tendre un arc ou de manier une épée se contenteraient de quelques heures de repos.

L'accusateur emprunta l'escalier intérieur encombré de vivres et de boisseaux de flèches, et traversa le long corridor qui perçait le corps du bâtiment central. Il déboucha sur une cour carrée réservée habituellement aux audiences mineures. Les magistrats s'entassaient le long des galeries couvertes, harassés, les épaules écrasées par la fatigue, dodelinant de la tête sans pouvoir trouver le sommeil. Aucun prêtre ne se tenait près d'eux pour leur prodiguer des paroles de réconfort. Respectant le silence de leur dieu, les servants de Marduk s'étaient retirés dans une aile éloignée et priaient au repos du seigneur. Sarban se rapprocha du buffet disposé sur des tréteaux auquel personne ne touchait, but une longue rasade de bière tiède et se lissa les cheveux à l'huile de sésame. Puis il se dirigea vers les lieux de culte réservés aux divinités mineures pour rejoindre le quartier général.

Zod, le Grand accusateur, avait établi son *ekal masharti* dans une petite chapelle consacrée à Lahar, dieu du menu bétail. Auparavant, l'espace avait été soigneusement désacralisé par un ministre du culte, de façon à pouvoir aborder des questions profanes sans offusquer Lahar. À cet instant, le panthéon entier observait le déroulement des combats et mesurait l'avancée de Tiamat. Le moment venu, les habitants de l'En-haut devraient choisir entre épauler Marduk ou servir la Mère du chaos. Plus que jamais il convenait de ne pas froisser les dieux.

— Que veux-tu ?

Une sentinelle lui barrait le passage. Un vétéran des armées, entièrement dévoué à l'ancien général.

— Voir Zod. Il est au courant.

— Alors tu devras attendre. Le *turtanu* prépare ses plans de bataille pour demain.

L'homme avait désigné Zod sous son titre de commandant des armées du roi et non par ses fonctions de haut magistrat. Une marque d'affection réservée aux fidèles, remarqua Sarban, ou le simple constat que la justice avait laissé place à la force. L'accusateur patienta, songeant à Matali son épouse qui avait finalement consenti à prendre leur fils et quitter la demeure pour trouver refuge dans le sanctuaire d'Inanna. Au moins étaient-ils pour l'instant en sécurité.

La porte finit par s'ouvrir, libérant l'état-major constitué des plus éminentes figures de la loi. Sarban reconnut chacun des visages, ces faces sévères d'instructeurs et de professeurs qu'il avait mille fois contemplées durant ses années d'études. Il s'inclina au passage de Balek le Sagace, théoricien légendaire du droit qui avait quitté sa retraite pour assister le Grand accusateur. Suivait Negeltû-Temû dont le nom, qui signifiait Cauchemars, disait l'effroi qu'il inspirait autour de lui. À l'Académie, Negeltû-Temû avait été un élève d'exception. Fait juge à l'âge de quinze ans, il avait alors enfilé un masque de cuir, noirci au suif et maintenu par des tendons. Personne ne se souvenait de ses traits. Le temps avait définitivement effacé toute trace de l'homme, afin d'incarner l'effrayant visage de la loi. Mais les années passant n'avaient en rien adouci les sentences du juge Cauchemars. Certains coupables, maintenus en cellule, préféraient s'ouvrir les veines avec un tesson de poterie, plutôt que d'attendre son verdict.

Balek, Negeltû-Temû, et les autres magistrats, pour la plupart des vieillards aux bras décharnés et aux mains criblées de tavelures, étaient comme des chiens de garde au corps affaibli mais toujours prêts à mordre. Chacun était disposé à crever sur place plutôt que de concéder une parcelle d'ordre au chaos. La situation exigeait des hommes comme eux, songea Sarban qui ressentit une intense bouffée de fierté.

— Tu peux passer, fit la sentinelle.

D'un hochement de tête, l'accusateur salua le garde et pénétra dans la chapelle. L'espace exigu, à l'atmosphère alourdie par l'encens qui brûlait dans des cassolettes, était éclairé par deux lampes sur trépied dont les carènes reflétaient les silhouettes des hauts magistrats. Zod, le Grand accusateur, penché au-dessus d'une maquette en terre cuite représentant le centre-ville, et Abudisi, accusateur royal. En l'absence du monarque, Abudisi pouvait ajouter à ses nombreux titres celui de *Sar ha-Panim*, Prince de la Présence, incarnation de la volonté du grand Nabuchodonosor, jusqu'à son retour.

Respectant le protocole, Sarban embrassa Zod sur les joues et se prosterna devant Abudisi, neveu du roi. D'un geste affecté, celui-ci lui fit signe de se relever. Zod versa du vin dans un cratère et lui tendit la coupe.

— Bois, mon garçon, tu en auras besoin.

Sarban goûta le breuvage – du vin de vigne, une denrée rare dans le pays d'Entre-deux-fleuves, importée par les marchands phéniciens.

Zod reprit :

— À cet instant, les chefs de corps répandent la nouvelle parmi les hommes, alors autant que tu l'apprennes par ma bouche : je me vois contraint de retirer les auxiliaires du combat.

Sarban déglutit. La situation paraissait désespérée. Sans rien laisser paraître, il vida sa coupe.

— Mais pourquoi, seigneur ?

L'ancien général ne fit rien pour dissimuler sa colère :

— Parce que nous ne pourrons recruter durant la prochaine génération ! Tous ces fils de citoyens qui ont vu leurs parents se vautrer dans le crime vont être irrémédiablement infectés par le mal. Ils ne pourront dès lors intégrer l'Académie. C'est pourquoi il nous faut préserver les novices, les tenir loin des combats. Pour assurer l'avenir de l'Ordre des accusateurs. Les magistrats en poste vont donc devoir se battre seuls. Seuls !

— Les Araméens prétendent que nous sommes légion, intervint Abudisi. J'ai bien l'intention de leur donner raison.

Zod caressa le réseau cicatriciel qui striait son crâne, comme des chemins dans la chair. Le Grand accusateur semblait vouloir emprunter la route conduisant à son passé, lorsque tout était simple, et juste. Il reprit :

— Jusqu'à cette heure, aucun juge n'a succombé à la violence, pas un ne s'est détourné de la loi. Quoi qu'il arrive, j'aimerais que nous laissions ce souvenir à nos descendants.

— Zod oublierait-il le comportement de Ninumba, sur les remparts ? objecta le *Sar ha-Panim*. On m'a rapporté sa conduite.

— Non, seigneur Abudisi. Et je suis prêt à le défendre devant la Haute Cour.

— Je n'en doute pas, car il sera facile à Zod de disculper son fidèle compagnon. Pour cela, il lui suffira de se retrancher derrière l'article 283, celui laissé à la libre interprétation du juge. Mais Zod n'aura pas besoin d'y avoir recours, car nous n'intenterons pas d'action en justice contre notre cher vieil instructeur.

Sarban se tourna vers Abudisi. Ses sourcils soigneusement épilés formaient deux ellipses parfaites dessinées au bitume. Le Prince de la Présence n'affichait aucune expression et se contentait de jouer avec les chatons de ses bagues.

— Bien, revenons à la question qui nous occupe, fit Zod en pointant du doigt la maquette. Dès demain, nous appliquerons une nouvelle tactique. La réserve affectée au cœur de l'*Esagil*, qui pour l'instant n'a pas combattu, défendra les remparts, tandis que les troupes gardant actuellement le premier étage du sanctuaire seront réparties en petits groupes. Contrairement à ce qui a pu être dit, cela n'affaiblira pas la défense, car ces unités légères mèneront l'offensive dans les rues du centre. Nous devenons les agresseurs et passons à l'attaque.

Abudisi prit la parole :

— Cela pose un problème. Je ne parle pas de stratégie militaire, car je n'y entends rien et fais toute confiance pour ces questions au magistrat Zod. Non, je pense à une question de droit. Nous ne pouvons punir des gens qui ne nous ont rien fait, sous prétexte qu'ils peuvent devenir violents.

Zod réprima un mouvement d'agacement.

— Avec tout le respect que je dois au seigneur Abudisi, puis-je lui rappeler que nous avons depuis longtemps dépassé le stade de la théorie ? Il nous faut agir, sans quoi l'Ordre des accusateurs ne sera plus qu'une simple parenthèse dans notre histoire, un récit approximatif qui passera de bouche en bouche et se déformera.

En s'exprimant de la sorte, Zod ignorait l'étiquette et faisait montre d'irrespect. Le neveu du roi n'en prit pourtant pas ombrage et ne releva pas l'objection. Les propos du vétéran paraissaient glisser sur sa robe de porphyre. Mieux, la joute verbale semblait l'amuser.

Ignorant Zod, le Prince de la Présence se planta face à Sarban et le détailla comme on examine une bête au marché.

— Tes traits me paraissent familiers, juge. Rappelle-moi ton nom.

— Sarban, seigneur Abudisi, fils de Dagan.

L'accusateur royal ne se souvenait certainement pas de lui. Le Premier magistrat, attaché à la seule personne du monarque, ne frayait pas avec les accusateurs de rang. Abudisi cherchait simplement à le mettre en confiance, ce qui n'était pas forcément bon signe.

— Eh bien, Sarban fils de Dagan, on peut dire que tu tombes bien. Peut-être vas-tu pouvoir nous aider à conclure ce débat.

Abudisi était un commentateur avisé de la loi, et Zod un magistrat d'expérience. Ils n'avaient aucunement besoin de son avis. Probablement cherchait-on à l'éprouver, à mesurer son jugement. Sarban était venu exposer sa requête concernant l'exécution perpétrée sur le pont. De sa réponse dépendait l'attention des hauts magistrats.

Abudisi formula sa question, la mine gourmande, comme s'il goûtait une friandise :

— Penses-tu que l'homme est naturellement enclin à servir la justice ?

Il convenait de ne pas jouer au plus fin avec l'accusateur royal. Sarban s'en tint donc à l'exposé classique enseigné à l'Académie.

— L'homme n'est pas bon par nature, car si c'était le cas, il serait incapable d'actions mauvaises et ne pourrait qu'agir bien. Or les faits nous démontrent le contraire.

— Surtout ces temps-ci ! s'exclama Zod, de fort mauvaise humeur.

Faisant montre de prudence jusqu'au bout, Sarban acheva en présentant la conclusion attendue :

— Mais il n'est pas non plus totalement méchant, puisqu'il lui arrive d'agir noblement. Façonné à partir de la glaise, l'être humain est comme une poupée d'argile, modelable à merci. Bon ou mauvais, il est ce qu'il devient.

Le Prince de la Présence apprécia l'esquive :

— *Sag-hul*, l'homme est donc neutre à la naissance. Nous savons tout cela, mais ce n'est pas ce que je te demande. Existe-t-il en chacun de nous une disposition naturelle qui nous pousse à appliquer la loi, ou obéit-on par contrainte, voire par intérêt ?

— Le seigneur Abudisi peut-il préciser ce qu'il entend par « intérêt » ?

— Le profit que l'on peut tirer de ses actes. Si, par exemple, je fais l'aumône à un mendiant, j'apparaîtrai à mes propres yeux comme un homme de bien, et m'offrirai pour pas cher une excellente réputation.

Sarban prit le temps de la réflexion et finit par répondre, en mesurant chaque terme :

— Quel que soit le bien qui ressort de l'action, ce geste n'aura que l'apparence de la loi.

— Comment cela ?

— Parce qu'il n'était pas motivé par le simple respect du droit, mais par la pitié, ou le calcul.

— Pourtant j'aurai aidé cet homme..., objecta Abudisi.

Le Prince de la Présence était semblable au chat qui joue à tromper la souris. Elle croit pouvoir s'enfuir, mais il la ramène d'un coup de patte, l'épuise, et finit par la tuer. Sarban manœuvrait en terrain délicat.

— Oui, seigneur, tu l'as fait aujourd'hui, mais peut-être agirais-tu autrement demain. Le code nous oblige à être toujours justes, quels que soient nos sentiments.

La passe d'armes avait consumé les forces de Sarban qui transpirait et sentait en même temps comme de la glace dans ses entrailles. Il attendit le verdict de l'accusateur royal. Abudisi finit par rompre le silence :

— Tu n'as pas trop mal répondu. Appliquer le code, sans tenir compte de nos impressions personnelles, ainsi l'a voulu le sage Hammurabi. Mais les dieux peuvent nous forcer à agir autrement, et c'est actuellement le cas. Dès lors, ces gens peuvent-ils être tenus pour responsables de leurs exactions, et doit-on les punir, jusqu'à les exécuter pour des crimes qu'ils n'ont pas encore commis mais qu'ils sont seulement susceptibles de commettre ?

Sarban songea que l'inspirateur de cette tactique implacable était probablement Negeltû-Temû. Le juge Cauchemars avait dû rencontrer une forte opposition en la personne de Balek le Sagace. Mais le théoricien légendaire du droit s'était finalement effacé devant la force. Toutefois, Abudisi semblait encore manifester certaines réticences :

— Avons-nous le pouvoir de frapper le peuple quand il est le jouet des habitants de l'En-haut ?

Zod lui répondit sèchement :

— Les hommes se débrouillent fort bien seuls pour s'attirer les ennuis et commettre le mal. Inutile pour cela d'invoquer les dieux. Ils ont bien mieux à faire que de s'intéresser à nous !

Abudisi lui pressa affectueusement le bras :

— Je ne faisais que poser une question... Zod serait-il en train de blasphémer ?

Le Grand accusateur haussa les épaules.

— Non, je m'en tiens simplement à mon expérience de juge et de soldat. À tout âge, l'homme est comme un animal que l'on dresse. Il faut lui apprendre le respect et l'obéissance, et toujours demeurer vigilant, car à la moindre inattention, son égoïsme reprendra le dessus. C'est pourquoi l'Ordre des accusateurs est nécessaire : un groupe de magistrats appliquant la loi non parce qu'elle leur plaît ou parce qu'ils en ont peur, mais parce qu'elle *est*, tout simplement. Une loi qui occupe leur volonté, du lever au coucher.

Abudisi, Premier magistrat du pays, prit Sarban à partie :

— Mon cher Zod semble nous décrire des hommes saints, en tout point infaillibles. Pourtant, chacun de nous est légion, à la fois juge et citoyen, magistrat incorruptible et être à l'esprit fragile, perméable aux passions.

— Je n'ai pas dit que c'était simple, mais nous devons essayer, précisa l'ancien général.

Le Prince de la Présence, incarnation temporaire de la volonté royale, finit par rendre son verdict :

— Fort bien. Puisque nous ne pouvons avoir

confiance qu'en nos juges, appliquons la tactique mise au point par Zod. J'autorise l'exécution des criminels par anticipation. Ce qui revient à dire que tout homme est dorénavant coupable simplement parce qu'il existe.

L'accusateur royal vida une coupe de vin et se tourna vers Sarban.

— Venons-en maintenant à ta requête. Quelle affaire souhaites-tu nous présenter ?

Sarban s'éclaircit la gorge.

— Seigneur Abudisi, il s'agit d'un meurtre.

Zod partit d'un formidable éclat de rire.

— Un meurtre ? Qu'as-tu donc besoin de t'intéresser à un meurtre, nous n'avons que l'embarras du choix ces temps-ci !

— C'est vrai. Mais je n'avais pas encore été témoin d'un crime prémédité.

Zod redevint subitement grave. Abudisi se pencha vers Sarban, visiblement intéressé :

— Que veux-tu dire ?

— Alors que j'étais en faction sur le pont qui relie la vieille ville à la nouvelle, j'ai assisté à une exécution. Conformément aux ordres; je me suis gardé d'intervenir, mais n'ai pu m'empêcher d'écouter.

— Et ?

— Les propos de la victime laissaient clairement entendre qu'elle avait déjà fait l'objet de tentatives d'assassinat.

— Te souviens-tu de ses paroles exactes ?

— « J'ai promis de ne pas parler ». et « Plusieurs fois vous avez cherché à me tuer, mais je n'ai rien dit ». Tout laisse à penser que la décision de le tuer a été prise *avant* la suspension du temps. Autrement dit quand la loi avait encore cours. Ce qui fait de l'acte un crime passible de poursuites.

Abudisi se pinça les lèvres :

— Un cas de figure intéressant... As-tu des preuves ?

— Aucune.

— C'est un peu maigre. Il peut s'agir de compagnons de beuverie échangeant des propos acerbes et qui finissent par occire l'un d'entre eux.

— Les tueurs n'avaient pas l'air d'ivrognes, et la victime n'appartenait pas à leur groupe.

— Cela demeure insuffisant. Les événements conduisant à l'exécution ont pu avoir lieu dans la journée. Sur quoi fondes-tu tes doutes ?

— Sur une simple impression. Nos enquêteurs *sâ'ilu* se basent généralement sur leur unique intuition et obtiennent d'excellents résultats. Zod a bien souvent fait appel à Casdim, fils d'Achad, qui est l'un d'entre eux. Nul ne chercherait à contester son efficacité.

Le Grand accusateur approuva et prit le relais :

— Revenons aux tueurs. Pourrais-tu me les décrire ?

— Je pense qu'il s'agit de professionnels. Équipement étranger, armes d'acier véritable. Ils étaient revêtus de vêtements de cuir cousus d'une seule pièce et portaient de curieux bonnets.

— Des Phrygiens ?

— Non, il s'agissait plutôt de cagoules, surmontées de crêtes. Je pencherais plutôt pour des habitants du pays, des hommes capables en tout cas de comprendre notre langue. Lorsque je leur ai ordonné de laisser le corps, ils ont obtempéré.

— La dépouille n'est donc pas perdue ?

— Non. Avec l'aide de mon auxiliaire, je l'ai déposée à la Maison des Cendres située près de la Porte de Saraqel. À fin d'identification, en espérant que quelqu'un viendra la réclamer.

Abudisi manipulait l'une de ses précieuses bagues.

— Tu me sembles être un magistrat avisé. Mais qu'attends-tu de nous ?

— Que vous me confiiez l'enquête.

— Tu sais que nous manquons d'effectifs. Nous renvoyons les auxiliaires et ne pouvons compter que sur les juges. Je crains que cela ne soit pas possible.

Sarban rassembla tout son courage.

— Si mon intuition s'avère juste, ce crime relève de la loi. Il doit donc être puni. Mais nous ne pouvons différer l'enquête en attendant le rétablissement du temps et du droit. Le corps de la victime ne va pas tarder à se corrompre. Toute identification sera alors impossible. Il nous faut agir vite.

Zod se tourna vers Abudisi. Le Prince de la Présence lui donna son accord.

— Quelle est ton affectation ?

— Le temple de Marduk, premier niveau de l'*Esagil*.

— Un poste exposé. J'attends de toi que tu te battes, au côté de tes compagnons. Tu pourras t'occuper de l'affaire, mais uniquement durant tes heures de repos. Maintenant, laisse-nous.

Sarban demeura sur place.

— Que veux-tu de plus ?

— L'assistance de Casdim, l'enquêteur *sâ'ilu*. Ainsi que la présence de mon auxiliaire. Le jeune Tâmin a suivi l'affaire depuis son début.

— Soit. Mais aux mêmes conditions. Cela ne doit pas contrarier votre mission principale qui est de défendre le lieu saint. J'accorde une dérogation spéciale pour ton novice. N'oublie pas d'en informer les services de l'Académie.

— Je vous remercie, seigneurs.

Sarban s'inclina et s'apprêtait à faire demi-tour lorsque Abudisi le retint :

— Curiosité et ténacité sont des qualités indispensables à un juge. À condition toutefois de ne pas en abuser. Veille à ne pas l'oublier.

17

La foule se pressait contre les portes du sanctuaire, manquant d'étouffer les gardes. Aucune violence pourtant, pas un geste menaçant, c'est pourquoi ils ne répliquaient pas. Les accusateurs se contentaient simplement de repousser les mères venues demander asile.

Les femmes de toutes conditions, marmots agrippés à leurs jupes, imploraient la pitié d'Inanna, ou tout du moins de ses servantes. La Dame du Ciel dormait à cette heure, mais ses filles pouvaient entendre les cris. Elles se tenaient derrière les magistrats, couronne de corde sur la tête, attendant la décision de la mère supérieure. Matali se trouvait parmi elles. « Bienvenue chez toi », avaient ironisé les sœurs qui n'acceptaient pas son mariage. Songeant avant tout à la sécurité de leur fils, l'épouse de Sarban s'était contentée de sourire, lèvres crispées.

Une femme d'une trentaine d'années, rustaude et échevelée, se détacha du groupe des pleureuses et brandit un bébé. Ignorant les figures des juges, elle s'adressa directement aux courtisanes sacrées :

— Qui parmi nous n'a pas satisfait au devoir ? Plus d'une fois, sur la couche, je me suis étendue amante pour me réveiller mère. Toutes ici l'ont fait !

Des voix l'encouragèrent à poursuivre. L'inconnue tendit à bout de bras le nourrisson qui braillait.

— Il est sorti de mon ventre, tout comme l'a réclamé la déesse. Les filles d'Inanna sont-elles prêtes à le renier ?

Visiblement gênées, les saintes prostituées s'écartèrent pour laisser passer leur aînée. La mère supérieure se planta face au groupe. Matali observa longuement l'incarnation de la divinité, celle qui, une fois l'an, faisait l'amour avec le roi. Au fil du temps, sa beauté avait laissé place à une élégante froideur. Probablement l'effet de la tension qui existait entre les sœurs et les prêtres de Marduk. Une lutte de pouvoir qui, ces derniers jours, connaissait une trêve.

Sans lui jeter un regard, l'*Ugbatu*, première servante de la déesse, adressa un ordre sec au chef des magistrats :

— Ouvrez-leur les portes.

Les gardes rabattirent les vantaux, permettant aux réfugiés de se répandre dans l'enceinte. Les prêtresses prostituées s'apprêtaient à les accueillir quand la mère supérieure s'interposa :

— Un instant ! Nous n'accepterons que les mères et leurs filles. Isolez la progéniture mâle, et renvoyez-la.

Une vague d'indignation parcourut les femmes. Celle qui s'était déjà fait remarquer lui présenta son enfant :

— C'est à cause de ce qu'il a entre les jambes ? Ma Dame croit-elle vraiment qu'il oserait s'en servir ?

Durant la suspension du temps, l'union entre citoyens et courtisanes sacrées était prohibée. Matali, comme bon nombre de femmes présentes, ne put s'empêcher de sourire. L'inconnue avait du répondant, ce qui n'était pas pour plaire à l'*Ugbatu* :

— Ne t'avise pas de blasphémer. Les filles

d'Inanna ne sont pas cause du chaos. Il est le fait des ministres de Marduk. Accepte nos conditions ou regagne l'extérieur.

L'incarnation d'Ishtar contenait difficilement sa colère. Matali décida d'intervenir :

— Ma Dame nous a accueillis, et c'est grâce à elle que mon fils est encore en vie.

— C'est différent, tu es l'une des nôtres.

— Certaines sœurs pourraient ne pas comprendre. Je supplie ma Dame de laisser la déesse en juger, à son réveil.

Jadis, la communauté avait placé tous ses espoirs en Matali, et Inanna continuait de lui parler en rêves. La mère supérieure ne pouvait l'ignorer. Elle lâcha son accord :

— Très bien, mais que les garçons demeurent dans la cour des visiteurs, sous la surveillance des gardes. Celles qui allaitent peuvent rester. Quant aux autres, vous verrez vos mâles quand je l'autoriserai.

Puis l'*Ugbatu* se tourna vers Matali :

— Cela est également valable pour toi, ma fille.

18

Casdim accepta aussitôt l'affaire. L'enquêteur *sâ'ilu* avait écouté attentivement la relation des faits en fourbissant ses armes, interrompant parfois le compte rendu de Sarban pour poser une question :

— Intéressant. Et tu dis que cet homme semblait riche ?

— Tu verras par toi-même, j'ai demandé à ce que l'on garde ses effets.

— Il peut s'agir d'un crime crapuleux.

— Non, Casdim, car ils n'ont rien pris sur sa dépouille. Et les tueurs étaient des gens d'armes, engagés pour exécuter une tâche bien précise, j'en suis convaincu.

— Un règlement de compte au sein d'une corporation ? Tout le monde sait que les marchands engagent parfois des mercenaires. Passe-moi le sac à tes pieds.

Sarban lui tendit la bourse contenant le pain de graisse d'antilope. L'enquêteur en appliqua une couche régulière sur la lame de son épée.

— Peut-être. La décision me semble en tout cas avoir été prise avant l'abrogation du temps.

Casdim essuya soigneusement le surplus de graisse. Il accomplissait ces gestes sans y penser, car son esprit était ailleurs. Sarban reconnut la lueur dans ses yeux : c'était celle des *bârû*, les oniromanciens. Comme il sied à tous les magistrats, cette caste particulière de juges obéissait au dieu Samas, garant de la justice. Mais ils sacrifiaient aussi à Ziquiqû, maître de l'air et des songes. En théorie, les *bârû* servaient chacun à parts égales, mais beaucoup ne faisaient allégeance qu'au passeur de rêves. Certains l'affichaient d'ailleurs ouvertement ; leur broche *apkallu* était noircie à la fumée, afin d'exhiber la face nocturne de la loi. Les oniromanciens fouillaient dans les esprits pour en extirper des visions. Puis, ils assemblaient en bon ordre ces *tâbrit mûsi* qui révélaient bien des intentions. Parfois, une simple esquisse de futur attirait le soupçon. Les juges scrutaient alors le moindre geste et procédaient à de longs interrogatoires où chaque réponse était décortiquée. Leur décision était à la mesure du crime imaginé, car les *bârû* ne manquaient pas d'invention. Il leur suffisait de puiser dans les centaines de cauchemars qu'ils avaient absorbés. Certains ne supportaient d'ailleurs plus de porter dans leur âme l'horreur des autres, et préféraient en finir. Au premier *Tamharu* lancé par un citoyen, ils relevaient le défi, ne répondaient pas et finissaient pendus par la foule. Fort heureusement, songea Sarban, le caractère enjoué de Casdim semblait le prémunir. Celui-ci rengaina son arme et dit :

— Je pense que tu as vu juste. Par quoi devons-nous commencer ?

— Par nous rendre à la Maison des Cendres. Je voudrais que tu examines le corps. Avec un peu de chance, quelqu'un est venu le réclamer. Nous pourrons alors l'interroger.

— C'est une distraction bienvenue et qui me changera de l'abattage en série. J'avais l'impression de me transformer en bœuf destiné à la découpe.

— C'est vrai, tes naseaux enflent et tu ne feras bientôt plus que mugir !

Les deux hommes prirent joyeusement la direction de la morgue. Leur rire sonna clair dans les rues de Babylone, et nul ne songea à les inquiéter. À les voir s'esclaffer ainsi, on ne pouvait douter qu'ils avaient le cerveau rongé par les vers de Tiamat. *Nos frères, en somme*, estimèrent les assassins d'un soir qui les laissèrent passer.

* * *

Tâmin les attendait à la Porte de Saraqel. À l'évidence, il piaffait d'impatience. Prenant à peine le temps de saluer Casdim, l'auxiliaire s'adressa à Sarban avec un débit haché :

— J'espérais que tu passerais ce soir. Une femme a demandé à voir le cadavre. Je l'ai fait patienter.

L'accusateur se tourna vers la statue de l'ange située près de la morgue. Le cadavre du malheureux qui avait tenté de rejoindre les cieux y était encore attaché. Dans un souci de perfection, pour l'aider à parfaire sa métamorphose angélique, on avait rajouté l'émasculation aux mutilations précédentes. Parce que les créatures ailées n'ont pas de sexe, et qu'elles doivent être pures pour regagner l'En-haut.

Agacé, Sarban apostropha un brancardier qui prenait sa pause :

— Ça ne te ferait rien de le détacher ?

L'homme finit de se curer les dents et cracha à ses pieds :

— Pour quoi faire ? Les gens viennent ici pour identifier les corps, non ? Eh bien, sa famille n'aura aucun mal à le trouver. Sauf si, d'ici là, il s'est envolé !

Accompagné par le grasseyement du brancardier, le groupe pénétra dans la Maison des Cendres. Il régnait dans l'établissement la même agitation confuse que la fois précédente, mélange de célérité professionnelle et de fatalisme désespéré qui obligeait infirmiers et médecins à surveiller constamment le travail des bénévoles. Détrousser les morts était considéré comme un dû mérité. On ne prenait plus soin de laver les dépouilles et les nombreuses rixes qui éclataient au sein du personnel contribuaient à augmenter le nombre des décès.

Un médecin vint à leur rencontre, un jeune praticien à la robe crasseuse et souillée de vin.

— Que voulez-vous ?

Toute sa personne exsudait l'alcool de figue.

— Voir ton collègue, celui avec qui j'ai traité la fois précédente.

— Tu le trouveras au fond de la salle. Étendu sur une planche.

— Que lui est-il arrivé ?

— Éventré par un cadavre. Ne me regarde pas comme ça, magistrat, j'ai toute ma raison. Une femme, qui se faisait passer pour morte. Cela arrive parfois.

Le médecin releva sa manche, découvrant la dague fixée à son avant-bras.

— Maintenant, on les tue une seconde fois, dès réception. Comme tu peux le constater, juge, on s'occupe bien des corps !

Sarban décida de couper court :

— J'ai ordonné que l'on veille sur une dépouille, et que l'on retienne toute personne souhaitant la récupérer.

— Ton auxiliaire m'a prévenu. Suis-moi.

D'une démarche incertaine, le praticien les conduisit jusqu'à un réduit qui tenait lieu de chapelle ardente.

— Régime de faveur. On y entrepose les riches, en espérant que les familles nous donneront un petit quelque chose. Mais ça n'arrive jamais.

— Tu as fait ton travail, n'attends rien de plus. Et maintenant, laisse-nous.

On avait étendu l'homme contre la paroi du fond. Une taie laiteuse recouvrait ses yeux et son corps nu était strié de marbrures. Casdim se pencha et détourna vivement la tête.

— Il pue davantage que l'ogre Humbaba ! Nous devons procéder rapidement à l'autopsie.

— Oui, mais commençons par interroger la femme, suggéra Sarban.

Mieux valait disposer de ce témoin tant qu'elle était encore en vie.

Tâmin l'introduisit dans la pièce. Âgée d'une soixantaine d'années, maigre et vêtue de lin fruste, elle se jeta aux pieds de Sarban en pleurant à gros bouillons.

— Mon petit, mon tout-petit, ils l'ont tué, lui qui n'a jamais fait de mal à une mouche !

— Relève-toi, l'ancienne, et dis-moi qui tu es.

La vieille se redressa péniblement en s'agrippant à la robe de l'accusateur.

— Celle qui méritait d'être sa mère, car il n'a pas toujours eu la vie facile, crois-moi.

— Sa servante ?

— Sa nourrice, d'abord, et puis bien d'autres choses.

L'haleine de la femme empestait l'oignon et le lait caillé.

— Dans ce cas, tu peux nous dire qui il était.

La vieille modula une plainte et finit par répondre.

— Mulil d'Aramma, un nom admiré de tous.

C'était en effet le cas. La famille, originaire de la cité d'Is, exploitait plusieurs mines d'asphalte depuis des générations. Les travaux d'aménagement entrepris par le Roi des rois au commencement de son règne avaient considérablement augmenté sa fortune.

— Que faisait Mulil d'Aramma à Babylone ?

— Il y demeurait, seigneur, une partie de l'année. Pour ses affaires.

La servante se tapota l'arête du nez.

— Et il s'y entendait pour amasser de l'or. Crois-moi !

Sarban n'en doutait pas. Si, dans le dos des Aramma, bien des courtisans aimaient à rappeler les origines modestes des commerçants – leur passé de vendeurs d'ânes *sâridu* qui expliquait pourquoi leurs beaux atours sentaient encore le crottin –, ils n'auraient confié à nul autre le soin d'administrer leurs biens. Le nom d'Aramma figurait sur de nombreux documents entreposés dans les archives du palais. On invitait les magistrats souhaitant se spécialiser dans le droit commercial à étudier la rédaction des contrats dressés par la famille. Un mélange de rouerie paysanne et de finesses juridiques qui ne présentait aucune faille. Pour le reste, Mulil et les siens étaient comme chacun, destinés un jour ou l'autre à rejoindre l'En-bas.

— Tu dois savoir qu'on l'a tué.

La vieille femme se cassa en deux, saisit ses cheveux et les arracha à pleines poignées. L'accusateur laissa faire, le temps qu'elle expulse sa peine comme on crève un bubon. Puis il reprit :

— Lui connaissais-tu des ennemis ?

— Aucun, seigneur, il était si doux !

— Des concurrents prêts à tout, ou des associés déçus par une affaire ?

— Je n'entends rien à ce genre de choses.

Il fallait être patient. Sarban décida de procéder autrement.

— Quelles étaient ses habitudes ?

La servante interrompit son concert de reniflements et sourit à travers ses larmes :

— Toujours prévisible, réglé sur le soleil, c'était un plaisir de le servir.

— Rien de particulier, donc ?

La vieille femme hésita un instant.

— Non... Si ce n'est ses besoins.

— Que veux-tu dire ?

Elle se pencha sur le cadavre et caressa son pénis flasque.

— Mon petit ressentait constamment le désir.

— Écarte-toi, l'ancienne, et précise ta pensée !

— Mulil payait pour satisfaire ses envies.

— *Sinnisânu* ou *harmatu*, hommes ou femmes ?

La domestique lui lança un regard indigné.

— Pas de prostitution vulgaire, seigneur, uniquement des *istarîtu*, des courtisanes sacrées ! Ainsi, il pouvait en même temps consulter l'oracle, et orienter ses affaires en fonction des prédictions. Un bon petit placement, disait-il, excellent pour le commerce.

L'une des tâches principales assignées aux prêtresses d'Inanna consistait à coucher avec les citoyens. Ils en profitaient pour interroger la déesse de l'amour et de la fertilité, et versaient en retour une obole.

— Mulil aimait-il particulièrement retrouver l'une d'entre elles ?

— Maintenant que tu le dis...

— Son nom ?

— Armaïta, il me semble.

— Et tu dis qu'il lui parlait de son négoce ?

— Oh ! oui, seigneur, à chaque fois !

Ils tenaient enfin une piste.

— Pour l'instant, je n'ai plus rien à te demander. Mon auxiliaire va te reconduire à l'accueil et prendra ta déposition. Il t'en fera lecture et tu apposeras ta marque au bas de la tablette d'argile. N'oublie pas de lui laisser l'adresse du défunt, et reste à notre disposition.

— Puis-je récupérer sa dépouille ? Un esclave attend, avec une charrette.

— Non. Mais tu peux emporter ses effets.

Casdim lui tendit les vêtements et la vieille femme suivit Tâmin. Les magistrats demeurèrent seuls.

— Tu ne trouves pas cela curieux ?

— Quoi donc ?

L'enquêteur *sâ'ilu* se pinça les lèvres.

— Souviens-toi de ma précédente affaire, Sarban. Ce négociant de la province de Mossul qui souffrait de troubles nerveux, retrouvé mort dans des conditions suspectes.

— Celui qui ne supportait pas la lumière, le son et le mouvement et qui vivait entouré d'objets recouverts de voiles sombres ?

— Précisément. Il était spécialisé dans l'exploitation des carrières de pierres et des nappes de bitume.

— Et notre homme possède des mines d'asphalte... C'est étrange, en effet. Belle intuition, mon ami, je ne regrette pas d'avoir fait appel à toi !

Casdim sourit.

— Il faudra vérifier aux archives royales, Sarban. Peut-être ont-ils traité des affaires ensemble.

— Les services du palais sont interrompus. Nous ne pourrons rien tenter auprès de l'administration avant le rétablissement du temps.

— De même pour le sanctuaire d'Inanna. Il nous faudra interroger cette Armaïta plus tard.

— Pourquoi donc ?

— Allons, Sarban, tu sais bien que, pour l'instant, les saintes prostituées n'accueillent pas de visiteurs.

— J'ai besoin de renseignements sur ce qui a déjà eu lieu, et non pas d'un oracle. Elle pourra donc me répondre.

Casdim sourit :

— Ce n'est pas sot. Restent Is et Mossul. Il est impossible de nous rendre dans ces villes, puisque Zod exige notre présence. Que comptes-tu faire ?

Sarban se tourna vers le cadavre.

— De ce côté, rien. Pour l'heure, je veux savoir si cet homme a fait auparavant l'objet de tentatives d'assassinat. Dans l'affirmative, nous pourrons exiger une procédure officielle. Je vais donc réclamer une autopsie.

19

La porte ne tiendrait pas longtemps. Les poings lacés de cuir et renforcés de bronze finiraient tôt ou tard par l'abattre, puis ils martèleraient le visage de son épouse, déchirant la chair et ses traits délicats, écrasant les muscles tel un boucher qui attendrit la viande, un équarrisseur qui enlace une carcasse et l'ouvre, comme on baise une putain. Lui n'avait commis aucun crime, ou vraiment pas grand-chose, voler, peut-être, ça oui, des vêtements, de la nourriture mais uniquement pour sa femme et leurs enfants, car ils étaient affamés. Rien en tout cas de comparable à ce qu'avaient fait les voisins, des gens pourtant fort aimables et en qui il aurait placé toute sa confiance. Maintenant, ils gisaient dans l'arrière-cour, après s'être entredéchirés.

Le gond supérieur finit par sauter.

Qu'est-ce que c'est que voler, dérober quelques galettes et un morceau de fromage quand on a passé sa vie à donner, oui, offrir sans jalousie et en réprimant sa faim, oblations et prémices, les meilleures parts de viandes et une pleine mesure de céréales à Marduk, donateur de l'Agriculture, Créateur des Céréales, et surtout Prince de l'Ingratitude qui aujourd'hui se vautre sur sa couche, repu ? Marduk dort, les hommes meurent. Puisque tout finit par se régler ainsi, dans le néant indifférencié, dieux et humains relégués dans le silence, pourquoi ne pas embrasser Tiamat, se glisser entre ses cuisses monumentales comme l'a fait autrefois le serpent Kingu, pour retrouver le chemin qui mène au Commencement ?

Le chambranle céda sur toute sa hauteur et la porte tomba.

Mais il est un homme juste, un citoyen éperdu d'honnêteté, et ce depuis toujours, sans que l'abrogation du temps y change quoi que ce soit. Cela peut faire rire, beaucoup se sont esclaffés ces derniers jours et lui ont craché sa couardise à la face avant de lui dérober ses maigres biens. *Juste, tu n'es que juste, petit, médiocre, maniaque d'exactitude jusqu'à vouloir tout prévoir, jusqu'à l'imprévisible qui vient de balayer ton quotidien*, lui a crié sa femme. *Ce coup-là, tu ne l'as pas vu venir ?* Il n'a rien répondu, se contentant de ramasser la vaisselle brisée. Intègre, donc, et respectueux du droit.

C'est pourquoi il n'opposa aucune résistance quand les accusateurs envahirent sa maison.

— Regroupez-les au centre !

Gifles, coups de pied et de poing s'abattirent sur les citoyens qui demeuraient dans le centre-ville. Ils tombaient comme la pluie, indistinctement, n'épargnant pas les faibles, enfants ou vieillards. Puis les habitants furent poussés à l'intérieur du carré formé par les rangs des magistrats, un enclos pour animaux de sacrifice. Haraïm de Balaat commandait l'opération et son groupe était épaulé par le peloton de Sarban, qui se tenait en retrait.

Tôt le matin, le Grand accusateur avait averti ses

troupes. Dorénavant, ils passeraient à l'offensive et devaient dégager un périmètre de sécurité autour de l'*Esagil.* Toute personne n'appartenant pas à l'Ordre des magistrats surprise au cœur de la cité serait considérée comme un danger potentiel et devait être neutralisée. Crime par anticipation, avait décrété Abudisi, accusateur royal et Prince de la Présence. Le roi s'exprimait par sa bouche, et sa parole valait loi. L'ordre était clair, les juges l'exécutèrent.

— Que faites-vous ici ?

Haraïm de Balaat était juché sur un tonneau. Il ne portait aucune protection et surplombait le groupe des citoyens apeurés. L'un d'eux, certainement pas le plus courageux mais simplement celui vers qui toutes les têtes s'étaient tournées, finit par répondre :

— Nous étions chez nous, seigneur, quand on nous a forcés à sortir.

— Et où vis-tu ?

L'homme désigna du doigt le groupe de maisons.

— Mais, ici même, seigneur !

Haraïm de Balaat répondit en prenant soin de regarder au-dessus de la foule. Sa décision ne devait rien aux sentiments, et elle valait pour chacun :

— Autrement dit, dans le centre-ville, au cœur de la cité. Et pour cela, toi et les autres allez mourir.

Haraïm donna ses ordres. Le carré formé par les juges se disloqua pour laisser place à deux lignes parallèles, géométrie vivante qui repoussait les habitants contre un mur. Les magistrats placés à l'arrière bandèrent leurs arcs et tirèrent à bout portant. Puis ils recommencèrent, méthodiquement, jusqu'à ce que chaque corps soit criblé de flèches et que cessent râles et suppliques. Alors, les accusateurs rassemblés au premier rang dégagèrent leurs masses d'armes et achevèrent les blessés. Ils ne s'épuisèrent pas à la tâche, car l'essentiel était fait.

Le groupe de Sarban, gardé en renfort, n'avait pas pris part à l'exécution. L'accusateur entendit ses hommes grogner. Tout comme leur chef, ils désapprouvaient les façons excessives d'Haraïm. Quelques injures étouffées, un claquement sec de la langue, cela n'irait pas plus loin car jamais un juge ne contestait publiquement la décision d'un pair. Pourtant Sarban ôta son casque et se dirigea vers le responsable de la mission.

— Haraïm, il faut qu'on parle.

— Je t'écoute.

Sarban tourna la tête en direction des juges.

— Pas en leur présence.

Haraïm descendit à bas du tonneau et le suivit. Ils marchèrent quelques minutes sans échanger une parole, passèrent devant les demeures définitivement vidées de leurs occupants, puis brusquement Sarban fit volte-face.

— Qu'est-ce que tu as fait ?

Impassible, Haraïm se contenta de sourire.

— Pourquoi les avoir massacrés ?

— Les ordres, Sarban. Dégager le centre de Babylone, mettre en place un cordon de sécurité autour de l'*Esagil*. Les civils représentent une menace. Ce n'est pas moi qui l'affirme, mais la plus haute autorité. En l'absence de notre souverain, la parole d'Abudisi a valeur de *simdat serim*, de décret royal.

— Il y avait d'autres moyens, tu pouvais leur ordonner de partir !

— Pour qu'ils reviennent plus tard, ivres de rage, déterminés à nous tuer ? Certainement pas !

Sarban serra les poings.

— Le temps passe, Haraïm de Balaat, mais tu demeures le même. Toujours prêt à ne voir en les autres que des coupables en puissance. C'est pourquoi, à l'Académie, tu poussais tes camarades à la faute. Pour te plaire, ils auraient fait n'importe quoi.

Haraïm blêmit.

— Qu'y a-t-il de mal à cela ? Sans moi, des individus méprisables porteraient aujourd'hui la robe des accusateurs, par moi le tri a été fait. Je n'ai échoué que dans un seul cas, le tien !

— Et c'est pourquoi tu as poussé Gehon à me provoquer au marché ? Un de tes anciens admirateurs, un misérable petit voleur renvoyé de l'École, et qui cherchait à se venger, à se payer un juge ?

La figure mauvaise, Haraïm se rapprocha de Sarban :

— J'userai de tous les moyens pour t'exclure du corps des magistrats. Ta seule présence le souille, je l'ai toujours pensé.

Leurs bouches se touchaient presque.

— En attendant, je vais porter plainte contre toi auprès de la Haute Cour, fit Sarban. Pour abus d'autorité.

Sans reculer d'un pas, Haraïm sourit et conclut :

— Toi et moi, remettant notre destin au tribunal des juges, afin qu'il nous départage ? Après toutes ces années, nous sommes enfin d'accord sur un point. Rends-moi ce service, cher compagnon. Il est temps de crever l'abcès.

20

Les scribes s'affairaient dans la cour des visiteurs, enregistrant les avis de décès. La loi étant suspendue, ces documents n'avaient aucune valeur légale, mais ils donnaient l'illusion de l'ordre et nourrissaient l'espoir d'un retour à une vie normale, lorsque les dieux se réveilleraient. C'est pourquoi les femmes se pressaient autour des copistes, la plupart en pleurs, témoignant de la mort d'un mari ou d'un fils. Visages impassibles, les scribes consignaient les dépositions, exigeaient une marque au bas du procès et empilaient les tragédies individuelles sous forme de tablettes d'argile. Façonné à partir de la terre, il est juste que l'homme y retourne.

Le code d'Hammurabi consacrait une dizaine d'articles aux droits de la veuve. Conservation de la dot, usufruit de la terre léguée de son vivant par le mari, avantages de la première épouse ou protection des enfants de servantes, il prévoyait une mesure équitable pour chaque cas de figure rencontré. Aussi était-il indispensable pour les femmes réfugiées au sanctuaire d'Inanna de faire connaître leur situation.

Matali contourna le rassemblement et se dirigea vers le groupe d'enfants placés sous la protection des sœurs. Seuls les plus petits n'avaient pas été séparés de leur mère. Les autres, livrés à eux-mêmes, s'agitaient et braillaient à longueur de journée. L'épouse de Sarban caressa la tête de son bébé et s'adressa à une courtisane qui distribuait de la bouillie d'orge :

— Je croyais que la mère supérieure ne souhaitait pas d'hommes dans l'enceinte, alors pourquoi avoir autorisé la présence des copistes ?

La prêtresse sourit d'un air las. Elle semblait exténuée.

— Cette partie du sanctuaire a été momentanément désacralisée, à la demande d'une citoyenne. Pour permettre que l'on nous livre du pain, et que les scribes fassent leur travail. C'est dans l'intérêt des femmes, et donc en accord avec le service d'Inanna.

— Une citoyenne, dis-tu ?

— Oui. C'est à elle que l'on doit tout cela.

— Et qui est donc cette généreuse donatrice ?

— La femme la plus importante du pays, seconde fortune du royaume, après le roi.

Il ne pouvait s'agir que d'Ummu-Hubur. Jadis connue pour sa beauté et le faste de ses réceptions, elle vivait aujourd'hui recluse dans sa magnifique villa située à l'extérieur de la cité. Cela, depuis que le retour d'âge avait boursouflé son corps, jusqu'à la transformer en cétacé. Mais il est vrai que seules la femme et la baleine connaissent la ménopause. Retirée de la vie publique, elle n'en continuait pas moins de diriger son empire financier avec une froide efficacité, par l'intermédiaire de ses représentants, loin du regard des hommes. Ce qui ne l'empêchait pas d'avoir de nombreux amants. Grassement payés, comme il se doit.

— Et tu dis qu'Ummu-Hubur est venue en personne nous offrir des présents ?

— Non pas elle, mais ses avoués. Elle n'a presque rien demandé en échange.

— Peut-on savoir en quoi consiste ce « presque » ?

— Savoir si quelqu'un était venu parler à une de nos sœurs. Armaïta, je crois.

21

Sarban faisait route vers l'Académie, dans la brise tiède d'une fin d'après-midi, escorté par deux esclaves attachés à l'École qui tiraient une charrette à bras. Le corps de Mulil d'Aramma gisait au fond, couché sur un lit de paille séchée, recouvert d'une toile rêche destinée à le dissimuler et à contenir les relents de décomposition. L'autopsie s'imposait comme une priorité qui ne pouvait être plus longtemps différée, sous peine de rendre l'examen du cadavre inutile. C'est pourquoi l'accusateur avait décidé de conduire la dépouille au centre de soins de l'Académie, où un praticien expérimenté établirait ses conclusions.

Le convoi fit halte devant le poste de garde situé à la porte d'entrée. Sous la surveillance du sage Hammurabi, immortalisé dans la stèle de diorite noire, des sentinelles qui ne devaient guère avoir plus d'une douzaine d'années, aux cuirasses trop larges, aux casques rembourrés d'étoupe, examinaient les documents officiels et filtraient les entrées. Les gardes déployaient un zèle qui aurait réjoui l'antique souverain ; la barque de la justice était conduite par des enfants. Le plus âgé d'entre eux ordonna aux esclaves de ranger la voiture sur le côté.

— Il n'y a pas de dérogation, seigneur, question de sécurité. Je dois te demander ce que tu transportes dans la charrette.

— J'emporte du travail à la maison, rétorqua Sarban. Regarde par toi-même.

L'adolescent souleva la bâche et recula vivement en fronçant le nez.

— Je vois. Tu peux passer !

Sarban laissa aux cadets le soin de conduire la dépouille à l'infirmerie et fila en direction des bâtiments administratifs pour gagner le bureau d'enregistrement. Les titulaires en poste ayant été mobilisés pour défendre le sanctuaire de Marduk, la permanence était assurée par des fonctionnaires du palais qui n'avaient pu suivre leur souverain. Échappant ainsi au massacre, ils avaient accueilli leur détachement provisoire avec soulagement, et œuvraient depuis en toute sécurité, protégés par de farouches soldats qui leur arrivaient à la taille.

Sarban héla le greffier en faction, un poussah perché sur un tabouret :

— Je souhaite déposer une plainte.

L'homme qui lui tournait le dos était occupé à ranger un lot de cartouches officiels dans des trous qui perçaient les murs, du sol au plafond. Le fonctionnaire aux allures de pachyderme procédait lentement, déchiffrant chaque mot porté sur le document, avant de le glisser dans sa niche. Il consentit enfin à lui répondre, d'un ton sec :

— C'est une plaisanterie ? Les citoyens sont tous hors la loi pour une période indéterminée. Ne me fais pas perdre mon temps.

— Et toi, ne gaspille pas le mien. Qui t'a parlé d'un simple citoyen ? Il s'agit d'un juge.

Très tôt, Sarban avait appris à ne pas se laisser intimider par le personnel du palais, bouffi de suffisance. L'outre se vida d'un coup.

— Un juge ? Mais nous n'avons pas été préparés à...

— Article 5 du code, qui prévoit la défaillance des magistrats.

— Il n'est pour ainsi dire jamais invoqué !

— Eh bien, il l'est, maintenant.

Le fonctionnaire finit tout de même par descendre de son tabouret, ahanant sous l'effort, comme s'il lui incombait, à lui seul, de mettre en branle la machine administrative. Sarban lui tendit son rapport faisant état des incidents survenus au centre-ville et qui mettait en cause la responsabilité d'Haraïm de Balaat. Le greffier se pencha au-dessus de la tablette, parcourut les lignes tracées dans l'argile et releva la tête en soupirant.

— Le Tribunal du Quadrillage ne siège pas actuellement. Il faudra attendre avant qu'il ne prenne en compte ta demande.

La Haute Cour de justice tenait son nom du motif tracé sur le dallage de la salle où elle tenait séance, une succession de diagonales blanches et noires qui formaient un damier. Créée à l'origine pour résoudre les problèmes rencontrés par les représentants de la loi dans l'exercice de leur mission, elle était habilitée à statuer sur le comportement d'un juge. Lorsqu'une telle affaire se présentait, on enclenchait le *masa'itu*, une procédure qui obéissait à un invariable protocole. Accusateur royal, Grand accusateur, juge plaignant et magistrat incriminé prenaient place aux extrémités du damier, sur la dalle noire qui marquait l'angle. Tour à tour ils exposaient leur plainte, faisaient valoir leurs objections, demandaient des précisions ou invoquaient le code, en avançant à chaque argument d'un pas sur la diagonale noire tracée devant eux. Lorsqu'ils parvenaient au *Shar*, le cercle symbolisant la perfection de la loi inscrit au centre du quadrillage, l'accusateur royal rendait sa décision et son application était immédiate. La Haute Cour ne s'était pas réunie depuis la nomination d'Abudisi, neveu du roi, au poste d'autorité suprême. Haraïm de Balaat appartenait aussi à la maison royale. En comptant sur l'impartialité d'Abudisi, Sarban prenait des risques.

— Contente-toi de faire ton travail, je ne suis pas pressé.

Avec une lenteur exaspérante, le corpulent fonctionnaire saisit un linge mouillé, humecta la surface d'une plaque d'argile fraîche, consigna la demande de Sarban, s'empara d'un sceau cylindrique et finit par apposer le cachet officiel.

— Tu recevras la convocation chez toi.

Au grand soulagement de l'employé ventripotent, l'accusateur quitta le bureau d'enregistrement pour gagner l'infirmerie. Le praticien, un magistrat spécialisé dans les questions médicales, l'attendait près du cadavre en compagnie d'un novice qui devait être son assistant. Sur les deux cent quatre-vingt-deux articles consignés dans le code d'Hammurabi, pas moins de treize étaient consacrés à l'art des soins. Incision au moyen d'un instrument de chirurgie, extraction d'une tumeur, réduction d'une fracture, attention portée aux citoyens, aux esclaves ou aux animaux, salaire, réussite ou échec, ils réglementaient chaque acte en prévoyant peines et compensations.

Le médecin pointa du menton la dépouille de Mulil d'Aramma :

— Examen interne ou externe ?

— Les deux. Recherche de blessures et de traces d'empoisonnement.

— As-tu une autorisation ?

Sarban lui tendit l'ordre de mission contresigné par Zod et Abudisi.

— Très bien, mais il reste à vérifier une dernière chose.

Le médecin prit un roseau à l'extrémité taillée en biseau et traça quelques signes sur une plaque de cire molle.

— Que fais-tu ?

— Durant le sommeil de Marduk, différents petits dieux assument certaines fonctions mineures. Avant de procéder à l'ouverture du cadavre, je dois savoir s'ils sont favorables à l'examen. Ça risque d'être long.

Le praticien rangea son calame et confia la plaque au cadet qui le secondait.

— Remets ceci à l'oracle et rapporte-moi sa réponse.

Après quoi, sans plus de façons, il quitta la pièce, laissant Sarban en triste compagnie.

* * *

L'écriture est une bien belle invention, songea l'accusateur tandis qu'il patientait. Sauf quand elle complique nos tâches et freine nos actions. Elle permet de fixer les paroles et d'écarter l'oubli. Même les barbares ne s'y étaient pas trompés, ces pillards hittites qui n'avaient pas hésité, mille ans plus tôt, à enlever des scribes durant le raid de Mursili. Incapables d'invention, ils s'étaient approprié le savoir, comme on jette une captive en travers de son cheval. Sarban se souvint de ses premiers temps à l'École, cadet parmi les cadets, apprenant par cœur le code en reprenant à haute voix les articles déclamés par le maître. La moindre hésitation était aussitôt sanctionnée par l'esclave au fouet. Puis était venu le temps des signes qui se tordaient dans la terre comme des serpents mystérieux.

— Croyez-moi, l'écriture est une force, avait affirmé Ninumba. Elle arrachera vos mots à l'air et à l'instant présent pour les graver durablement dans l'argile. Elle vous rendra plus savants et fortifiera votre mémoire.

Haraïm de Balaat s'était esclaffé avec mépris :

— Pourquoi perdre son temps quand les serviteurs sont là pour penser à tout ? Nul besoin d'inscrire ses empreintes dans la glaise et de se salir les doigts !

La gifle de Ninumba avait manqué de lui arracher la tête.

— Tu verras comme l'empreinte sur ta joue t'aidera à te souvenir. Et comme tu peux le constater, je n'ai pas peur de me salir les doigts.

Haraïm avait essuyé le sang à la commissure de ses lèvres avant de cracher :

— Comment oses-tu lever la main sur moi ? Je suis Haraïm, de la maison de Balaat, issu d'un lignage royal.

L'instructeur l'avait taloché jusqu'à le jeter à terre.

— Et moi je suis Ninumba, de la maison de ma mère, une sacrée gaillarde qui aurait étouffé entre ses cuisses un louveteau comme toi. À présent écoute-moi bien, Haraïm de la maison de Balaat : ici tu n'es rien, rien d'autre que ce que je ferai de toi. D'autres beaux esprits souhaitent-ils ajouter quelque chose ?

Personne n'avait bronché et Haraïm s'était relevé, alourdi par la haine qu'il vouerait dorénavant au sergent. Puis, encadrés par deux esclaves, les cadets s'étaient rendus à l'École des Tablettes, voisine de l'Académie, pour prendre leur première leçon.

L'École des scribes formait à tous les systèmes d'écriture, de l'antique sumérien aux redoutables idéogrammes, à l'alphabet araméen dérivé du phénicien, en passant par l'akkadien cunéiforme. De plus, selon qu'un élève se destinait à la création ou à la simple copie, les maîtres enseignaient l'art des phrases claires, des belles tournures ou de la simple exécution graphique. Au sortir de l'École, tel copiste incapable de lire savait parfaitement écrire, tel scribe maniait les difficultés de la langue juridique sans rien entendre à la poésie, et quelques rares lettrés maîtrisaient les différents niveaux de langue.

Le Maître scribe qui avait pris en charge les cadets de l'Académie était l'un d'entre eux. Il les avait fait s'asseoir sur des bancs et s'était attaché toute leur attention en brandissant un broc rempli d'eau au-dessus de sa tête.

— Ça, qu'est-ce que c'est ?

Le *tupsarru* avait renversé le récipient, répandant le liquide sur le sol.

— C'est de l'eau, maître.

— Et cela s'écrit ainsi.

Le maître avait alors tracé sur une tablette le signe *a* qui représentait l'eau. Puis il avait exhibé deux statuettes, un homme et une femme, écartées l'une de l'autre.

— Et ça, qu'est-ce que c'est ?

— C'est un couple qui s'apprête à prendre du bon temps !

Le regard du scribe avait pétrifié Casdim.

— Continue comme cela, mon garçon, et tu ne feras pas long feu ici.

Le *tupsarru* avait ensuite fixé les figurines sur un socle.

— Et maintenant ?

Sarban se prenait au jeu.

— Ce sont des personnes proches.

Le scribe avait approuvé et tracé le signe *da* signifiant « voisiner ». Puis il avait levé la main.

— Combien comptez-vous de doigts ?

— Deux.

— Et je trace le signe *min* qui signifie « deux ». Maintenant, si vous accolez les trois caractères, *a* pour l'eau, *da* pour voisinage et *min* pour la paire, vous obtenez le mot *adamin* qui signifie « dispute ».

Sous le regard fasciné des garçons, le Maître scribe avait balayé les statuettes d'un revers de la main. En heurtant le sol, elles avaient volé en éclats, comme un couple que trop de rancœur brise.

— Voyez-vous, un signe peut indiquer une chose, mais aussi une idée. Et plus l'écriture s'éloigne des choses, plus elle s'affine et devient abstraite. Elle permet ainsi à votre pensée de se libérer. C'est pourquoi nous étudierons différents systèmes. Principalement celui de Sumer, réservé au clergé et aux dignitaires, et l'alphabet des Araméens, d'usage courant et commode.

Et Sarban n'avait cessé depuis d'arpenter les champs de terre poudreuse, solidifiée en parcelles carrées, où poussaient les fruits du savoir dans les sillons tracés au calame. Il avait dévoré les exploits de Gilgamesh, l'antique roi d'Uruk, frémi devant la puissance des sept envoyés d'Anu, compati lorsque Adapa, par excès de prudence, avait refusé boissons et nourritures des dieux qui lui auraient pourtant conféré l'immortalité, et salué le sage et vertueux Atra-Hasîs qui avait sauvé l'humanité du déluge. Plus tard, lorsque son esprit s'était débarrassé de ses auxiliaires maladroits, doigt suivant les lignes, bouche ânonnant les mots, il avait eu accès aux archives de l'École. Sarban s'était alors immergé dans les commentaires de la loi. Les idées pétrifiées en signes dirigeaient la destinée des hommes, plus sûrement que ne l'aurait fait le hasard. Tiamat elle-même, la Mère du chaos, avait formulé son mépris des dieux en phrases inscrites dans la nuée.

* * *

L'accusateur fut arraché à ses souvenirs par le retour du médecin.

— Impossible de procéder à l'examen. Les dieux sont contre.

— Lesquels ?

— Uttu, garant des procédures administratives, Aruru, incitateur de la reproduction des hommes – quelque chose à voir avec les organes génitaux du mort, devenus inutiles – et Ninmug qui favorise le travail du bois. Pour ce dernier, ne me demande pas pourquoi.

— Mais j'ai besoin de cette autopsie ! s'écria Sàrban qui se souvenait des veilleurs.

Les esprits assurant la protection de son foyer l'avaient trahi, et maintenant il était abandonné par les quelques dieux encore en exercice.

— Dans ce cas, plains-toi à l'assemblée de l'En-haut, ou fais-la toi-même. Pour ma part, je n'ai pas envie que l'*etemmu*, l'esprit du défunt, vienne me tourmenter !

Le praticien s'apprêtait à sortir lorsque, désignant le cadavre, il ajouta dans un demi-sourire :

— Il est certainement l'un des rares citoyens qui soient encore fréquentables. Je t'autorise à le conserver dans cette pièce.

22

Comme les dieux s'opposaient à son enquête, Sarban ne fit rien le lendemain.

23

La décision des hauts magistrats ne s'était pas fait attendre : nulle poursuite ne serait intentée contre Haraïm de Balaat. Estimant qu'à situation exceptionnelle convenaient des mesures d'exception, le Tribunal du Quadrillage n'avait pas souhaité tenir séance et s'était contenté de rejeter la plainte. Zod exigea que l'on oublie l'affaire, et, à l'invitation du Grand accusateur, les deux juges se donnèrent l'accolade.

— Puisque tu tiens tant à m'affronter devant la cour, je t'accorderai bientôt ce plaisir, murmura Haraïm à l'oreille de Sarban avant qu'ils ne rejoignent leur unité.

L'accusateur tenta d'oublier sa colère en compagnie de ses hommes. Mais les quelques propos échangés ne firent rien pour l'apaiser : la loi respectait la lettre du code, mais perdait l'esprit.

Folle d'une douleur qui consumait sa raison, accompagnant chaque jour ses fils jusqu'aux bûchers funéraires, la loi recherchait l'oubli dans l'ivresse, se saoulant de larmes et de violence. Les juges prévenaient le crime en frappant les premiers, abattant leurs haches, déchirant les chairs, dégageant l'esplanade du centre-ville pour y dresser une forêt de pals. Plus proches des cieux, les citoyens en mesuraient le vide, puis perdaient leurs entrailles qui s'écrasaient à terre, comme une offrande à Tiamat.

Robe aux plis raidis par le sang et les humeurs, main soudée au pommeau, flèche prolongeant le bras et tuant à distance, les magistrats gardaient leur casque, visière baissée, pour ne pas prendre le risque de se regarder en face. Accusateurs, disait-on avant que le temps ne se fige. Mais les juges sont légion, et nombreux sont leurs noms. Babylone ne les nommait plus qu'Exécuteurs.

La justice parvenait à contenir la maladie sans pour autant la soigner, faisant refluer le crime en direction des faubourgs périphériques. Pourtant, tous n'étaient pas atteints. La pandémie contaminait uniquement les secteurs occupés par les citoyens, les sujets du Grand Roi. Les autres vaquaient tranquillement à leurs affaires, nullement inquiétés, tenus loin du crime par leur impiété. Tiamat, Mère du chaos, n'avait que faire des enfants des autres.

Sarban déambulait ainsi dans le quartier araméen, l'âme apaisée par la joie tranquille des habitants, se perdant volontiers dans le lacis des ruelles, guère pressé de parvenir à destination. Il traînait en route, nonchalant comme un simple passant, se laissant séduire un instant par le bagout d'un marchand à l'ample tunique pourpre avant de reprendre son chemin. Des femmes aux cheveux crêpés devisaient sous un auvent, tandis qu'un solide gaillard tentait de faire avancer son âne dans un concert de braiments. L'atmosphère saturée des parfums d'épices, de fèves et de pois chiches cuits pendant des heures, cautérisait son odorat, dispersait les miasmes de mort qui plongeaient profond dans sa gorge. Le fumet de nourriture faisait comme un emplâtre qui lui permettait à nouveau de parler, non à des prévenus, mais à de simples personnes. Trop longtemps juge, il redevenait homme, loin de ses proches, parmi les étrangers.

Sarban nourrissait des sentiments confus à l'égard des Araméens, un mélange de curiosité, de méfiance et de respect. Il connaissait par son père l'histoire du royaume de Juda qui avait résisté, avec l'aide de l'Égypte, l'ennemie de toujours, aux assauts répétés du grand Nabuchodonosor. Excédé, le Roi des rois avait fini par démanteler les fortifications de Jérusalem, incendier le temple de Salomon, et déporter le souverain des Juifs en même temps qu'un quart de ses sujets. Principalement des lettrés, notables et artisans capables de travailler le fer, qui avaient par leur art et leur savoir renforcé l'éclat de Babylone. Sarban le citoyen recherchait aujourd'hui l'aide d'un exilé.

Un ancien tendit son bras noueux comme un sarment de vigne et lui indiqua la maison :

— C'est là que demeure Joachaz. J'espère que tu ne viens pas lui faire du tort.

Les paroles du vieux lui rappelèrent sa charge, Sarban était ici en mission. L'accusateur ne répondit pas, traversa la rue et s'arrêta sur le seuil. Le barbier vint à sa rencontre, non pas le médecin puisque ce titre était dévolu aux citoyens exerçant le noble art, mais un praticien habile dont la réputation était parvenue à l'oreille du magistrat. De taille moyenne, les traits intelligents, il paraissait jeune.

Joachaz ne l'invita pas à entrer. Sarban remarqua que sa main gauche était amputée à hauteur du poignet. Le barbier brandit son moignon :

— C'est l'un des tiens qui m'a fait ça, juge !

— Et pourquoi ?

— Pour avoir aidé un innocent. Un malheureux, qui ne demandait qu'à être libre.

L'accusateur comprit aussitôt.

— Tu as effacé la marque d'un esclave sans le consentement de son maître ?

Joachaz redressa la tête.

— Oui, et j'en suis fier.

— Pour cela, tu aurais dû avoir les deux mains coupées. C'est ce que prévoit le code.

Le barbier renifla avec mépris.

— L'ironie, vois-tu, est que ton confrère n'avait pas de preuve. Il lui a bien fallu trancher. C'est en quelque sorte un jugement équitable. Mais toi, que me veux-tu ?

— Je viens réclamer ton aide.

Joachaz se fendit d'un sourire.

— Voyez-vous ça ? Je m'apprêtais justement à sortir. Accompagne-moi, tu m'expliqueras ton affaire en chemin.

Ils se rendirent au chevet d'un malade. Sarban demeura en retrait le temps de la consultation, observant à loisir le praticien. Attentif et doux, Joachaz se fit préciser la nature du mal, les circonstances d'apparition des symptômes, la fréquence des fièvres et des vomissements. Puis, ayant épuisé les questions, il préleva une poudre dans la bourse qui pendait à sa ceinture de cuir et s'adressa à l'épouse :

— Tu la dilueras dans de l'eau claire et la lui feras boire, au coucher du soleil. Je reviendrai demain.

Ils regagnèrent la rue, marchant côte à côte sans échanger un mot. L'accusateur finit par rompre le silence :

— Je veux que tu procèdes à une autopsie.

Joachaz fit halte devant un étal de légumes.

— Cela me paraît difficile. Tu sais que nous n'aimons pas répandre le sang. Notre loi peut être aussi pointilleuse que le code du grand Hammurabi.

Les Araméens voyaient dans le sang le siège de l'âme. Le *Nivvoul ha-met*, interdit relatif à la profanation des cadavres, réglementait sévèrement l'ouverture des corps. Seules de solides raisons pouvaient autoriser une autopsie, comme le rassemblement de preuves dans le cadre d'une procédure criminelle.

— Il s'agit d'un meurtre.

— Un seul ? Le peuple du pays d'Entre-deux-fleuves me semble pourtant bien agité ces temps-ci. Pourquoi enquêter sur *un* crime ?

— Ne te soucie pas de mes raisons. Vas-tu le faire ?

— Et si je refuse ?

— Rentre chez toi, embrasse ta femme et tes enfants et dis adieu à la vie.

Nullement décontenancé, Joachaz sourit :

— Après tout, je ne peux ouvrir un porc, mais rien ne m'interdit de charcuter un citoyen.

L'accusateur ne releva pas.

— Quel genre d'examen attends-tu de moi ? Tu sais que je dois suivre un certain protocole.

La règle du *Nivvoul ha-met* préférait éviter la profanation totale de la dépouille et encourageait une dissection localisée. Sarban commençait à apprécier Joachaz. Il respectait la loi des siens.

— Blessures anciennes, traces de toxiques.

— Quand ?

— Aujourd'hui même. À l'Académie.

— Pourquoi moi, vous ne manquez pourtant pas de professionnels, dans vos écoles ?

— Parce que nos dieux s'opposent à l'autopsie. Étranger à nos croyances, tu n'auras rien à craindre.

Joachaz s'esclaffa :

— Quelle touchante attention ! De toute façon, je suis déjà impur aux yeux de mon peuple. Eh oui, juge, un triste privilège que les médecins partagent avec les bouchers et les prostituées. Avec tous ceux qui par leur profession sont en contact avec des cadavres, ou des païens. Prenons par là.

Les deux hommes débouchèrent sur une grande place où régnait une formidable agitation. Un homme décharné, couvert de hardes et la peau cuite par le soleil, invectivait la foule.

— Et l'esprit entra en moi et j'entendis celui qui me parlait. Il déploya devant moi un volume roulé, écrit au recto et au verso et me l'enfourna dans la bouche, et dans ma bouche il fut doux comme du miel. « Cesse de geindre », me dit l'esprit, « et écoute mes paroles pour bien les répéter car je t'envoie vers la maison d'Israël ! »

Yeux fiévreux profondément enfoncés dans les orbites, barbe emmêlée lui dévorant le visage, l'individu écumait en tendant un doigt griffu.

— « Parle sans te soucier de leur écoute car quiconque veut m'entendre, qu'il le fasse, et quiconque ne le veut pas, qu'il ignore mes paroles, car c'est une engeance de scorpions. Tu jetteras sa faute à la face de Jérusalem qui s'est rebellée contre mes lois, Jézabel au cœur de pierre qui n'observe pas les coutumes des nations où elle a trouvé refuge ! Mais c'est en plein milieu de Babylone qu'elle recevra sa leçon car, en vérité, je ne l'épargnerai pas ! »

Les gens faisaient cercle et paraissaient nerveux. L'accusateur et Joachaz se frayèrent un passage jusqu'aux premiers rangs. L'homme semblait tout droit sorti du *mazbaleh*, le dépotoir à ordures collectives situé à l'extérieur du quartier.

— « Je briserai le cœur prostitué qui m'a abandonné, Israël, et je ferai retomber sur toi ta conduite car je suis un dieu jaloux. À toutes les catins on donne un cadeau, ainsi donc tu auras ta part. Toi qui mets ton orgueil dans la beauté de tes bijoux et qui as oublié le temps de ta jeunesse quand tu allais nue, sous ma protection, d'une démarche hésitante comme le nouveau-né, je te ferai plonger le nez dans tes ordures ! Tu me dis avoir respecté mes commandements alors même que tu tournais le dos à mon Temple ? Je connais trop bien ton insolence ! »

Soudain, l'illuminé s'adressa directement à une femme qui portait un panier de victuailles :

— « Tu dis n'avoir jamais fait entrer de bête avariée dans ta bouche ? Je t'accorderai de la bouse de bœuf au lieu de la fleur de farine et tu feras ton pain dessus. Tu seras un objet de raillerie et d'outrage, crois-moi, je te le dis ! »

L'ascète se roula par terre, arrachant ses cheveux à pleines poignées. Tout à coup, il tira une lame et cisailla ses mèches qu'il jeta dans un brasero ou lança dans les airs.

— « Renonce à ta coiffure ! Un tiers tu mettras au feu, un tiers tu frapperas de l'épée, un tiers tu répandras au vent ! »

L'homme recouvra son calme instantanément. Il inclina la tête en arrière et parla d'une voix douce, les yeux baignés de larmes :

— « Toutefois, j'en épargnerai qui seront pour vous des survivants et qui éprouveront du dégoût pour eux-mêmes. Ceux-là, oui, je les disperserai parmi les nations et ils verseront des larmes amères. Mais j'extirperai le fiel de leur cœur afin qu'ils observent mes lois. Je les baignerai dans de l'eau et oindrai leur corps d'huile. Alors, ils seront à nouveau mon peuple, et je serai à nouveau leur dieu, et j'accueillerai sans rancune Israël comme une jeune épouse. »

Le groupe de curieux ne tarda pas à se disperser,

trop heureux de n'être plus pris à partie. C'est alors que l'homme avisa Sarban :

— « Toi, ne te tiens pas pour quitte ! Babylone règne sur les nations et veut se faire un nom, prononcé d'une même langue sur toute la surface de la terre. Dans son orgueil elle a tenté de surpasser mon œuvre, cet Adam que j'ai dressé sur le sol, assemblage de chair, d'os, de sang, de cheveux et de pensées, cinq parties en tout, sans ajout ni retrait. En vérité, elle a construit une tour dont le sommet crève la voûte des cieux, Babel aux huit étages faits d'argile et d'eau, de laine et de sang, de bois et de chaux, de poix et de bitume. Huit contre cinq, telle est ton arrogance, mais bientôt viendra le temps, et il n'est pas loin, je t'en fais la promesse, où tu disparaîtras dans la confusion ! »

Sarban s'apprêtait à intervenir. Joachaz le retint par la manche.

— Laisse, ne fais pas attention à lui.

— Qui est cet homme ?

— Il se prétend prophète, je dirais plutôt que c'est un fou. On le nomme Ézéchiel.

24

Sarban attendait sa femme dans le cloître réservé à l'accueil des visiteurs. Les parois de briques blanchies à la chaux portaient pour seule décoration un bas-relief représentant la déesse Inanna. La Dame du Ciel tenait dans sa main droite une gerbe de roseaux, et caressait de l'autre le mufle d'un lion, son animal fétiche. On était loin du décorum fastueux associé au temple de Marduk, dont les murs, surchargés de mosaïques représentant des scènes de chasse ou de combat, proclamaient l'inépuisable virilité du seigneur des dieux. Rien ici pour distraire le regard, pas un banc pour s'asseoir. Un espace vierge, livré aux hommes venus pour baiser.

Matali finit par le rejoindre. Vêtue d'une simple robe de laine écrue, elle portait le voile et non la couronne de corde réservée aux sœurs, signe qu'elle était épouse, et non sainte prostituée. Sarban l'enserra et ils s'embrassèrent. À cet instant, l'accusateur sentit sa peine le quitter, comme la marée reflue sous l'effet de la lune. Mais il est vrai que l'astre appartient à Inanna.

— Je suis heureuse de te voir, Sarban, mais pourquoi es-tu ici ?

— Pour prendre de tes nouvelles, et savoir si notre fils va bien.

— Loin du tumulte, nous sommes en paix. Il y a autre chose, n'est-ce pas ?

Matali l'enchanteresse, dont l'œil unique fouillait les âmes. Sarban lui sourit.

— C'est vrai. Je dois rencontrer une prêtresse.

— Inanna dort. Tant que son sommeil durera, l'Étoile du Matin ne délivrera aucun oracle à ses servantes, pas un présage. Faire l'amour à une courtisane sacrée est actuellement inutile.

— Je désire simplement lui parler. De faits passés, antérieurs à la suspension du temps.

— Alors ce doit être possible. Qui est cette sœur ?

— Une certaine Armaïta. La connais-tu ?

Matali recula d'un pas.

— Ainsi donc c'est toi ! J'aurais dû m'en douter...

— Que veux-tu dire ?

— Nous ne sommes pas entièrement coupées de l'extérieur. Des rumeurs ont franchi les portes du sanctuaire. Concernant un accusateur qui menait une enquête portant sur un crime, différent des autres.

— C'est vrai, il l'est.

— En quoi ?

— Il a été prémédité, bien avant que le temps ne se fige.

— Comment peux-tu en être certain ?

Matali observa son époux, étonnée. Elle qui pouvait déchiffrer les messages des dieux contenus dans les rêves n'entendait rien aux méthodes des accusateurs. Sarban la soupçonnait parfois de ne leur accorder aucune importance. Il répondit :

— Un praticien me l'a confirmé, un barbier du quartier araméen, très capable. Le cadavre portait des blessures anciennes, peut-être des traces de torture.

Probablement a-t-on essayé d'intimider la victime, du moins dans un premier temps. Puis on l'a empoisonnée.

— À quoi vois-tu cela ?

— Au raidissement des membres inférieurs. Le praticien affirme que la victime a absorbé de la ciguë. Une plante extrêmement toxique que l'on obtient à Babylone auprès des apothicaires grecs.

— Je connais. Effectivement, il n'aurait pas dû y survivre, approuva Matali, songeuse.

L'herboristerie était une pratique répandue chez les sœurs qui pouvaient ainsi administrer le mal, puis son remède. Certains citoyens payaient cher leurs talents, et dépensaient encore plus pour n'avoir pas à en souffrir.

Sarban poursuivit :

— Nous pensons, Casdim et moi, que la victime a assimilé des doses infimes de divers poisons, pour se prémunir. C'est pourquoi on a fini par l'abattre, sur le pont, devant moi.

Matali rejeta sa tête en arrière :

— Ainsi donc Casdim t'accompagne ; cela doit-il me rassurer ?

L'accusateur soupira. Ils avaient déjà eu mille fois cette conversation.

— Je peux compter sur lui.

— Tu sais combien j'aime sa franchise et sa bonne humeur, mais Casdim est encore un enfant. Tu continues de veiller sur lui, depuis l'École, comme un frère.

— Et comme un frère, il est disposé à m'aider. Allons, tu n'as jamais douté de son intuition. Casdim est un remarquable *sâ'ilu*. Une qualité qu'il partage avec toi.

— Nous n'en faisons pas le même usage, lâcha Matali en se raidissant.

La fille de la forêt avait développé librement son talent, loin de l'Académie et du sanctuaire d'Inanna.

Elle réprouvait l'utilisation politique du don, qu'il soit le fait des juges ou des sœurs. Elle ajouta :

— De toute façon, il vous faudra bien plus qu'une simple interprétation des songes pour régler cette affaire. Nous parlons bien du meurtre de Mulil d'Aramma ?

— En effet.

— Alors méfie-toi.

— Je ne fais que ça, Matali. Saurais-tu quelque chose que j'ignore ?

— Tu en apprendras davantage en parlant à Armaïta. Viens, je te conduis auprès d'elle.

Ils empruntèrent la galerie couverte conduisant à l'aile nord du sanctuaire, croisant des réfugiées ou des sœurs qui vaquaient à leurs occupations journalières. Matali s'arrêta brusquement :

— Une dernière chose, Sarban. Le nom d'Ummu-Hubur a-t-il été mentionné durant tes recherches ?

— La citoyenne fortunée ? Non.

— Ce n'est peut-être rien, mais elle a aussi souhaité rencontrer Armaïta. Suis-moi.

Matali et Sarban traversèrent une succession de jardins dont les sublimes compositions florales, tortueuses ou d'une stupéfiante simplicité, évoquaient les saints prédicats d'Inanna. Au fil des saisons, la froidure du mois de *kilismu* laissant place à la sécheresse d'*ab* ou *du'uzu*, les végétaux épanchaient leur vitalité ou se recroquevillaient jusqu'à disparaître. Ils délivraient tour à tour beauté, sensualité, détermination et vindicte, qualités de la Dame du Ciel. Sécheresse et fertilité alternaient dans le cycle incessant des contraires, qui les unissait dans sa perfection aussi sûrement qu'un anneau de mariage.

Matali et Sarban s'inclinèrent devant l'arbre *Huluppu*, magnifique saule pleureur planté huit mille ans plus tôt par la déesse, et lui rendirent grâce de leur avoir donné un fils. En temps normal, jeunes épouses ou femmes craignant d'être stériles venaient enlacer son tronc pour assurer leur fécondité. Mais l'abrogation du temps interdisait tout avenir, excluait l'idée même de descendance. Personne aujourd'hui ne venait caresser son écorce.

L'accusateur et son épouse parvinrent à la cour réservée aux demandeurs. D'ordinaire, la place était noire de monde, uniquement des hommes attendant dans des couloirs marqués aux cordeaux de pouvoir consulter l'oracle. Chacun se voyait remettre un jeton d'ivoire frappé d'un triangle, symbole pubien de la femme. Lorsque son tour arrivait, le questionneur jetait le jeton sur les genoux de la prêtresse, en même temps qu'une somme laissée à sa convenance, en déclarant : « Je te somme, au nom de la déesse. » Puis il la prenait, sans qu'elle puisse refuser.

La prostitution était un don des dieux, au même titre que l'art et l'agriculture. On se mariait pour reproduire, car c'était une obligation sacrée, mais l'on pouvait aussi payer pour le plaisir. Nombreux étaient les invertis, *sinnisânu* efféminés ou *kulu'u* passifs, qui venaient grossir les rangs des professionnels œuvrant dans les renfoncements des remparts ou au seuil des portes de la ville. Personne n'y trouvait à redire ; dès lors que l'acte était librement consenti, l'autorité laissait faire, avec l'assentiment des dignitaires religieux. Mieux, l'amour rétribué était une composante essentielle du service d'Inanna. Car à la différence des *harimtu*, des putains vulgaires qui se contentaient de satisfaire la chair, les courtisanes sacrées délivraient des présages. À charge des clients qui les besognaient en grognant de faire durer l'acte, pour les mener au plaisir et favoriser la précision du message. Fortune de guerre, transactions boursières, aléas des moissons, toutes les inquiétudes se voyaient confirmées ou dissipées à travers les indices délivrés par les prêtresses prostituées.

La déesse elle-même donnait l'exemple une fois l'an en couchant par le biais de son incarnation avec le Roi des rois. L'acte, perpétré dans l'enceinte de l'*Esagil* ou au sommet de la tour *Etemenanki*, était observé par les servants de Marduk et les filles d'Inanna-Ishtar. De l'observation des figures adoptées par les amants, des râles et des orgasmes, dépendaient les présages pour l'année à venir.

En ce jour, Sarban ne souhaitait pas connaître le futur, mais simplement comprendre le passé.

— Elle est ici. Je dois te laisser.

Le cœur serré, l'accusateur embrassa son épouse. Il demeura sur le seuil jusqu'à ce qu'elle disparaisse, puis pénétra dans la cellule. La pièce, doucement éclairée par les lampes à naphte, était encombrée par une multitude de petites tables d'ébène, aux plateaux recouverts de boîtes à fards en ivoire, de flacons d'albâtre et de statuettes érotiques. L'*istarîtu* était étendue sur sa couche. Nue, le corps parfaitement épilé, la chair attendrie par l'huile et les onguents, elle portait un lourd collier de cornaline et des bracelets perses en stratite. Sarban observa son visage. Vert de malachite ombrant ses paupières, yeux cernés de khôl, jaune d'ocre sur les joues, elle dissimulait ses traits pour ne pas faire ressortir sa personnalité, comme le voulait l'usage. Un masque de fonction, protégeant sa face.

— Je ne viens pas pour te prendre, mais juste pour discuter.

Armaïta tendit le bras et s'empara d'un voile posé sur le rebord d'une baignoire en céramique.

— Et qui es-tu ?

— Sarban, accusateur.

La courtisane s'assit et recouvrit ses épaules.

— Je te connais, Sarban l'accusateur, tu es l'époux de Matali. J'espère qu'à tes côtés, elle connaît un bonheur aussi grand que celui qu'elle aurait pu trouver ici.

Certaines sœurs n'avaient toujours pas accepté que Matali puisse rompre ses vœux pour l'épouser. Armaïta devait être une novice âgée d'une dizaine d'années quand on avait célébré les noces. Les filles d'Inanna avaient la rancune tenace.

— Que me veux-tu ? reprit-elle.

L'accusateur opta pour la franchise :

— T'interroger au sujet de Mulil d'Aramma.

— Le crime parmi les crimes ? Étrange enquête...

— À croire que tout le monde est au courant !

— Notre réseau d'informateurs vaut bien celui des juges. Laisse-moi réfléchir.

La jeune femme se brossa longuement les cheveux, mettant Sarban au supplice. Elle finit tout de même par répondre, comme on donne une pêche au pourceau :

— Par amitié pour ma sœur Matali, je répondrai. Sache que rien ne m'y oblige, et que je te fais une faveur. Toutefois, n'attends de moi aucun renseignement qui concernerait des faits à venir. Nous devons respecter le sommeil de la déesse, comme tu veilles sur le repos de Marduk.

— Cela me convient.

Sarban l'embrassa sur la bouche pour sceller leur accord.

— Pose tes questions.

— Mulil d'Aramma venait souvent ici, pour satisfaire ses envies et consulter l'oracle. Sa servante prétend qu'il souhaitait traiter uniquement avec toi. Est-ce exact ?

— Ça l'est.

— Pourquoi toi précisément ?

La courtisane redressa sa couronne de corde avec fierté.

— Parce que, dès nos premières rencontres, je l'ai aidé par mes prédictions à débrouiller ses affaires. Inanna me parle facilement.

— Quel genre d'affaires ?

— Prospection, carrières de pierres, mines d'asphalte, gisements de bitume, tout le monde connaît la famille Aramma.

— C'est vrai, mais t'a-t-il parlé de quelque chose en particulier ?

La jeune femme se rembrunit.

— Tu sais que nous ne pouvons discuter du contenu des rêves prémonitoires, et de leur influence sur la vie des gens. Ta qualité de magistrat n'y changera rien.

— Rassure-toi, ce n'est pas ce que je te demande. Je cherche simplement à élucider un meurtre et à punir les coupables.

Armaïta esquissa un sourire ironique :

— Attention, petit juge, tu ne sais pas dans quoi tu t'engages...

L'avertissement de sa femme lui revint en mémoire.

— On me l'a déjà dit. Si tu le veux bien, j'aviserai le moment venu. Pour l'instant, je me contente de rassembler des indices.

— Dans ce cas, tu t'y prends mal.

L'orgueil des servantes d'Inanna était proverbial, jusqu'à inquiéter parfois le pouvoir. Sarban décida de procéder autrement.

— Je vais formuler des questions auxquelles il te suffira de répondre par oui ou par non. Cela te convient-il ?

L'*istarîtu* lui accorda un regard condescendant.

— Essayons.

— Ton client semblait-il inquiet ces derniers temps ?

— Oui.

— Quelque chose en rapport avec ses affaires ?

— Oui.

— Une difficulté liée à une opération ?

— C'est une façon de voir.

Sarban et Casdim avaient soigneusement préparé l'interrogatoire. L'accusateur joua son va-tout :

— Mulil d'Aramma a-t-il évoqué des opérations le liant à un autre négociant, originaire de la province de Mossul ?

La jeune prêtresse lâcha son peigne et devint blême.

— Tu me surprends, juge... C'est en effet le cas.

Une fois de plus, l'intuition de Casdim ne l'avait pas trompé. Deux riches commerçants exerçant dans le même domaine trouvaient la mort en l'espace d'un mois. L'un, retrouvé étendu dans une pièce obscure aux meubles et statues recouverts de voiles sombres, l'autre assassiné en pleine lumière. Pour l'enquêteur *sâ'ilu*, il ne pouvait s'agir d'une coïncidence.

— Tu dois savoir que le prospecteur de Mossul a péri. Sais-tu ce qu'ils faisaient ensemble ?

— Les premiers temps, Mulil exultait. Il pensait pouvoir doubler sa fortune en exploitant un gisement particulier.

Armaïta avait perdu de sa superbe.

— Peux-tu m'en dire plus ?

— Non, simplement qu'au fil des mois, Mulil a déchanté. Trop dangereux, disait-il, les relations politiques et financières entretenues par sa famille ne le protégeraient pas. Mulil avait prévu la mort de son associé, et il craignait pour sa propre vie.

— Les faits lui ont donné raison.

La sainte prostituée hésita avant de poursuivre :

— Mais il n'a pas perdu courage et continuait de se distraire. En allant au théâtre, tous les soirs. Mulil admirait un acteur en particulier et ne cessait de vanter ses talents.

— A-t-il formulé un nom ? Tu dois pouvoir me le dire, cela ne relève pas de la divination.

— C'est vrai. Le comédien s'appelle Urim.

— Bien. Et où puis-je le trouver ?

— Accroupi devant Arkum Jan. On prétend qu'il est son giton.

Arkum Jan, prince des brigands, qui régnait sur les bas-fonds de Babylone... Ces derniers temps, profitant du désordre, il avait dû conforter son pouvoir. Voilà qui n'arrangeait pas les affaires de Sarban. Le magistrat se souvint des dernières paroles de son épouse.

— Pourquoi Ummu-Hubur a-t-elle souhaité te rencontrer ?

— Ne sois pas trop curieux, juge.

— Fort bien. Vois-tu autre chose à ajouter ?

— Simplement un conseil : prends garde à toi. Tu t'engages dans des chemins tortueux, Sarban l'accusateur, et pas plus Zod le viril qu'Abudisi le précieux ne parviendront à te protéger. Ne fais pas de Matali une veuve.

Il ne servait à rien d'insister. Armaïta se refermait comme une huître qui n'a aucune perle à donner. Pourtant, au contact des protégées d'Inanna, l'accusateur en avait appris davantage que sur les remparts de Marduk. Tous les fils commençaient à former une maille semblable au filet de la déesse, à la nasse renfermant l'ouragan qui avait abattu Tiamat. Mais, cette fois-ci, l'arme était aux mains du chaos.

Sarban prit congé d'Armaïta et quitta le sanctuaire.

Les rues étaient totalement désertes, nul ne semblait vouloir inquiéter les sœurs. Plus loin, Sarban assista à l'exécution de pillards qui s'étaient emparés des effets d'un juge mort. Ils ne l'avaient pas tué mais cela revenait au même. La Dame du Ciel maintenait ses filles en vie quand la loi protégeait les magistrats *après* leur trépas.

25

L'entreprise comportait des risques. En témoignage de bonne foi, pour faire valoir la paix, Sarban et Casdim avaient décidé de se présenter sans armes devant Arkum Jan. Ce qui revenait à dresser un contrat officiel l'autorisant à disposer de leurs vies. D'un autre côté, qu'auraient-ils pu faire face aux sicaires du prince des brigands, entraînés comme des soldats ? La bouche sèche, les magistrats tressèrent leurs cheveux, revêtirent leurs robes d'apparat et prirent la direction de Shedu.

Shedu, ange qui étend sa protection sur les foyers, autrefois quartier paisible de Babylone avant qu'Arkum Jan n'y établisse sa cour. Un ramassis de mendiants, de tueurs et d'usuriers n'obéissant qu'à une seule loi, la sienne. Au fil des décennies, bien des magistrats avaient tenté de renverser Arkum Jan, menaçant leurs informateurs, jouant sur les rivalités des gueux, puisant des sommes considérables dans le trésor du palais pour acheter ses lieutenants. Aucun n'y était parvenu, nulle preuve n'avait jamais été retenue contre lui ; Arkum Jan était malin. Un vassal tombait, qui faisait écran sans lui faire ombrage, et le prince demeurait. De plus il bénéficiait d'une étrange impunité. Ancien officier de la Garde sacrée, il avait été un temps le compagnon de Zod durant ses campagnes, et l'homme de confiance du Grand Roi. Nabuchodonosor faisait preuve à son égard d'une inhabituelle bienveillance car, à sa façon, le prince des brigands servait ses intérêts. Leurs destinées étaient parallèles. Tandis que le monarque réorganisait le pays, Arkum Jan fédérait les corporations de forbans, qui jusqu'alors se faisaient la guerre, en une organisation disciplinée, calquée sur la hiérarchie militaire. Depuis, l'ordre régnait dans les bas-fonds et pas un citoyen n'était inquiété dès lors qu'il ne croisait pas le chemin du souverain des gueux. Arkum Jan n'avait que faire des maigres larcins et vulgaires rapines. Il vendait ses services aux guildes des marchands qui cherchaient à se débarrasser de la concurrence, parfois même aux ambassades, et blanchissait ses revenus en investissant dans des opérations boursières. Ses agents de change étaient bien connus du *kârum*, de la place financière, et tout le monde s'y retrouvait.

À l'exception de l'Ordre des accusateurs.

* * *

Tâmin les rejoignit en chemin. À le voir ainsi, visage dur, traits tirés et prématurément vieillis, Sarban hésitait à l'appeler encore novice. Il appartenait à la génération sacrifiée, à cette promotion d'auxiliaires lancée dans la tourmente sans aucune autre préparation que les exercices harassants et les brimades dispensés à l'Académie. Une plaisanterie au regard des événements survenus ces derniers jours. Avant d'être retirés du combat, les élèves s'étaient formés sur le tas, sur un amoncellement de cadavres qui aurait effrayé plus d'un juge.

— Seigneurs, je souhaiterais vous accompagner.

Tâmin avait formulé sa demande sans courber la tête, comme il sied pourtant aux cadets. Il n'y avait plus ni maîtres, ni élèves, simplement des compagnons d'armes. Casdim pensait autrement :

— Mais tu tiens à peine sur tes jambes !

— Je me reposerai quand Marduk aura fini de dormir.

L'enquêteur *sâ'ilu* éclata de rire, bientôt imité par Sarban :

— Tu as du répondant, et c'est quelque chose que l'on apprécie ! Allons, viens, tu as gagné ta place !

Les trois serviteurs de la loi marchèrent lentement, avançant avec prudence dans les rues mal éclairées de Shedu, attentifs aux ombres mouvantes qui marquaient leurs pas. Régulièrement, le silence était brisé par les trilles des guetteurs, modulés de toit en toit ou provenant des recoins. À cette heure, Arkum Jan connaissait la nature et le nombre de ses visiteurs. Une distraction inattendue qui viendrait égayer sa soirée. Ils progressèrent ainsi durant une demi-heure avant de parvenir à un carrefour. Des hommes étaient en faction derrière une barricade constituée de charrettes à foin et de meubles précieux aux coffrages défoncés. Les gardiens portaient des capuchons qui masquaient leurs traits. L'un d'eux vint à leur rencontre et découvrit son visage, criblé de cratères. Il était vêtu d'or et de soie, une mise comparable à celle du *Sha pan ekalli*, le Grand chancelier du palais. Il tira une baguette de jonc au bout ferré et traça un trait à ses pieds.

— Au-delà de cette limite, vous pénétrez dans le domaine d'Arkum Jan. Trois pas de plus et vous aurez affaire à ses douaniers. Êtes-vous disposés à payer la taxe ?

Sarban fixa l'envoyé du prince des brigands.

— À combien s'élève-t-elle ?

— Cela dépend du prix que tu donnes à ta vie. Il est encore temps de rebrousser chemin.

— Nous souhaitons seulement rencontrer ton maître.

— Qui désire lui parler ?

— La loi.

L'émissaire sourit, révélant des dents gâtées.

— Dans ce cas, c'est différent. La loi est morte, mon maître aura plaisir à converser avec des fantômes. Suivez-moi.

Ils emboîtèrent le pas à l'émissaire et s'enfoncèrent dans un dédale de ruelles. Un calme étrange régnait dans le domaine d'Arkum Jan. Aucun cadavre abandonné dans une impasse, pas le moindre débordement, comme si le souverain des bas-fonds refusait l'agitation qui s'était répandue dans la cité. C'était probablement le cas. L'orfèvre du crime méprisait certainement les milliers de tâcherons qui s'improvisaient assassins, violeurs ou pillards, tous ces parvenus du meurtre et du vol qui n'arriveraient à rien lorsqu'il reprendrait les rênes. En attendant le réveil de Marduk ou la victoire de Tiamat, Arkum Jan veillait sur ses terres comme il avait un temps gardé l'empire du Grand Roi.

Le groupe déboucha enfin sur la place de l'ancienne bibliothèque. Vingt années plus tôt, voulant surpasser Assurbanipal, son illustre prédécesseur qui avait fondé la bibliothèque de Ninive, Nabuchodonosor avait ordonné que l'on centralise les écrits du royaume dans la capitale. Le précédent bâtiment, devenu trop petit, avait été abandonné au bénéfice des archives du palais, vaste réseau de tunnels courant sous les fondations où s'agitaient des *mushkênum*, fonctionnaires qui ne voyaient jamais la lumière.

Sarban s'arrêta un instant face à la bibliothèque. De

cet ancien lieu du savoir, Arkum Jan avait fait sa place de pouvoir. Des centaines de gueux s'entassaient autour de maigres feux, le regard rivé sur les nouveaux arrivants. L'émissaire du prince des brigands tira sa baguette de jonc et fouetta l'air, ouvrant un chemin dans la masse. Comme cet Araméen qui, disait-on, avait séparé les eaux pour les faire retomber sur les armées de Pharaon.

L'envoyé adressa un bref hochement de tête aux magistrats, puis s'effaça pour les laisser s'approcher. L'aristocratie d'Arkum Jan se tenait debout sur les degrés du grand escalier. Sarban identifia des citoyens recherchés par la justice, et reconnut certains visages d'hommes qui, quelques jours plus tôt, faisaient l'honneur de la cité. Le prince des brigands était assis sur la dernière marche, encadré par deux corps suppliciés.

Autrefois, Arkum Jan était connu pour sa vigueur et la beauté de ses traits. Force et charme avaient disparu, en même temps que l'honnêteté. Muscles fondus, bras décharnés, les traits marqués par le vice, il ressemblait à un vautour guettant ses proies en contrebas. Sous l'effet de la couperose, les veinules proliféraient à partir de son nez, tel le corail du rocher. Sa bouche n'était qu'une fente, une cicatrice à jamais ouverte sur la face d'un homme qui, jadis, avait incarné la droiture. D'un geste négligent, il leur fit signe d'avancer. Sa tête balançait d'un juge à l'autre, les détaillant avec soin.

— Je vous connais. Tu es Casdim, et toi Sarban. Il y a quelque temps, vous avez molesté l'un de mes partenaires. Une légère contrariété, mais un joli travail.

Le prince des brigands faisait allusion à une affaire de chantage mettant en cause des dignitaires du royaume et des diplomates étrangers. Casdim et Sarban avaient fini par mettre un terme aux agissements du maître chanteur, individu falot vivant dans les faubourgs et qui ne pouvait avoir accès à ce type d'informations. L'homme avait préféré se trancher la langue plutôt que de dénoncer ses complices. Toutes les pistes convergeaient vers Arkum Jan, mais aucune preuve n'avait pu être retenue contre lui. Une fois de plus.

L'arrogance du maître voleur irrita Sarban :

— Dois-je prendre cela pour un aveu ? Mesure tes paroles, citoyen, car cette histoire est antérieure à la suspension de la loi !

Se tournant vers son compagnon, Casdim murmura :

— Serais-tu devenu fou ? Ce n'est certainement pas le moment de provoquer Arkum Jan !

Le prince des brigands retint l'un de ses gardes qui avait tiré un poignard et partit d'un formidable éclat de rire :

— Tu ne manques pas de courage, juge, à moins que ce ne soit de l'inconscience. Les vers de Tiamat t'ont peut-être déjà rongé le cerveau ! Mais ça me plaît, car tu fais ton travail, ce n'est pas comme celui-ci.

Arkum Jan pointa du menton l'un des suppliciés. L'homme qui était empalé sur un mât portait la robe des magistrats. Il vivait encore. À nouveau, Sarban ne put s'empêcher d'intervenir :

— Pourquoi l'avoir exécuté ?

— Parce qu'il a tué mon fils aîné.

— Tes fils sont tes lieutenants, nul ne l'ignore. L'accusateur ne faisait lui aussi que son travail.

— Détrompe-toi, juge. Chacun ici doit jouer son rôle, et j'aurais accepté que la justice s'empare de mon fils. Cela n'a malheureusement pas été le cas. Cet homme haïssait mon garçon. Il a usé de moyens illicites pour le faire tomber, par simple rancœur personnelle. Un comportement indigne de votre Ordre, je n'ai fait que châtier un assassin. Tu devrais me remercier.

La lueur dans les yeux d'Arkum Jan était celle du serpent qui s'apprête à mordre. Sarban comprit qu'il ne servirait à rien d'insister. Aussi revint-il à son affaire :

— Une autre fois, peut-être. Pour l'heure, nous sommes venus parler à l'un de tes protégés.

— Quel est son nom ?

— Urim. On dit qu'il est acteur.

Arkum Jan se redressa brusquement.

— Il l'est, en effet, meilleur parmi les meilleurs. Que lui veux-tu ?

— Simplement l'interroger.

Soudain, quatre hommes fondirent sur le groupe des magistrats, s'emparèrent de Tâmin et le jetèrent aux pieds d'Arkum Jan. Celui-ci se baissa et enserra la gorge du novice. Le maître voleur portait des bagues à chaque doigt, couvrant la première phalange et aiguisées comme des lames.

— Urim est sous ma protection, je ne vous laisserai pas l'emmener.

L'une des griffes perçait la gorge de Tâmin. Un mince filet de sang coula le long de son cou. Le garçon ne parvenait plus à respirer et il implorait Sarban du regard. Arkum Jan attendait des juges une certaine attitude, comme en témoignait le corps du magistrat supplicié. Sarban ne devait rien tenter, ni même trahir son affection pour le novice ; il lui fallait suivre la procédure, sans manifester de passions. Ainsi aurait-il peut-être une chance de se faire entendre du brigand.

L'accusateur haussa un sourcil et lâcha :

— Comme je te l'ai dit, nous ne souhaitons que recueillir son témoignage. Alors desserre ton étreinte.

Arkum Jan écarta les doigts, relâchant l'auxiliaire à demi asphyxié.

— Très bien, mais n'oublie pas que ce mignon est mon otage. Vous languissez de rencontrer Urim ? Mon plus cher souhait est de vous satisfaire. Préparez-vous à le contempler.

Le prince des brigands frappa sur un gong et se tourna vers le parvis de la bibliothèque. L'entrée du bâtiment était aménagée en scène de théâtre. Un homme se tenait face aux spectateurs, le crâne entièrement rasé, nu et formidablement gras. Il portait une laisse autour du cou. Sarban reconnut le *rab reshe*, gardien du harem royal. Nabuchodonosor, qui méprisait les eunuques attachés au service de ses épouses, l'avait laissé derrière lui. Quelqu'un tendit la laisse et le malheureux redressa la tête. Il bredouilla quelques mots d'introduction :

— Mon prince, nobles seigneurs, membres de la cour, nous avons l'honneur d'interpréter ce soir une œuvre majeure du répertoire : *Le Dialogue pessimiste*. Aussi, sans plus attendre, laissons place au spectacle !

Comme la plupart des Babyloniens, Sarban connaissait par cœur la pièce. Il s'agissait d'une farce tragicomique mettant en scène un maître et son serviteur. Des larmes baignaient les joues du *rab reshe*. L'accusateur risqua un œil de côté. Confortablement calé sur des coussins, Arkum Jan se délectait de sa détresse. L'eunuque renifla bruyamment et entama le dialogue :

— Esclave, à mes ordres !

— Voilà, maître, voilà.

Sarban observa attentivement la scène, en quête de l'autre acteur. La voix provenait probablement des coulisses. Il reporta son attention sur l'eunuque.

— Attelle mon char, je veux me rendre au palais.

Le *rab reshe* ânonnait son texte. Il semblait figé par la peur.

— En te voyant, seigneur, le roi te comblera d'honneurs.

Des rires gras accompagnèrent la réplique, les gueux étaient à la fête. Sarban ne parvenait toujours pas à situer le second comédien.

— Dans ce cas, je ne m'y rendrai pas.

— Tu as raison, maître, car le roi pourrait être jaloux.

Le gardien des femmes hésita avant de poursuivre. Un coup tiré sur la laisse le rappela à l'ordre.

— Esclave, à mes ordres !

— Voilà, maître, voilà.

La voix semblait se rapprocher sans que l'on puisse cependant identifier sa source.

— Je veux faire l'amour à une femme.

La foule s'esclaffa en faisant des gestes obscènes.

— Tu as raison, maître, car faire l'amour à une femme fait disparaître inquiétude et soucis.

Sarban tendit l'oreille. L'acteur interprétant l'esclave ne devait plus être bien loin, et pourtant l'eunuque se tenait seul sur la scène brillamment éclairée.

— Dans ce cas, oublie la femme.

— Certainement, maître, car la femme est un vrai puits, une citerne, un trou sans fond, une dague de fer effilée qui coupe la gorge de l'homme.

Un murmure de contentement parcourut l'assistance.

— Esclave, à mes ordres !

— Voilà, maître, voilà.

La voix était maintenant toute proche.

— Je veux briser ta nuque.

— Mais, sans mes services, le maître ne survivrait pas trois jours !

Une forme vaguement humaine parut surgir derrière le *rab reshe*. Un halo blanchâtre, d'où provenait la voix.

Interrompant la pièce, l'eunuque se tourna implorant vers Arkum Jan.

— Pitié, seigneur, ne m'oblige pas à finir !

Le prince des brigands siffla de colère.

— Dis ton texte jusqu'au bout, ou il t'arrivera bien pire !

Le gros homme ravala ses sanglots et murmura :

— Sans toi, esclave, je ne puis vivre. Alors achève-moi.

Brusquement, dans un craquement sec, la tête de l'eunuque effectua un demi-tour. Sarban n'en crut pas ses yeux. Le corps massif du *rab reshe* bascula sur l'avant-scène, révélant l'acteur nimbé de blanc qui s'était tenu près de lui : l'assassin diaphane lui avait brisé la nuque. Le comédien écarta les voiles qui le recouvraient et salua le public. L'illusion était parfaite, personne ne l'avait vu se rapprocher, les voiles réfléchissaient la lumière et dissimulaient ses mouvements. Mais cela ne suffisait pas à expliquer la prestation. Une seule ombre était visible le temps de la pièce, celle de l'eunuque, l'accusateur pouvait le jurer. Assurément, Urim était un formidable mime, doublé d'un excellent danseur. Il maîtrisait parfaitement l'art du déplacement, échappant au regard, concentrant l'attention des spectateurs sur son infortuné partenaire, jusqu'à donner l'impression qu'il n'existait pas. Mais Urim était aussi un tueur, qui n'avait pas hésité à rompre le cou du *rab reshe*. Sarban veillerait à ne pas l'oublier.

Arkum Jan attendit la fin de l'ovation avant de se redresser. Un garde l'aida à monter sur la scène, ce qui sembla l'agacer. Le prince des brigands invita les magistrats à le suivre. Tâmin, encadré par deux sicaires, demeurait en retrait. Urim vint à leur rencontre. Il s'inclina devant son protecteur. Arkum Jan lui saisit délicatement le menton de ses griffes.

— Tu as joué magnifiquement, cher ange, comme tous les soirs.

— Uniquement pour ton plaisir, seigneur.

Le corps de l'acteur était entièrement fardé de blanc et un bonnet de lin dissimulait sa chevelure.

— Je le sais, Urim, et c'est pourquoi je te demanderai encore une faveur.

— Commande, et je t'obéirai.

— Mes invités souhaiteraient te poser quelques questions.

Le sourire mielleux du comédien disparut lorsqu'il reconnut la robe des accusateurs. Urim bredouilla quelque chose, mais se reprit aussitôt quand les bagues effilées d'Arkum Jan lui caressèrent la joue.

— Ne crains rien, je reste à tes côtés. Quant à vous, parlez !

Casdim entama l'interrogatoire.

— Comme chacun le sait, la loi est suspendue, et nous ne pouvons donc te poursuivre pour le meurtre que tu viens de commettre. De même, si par le passé tu t'es retrouvé mêlé à des opérations illégales, ce n'est pas notre affaire. Durant cette entrevue, tu bénéficieras d'une totale immunité. Est-ce que cela te convient ?

Le comédien acquiesça, visiblement soulagé :

— Vous permettez que je me démaquille ?

Sans attendre la réponse, Urim fila dans les coulisses et revint en tenant une jatte. Il préleva une crème grasse dans le récipient et entreprit de se débarbouiller. Casdim conserva son calme.

— Le nom de Mulil d'Aramma t'évoque-t-il quelque chose ?

— Assurément ! C'est un homme de goût qui compte parmi mes nombreux admirateurs.

L'acteur minauda à l'intention d'Arkum Jan. L'ancien officier de la Garde sacrée lui souffla un baiser.

— Qui comptait. Il est mort.

Urim soupira en continuant de s'enduire de crème.

— Hélas ! ce sont des choses qui arrivent. Surtout ces derniers temps.

— Tu ne sembles guère affecté par sa disparition.

— Bien sûr que je le suis, mais mon public est vaste, et je dois continuer de le servir.

Le mime marqua une hésitation avant de poursuivre.

— Pourtant, Mulil était différent, il appréciait véritablement mon art...

— Précise ta pensée, lui ordonna Casdim qui scrutait le moindre geste du comédien.

Ces observations permettraient à l'enquêteur *sâ'ilu* d'en apprendre davantage sur le caractère d'Urim.

— On voit de tout dans ce milieu : des gens humbles, qui viennent simplement pour se distraire, sans se soucier des finesses de la mise en scène ; d'autres se délectent à la vue de nos corps. Et même si je peux les comprendre, cela me paraît vulgaire.

— En quoi Mulil différait-il des autres ? demanda Sarban.

— Il étudiait mes chorégraphies, et ses remarques étaient toujours pertinentes.

Urim se rengorgea avec fierté. Tout son être exsudait la suffisance. Il reprit :

— À l'époque où je me produisais dans le plus grand théâtre de la ville, Mulil d'Aramma assistait à toutes les représentations. Bien souvent, après la pièce, il venait me rejoindre et m'invitait à souper.

— Chez lui ?

— Chez lui, mais pas pour ce que vous croyez. Il y avait d'autres convives.

— Te souviens-tu de noms, pourrais-tu décrire ces gens ?

— Aucun nom, et uniquement des hommes. Des esthètes, tout comme Mulil.

— Et que faisais-tu durant ces soirées ? fit Sarban d'un ton agacé.

L'acteur était en représentation et prenait tout son temps pour répondre. Mais il avait trouvé bon public en la personne de Casdim. À cet instant, la personnalité du mime s'offrait à lui comme une putain sur les remparts.

Urim enfila de larges pantalons et passa une tunique damassée.

— Je jouais pour eux, et répondais parfois à leurs questions.

— Quel genre de questions ?

— Ils voulaient tout savoir sur ma façon de faire. Mais nous autres, artistes, avons nos secrets. J'ai fini par leur indiquer comment exécuter certains gestes simples qui dissimulent le mouvement. Ils étaient plutôt doués, pour des amateurs.

— Que veux-tu dire ?

— Ce n'étaient pas des gens du métier. Leur musculature, juge, toute en force et non pas déliée comme celle des mimes ou des danseurs. On aurait plutôt dit des soldats.

26

Armaïta ne souriait que de la bouche. Le reste de son visage était figé par ses mensonges. Matali cessa de battre le linge. Elle s'était réfugiée dans la buanderie située en sous-sol simplement pour réfléchir, permettre à ses pensées de quitter un corps occupé à des tâches simples. Laver, rincer, essorer, mais en même temps éprouver chacun de ses raisonnements. Sarban était en danger, sa condition de magistrat l'exposait à double titre : défenseur de la cité, il partageait le lot commun des juges, promis au repos éternel pour avoir protégé une justice endormie ; enquêteur dans l'affaire Aramma, il se retrouvait confronté à une menace diffuse mais réelle, s'étendant jusqu'au cœur du sanctuaire d'Inanna. De cela, Matali était convaincue.

Ses pensées se dispersèrent tel un vol de corbeaux lorsque Armaïta surgit de la pénombre. Évoluant avec grâce, la courtisane sacrée se rapprocha du lavoir, bouche de miel dissimulant l'amertume, comme une drogue que l'on destine à un enfant. Ce qui ne troubla pas Matali : la fille de la forêt avait survécu en buvant l'eau fangeuse des marais.

— Que veux-tu ?

— Rien, ma sœur, sinon t'avertir que ton époux est venu m'interroger.

Matali délaissa le battoir et s'essuya les mains.

— Non pas mon mari, mais un juge. Cela ne me concerne pas.

Elle mentait, bien sûr, s'adaptant à la situation, comme elle l'avait toujours fait. Méfie-toi de la prêtresse et mets-la en confiance afin qu'elle se découvre, lui dictait son instinct. Il ne l'avait jamais trompée.

— Mari ou juge, peu importe, les questions sont les mêmes. Reste à savoir s'il est prêt à entendre les réponses.

— Qu'est-ce que cela signifie ?

Armaïta préleva un voile sur la pile fraîchement lavée et l'étendit d'un coup sec. Elle l'éleva à hauteur de visage, pour dissimuler ses traits.

— Simplement que certaines choses doivent demeurer cachées. En sommeil, pour le bien de chacun.

— S'agirait-il d'une menace ?

— Uniquement d'un rappel à l'ordre. Je ne pense pas que les servants de Marduk apprécieraient que la loi suive son cours, alors même qu'ils l'ont suspendue.

Matali darda son œil de chouette en direction de la sainte prostituée.

— Et depuis quand une fille d'Inanna se préoccupe-t-elle de ce que pensent les prêtres ?

— Depuis que nos intérêts sont communs. Je te rappelle que nous veillons au repos des dieux, et qu'il est de notre devoir d'interrompre toute activité, le temps qu'ils recouvrent leurs forces.

— Zod et Abudisi soutiennent l'investigation. Ils connaissent leur affaire.

La grimace d'Armaïta déforma ses traits.

— Le crois-tu vraiment ? Deux juges, protégés de

la colère des hommes par une double muraille, de chair et de pierre. Deux figures hautaines de la loi, indifférentes aux destinées du commun. Seront-ils à tes côtés lorsque la furie pénétrera dans le sanctuaire, lèveront-ils leur épée pour protéger ton enfant ? Laisse-moi rire !

L'épouse de l'accusateur perdait patience :

— Tout cela me paraît bien nébuleux. Si tu as quelque chose à dire, c'est le moment. Sinon, va t'esclaffer ailleurs.

— Ton mari n'attache peut-être pas d'importance à vos vies, mais je ne le laisserai pas mettre en péril la mienne.

— Et ?

— Convaincs-le d'abandonner cette affaire, ou il vous en cuira.

La pièce de bois fendit l'air, pulvérisant le nez de la courtisane. Matali rejeta le bras en arrière et asséna un second coup de battoir. Le collier de cornaline vola en éclats et Armaïta s'effondra en hoquetant, souffle coupé. Le jaune d'ocre maquillant ses joues se mêla au sang en un masque de laideur apeurée, révélant sa nature véritable.

Matali se pencha et lui susurra à l'oreille :

— Je peux en discuter avec mon époux, mais pas avec le juge. L'aurais-tu déjà oublié ?

27

— Qui te dit, seigneur, que je ne cherche pas à t'empoisonner ?

— Ça ne peut pas être pire qu'à l'ordinaire, alors maintenant laisse-nous !

Casdim décocha un coup de pied en direction du marchand ambulant. Le vendeur de nourriture esquiva avec souplesse et adressa une grimace aux juges :

— Puissent les serpents de Tiamat fouiller vos intestins jusqu'à vous faire crever sur place !

Casdim laissa dire et invita ses compagnons à piocher dans les plats de viandes braisées présentés sur le plateau de la charrette. Soulagé d'être sorti sain et sauf des griffes d'Arkum Jan, l'enquêteur *sâ'ilu* avait suggéré qu'ils se restaurent, avant de regagner leurs affectations. L'aube commençait à poindre, et ils reprenaient du service dans une heure.

— Je dois retourner à l'Académie pour être présent à l'appel, fit Tâmin.

L'auxiliaire semblait éprouvé. De larges hématomes recouvraient sa gorge et il s'exprimait avec difficulté. Sarban le complimenta :

— Tu as tenu ton rang, cette nuit. Sois fier de ta conduite.

Le novice ne répondit pas, inclina la tête en direction des magistrats et fit demi-tour. Les accusateurs l'observèrent jusqu'à ce qu'il tourne à l'angle de la rue.

— Un garçon courageux, ce Tâmin. Il deviendra un excellent juge.

— À condition, Casdim, que nous lui en donnions l'occasion.

— Que veux-tu dire ?

Sarban délaissa les tranches de bœuf et de mouton pour se contenter d'une bolée de lentilles.

— Mieux vaut le laisser retourner à ses études. Cette affaire me paraît beaucoup trop complexe et dangereuse.

Casdim mordit dans un morceau de chèvre empalé sur un bâtonnet, laissant la graisse couler sur son menton.

— Au contraire, elle me semble pour ainsi dire résolue.

— Comment ça ?

— Nous savons qui a ordonné la mort du négociant de Mossul. Il ne peut s'agir que de Mulil d'Aramma.

— Je t'écoute.

Sarban remplit deux coupes.

— Merci. Souviens-toi : à la demande du gouverneur de Mossul, je quittai la capitale pour enquêter sur la mort mystérieuse d'un résident de Babylone.

— Un prospecteur, spécialisé dans l'exploitation de carrières de pierres et de gisements de bitume...

— En effet, et qui souffrait de troubles nerveux. Il ne supportait pas la lumière vive, ce qui l'obligeait à demeurer dans une pièce obscure, fermée de l'intérieur.

Sarban commençait à comprendre.

— L'homme craignait la lumière, mais aussi les sons et le mouvement.

— Oui, mon ami, jusqu'à faire recouvrir de voiles sombres tout ce qui l'entourait, pour étouffer le bruit et la clarté.

— Et les seules présences humaines qu'il admettait auprès de lui étaient celles de ses statues. Des figures immobiles.

— Un amateur d'art avisé, qui vivait uniquement pour sa collection. Jusqu'à en mourir.

— Quel lien établis-tu avec Mulil d'Aramma ?

— Leurs professions, Sarban. Elles sont identiques. De plus, Mulil est mort sur le pont, en plein jour. Lueur et ténèbres. Pris séparément, chacun des meurtres ne signifie rien. Ensemble, ils forment comme une association de contraires.

— Un point d'équilibre qui sépare l'ordre du chaos.

Casdim approuva :

— Crois-en mon intuition, il ne peut s'agir d'une coïncidence. D'ailleurs, je ne crois pas au hasard. Tout ce qui arrive a une explication, dans les actions de la nature ou le comportement des dieux. Il nous incombe simplement d'en trouver la raison.

L'accusateur médita les paroles de son ami. Comme bon nombre d'oniromanciens, Casdim vivait seul. Ce célibat était nécessaire, afin qu'il préserve son esprit des joies et des peines. L'enquêteur ne connaîtrait jamais l'amour que ressent un père et un époux, mais en retour, il pouvait déchiffrer les âmes. Sarban ne l'enviait pas.

— D'après toi, quel a été le moyen employé pour supprimer le négociant de Mossul ?

— Tu le connais aussi bien que moi.

— Urim ?

— Non, le mime n'est pas directement impliqué. Et pas plus Arkum Jan, car sinon il nous aurait fait exécuter.

Sarban préleva une poignée de figues qu'il avala distraitement tout en peaufinant son raisonnement :

— Pour une raison ignorée des juges, Mulil d'Aramma cherchait à se débarrasser du prospecteur de Mossul. Connaissant son aversion pour le bruit, la lumière et les déplacements, il savait ne pas pouvoir l'atteindre sur son lieu de travail, des gisements exploités à ciel ouvert.

— Mulil échafaude des plans en vain, jusqu'à ce qu'il entende parler d'Urim, l'acteur invisible. Il se rend au théâtre tous les soirs, fasciné par les talents du comédien, et l'invite à se produire chez lui.

Sarban enchaîna sur les paroles de son ami. À cet instant, leurs cerveaux n'en formaient plus qu'un, aussi soudés l'un à l'autre que le sont les deux moitiés d'une noix :

— Contre une importante somme d'argent, ou simplement en flattant son orgueil, Mulil d'Aramma parvient à convaincre le mime de divulguer une partie de ses secrets à ses invités. « Non pas des gens du métier, mais des amateurs doués, à la musculature de soldats », ce sont les propos d'Urim.

— Autrement dit, des mercenaires. Ils s'y sont pris très simplement. Le négociant de Mossul devait parfois être contraint de quitter sa pièce aveugle. Pour ses affaires, ou simplement pour laisser ses serviteurs faire le ménage, ce qui n'était pas du luxe, crois-moi ! Mulil d'Aramma a pu soudoyer un domestique – il en avait mille fois les moyens – de façon à faire pénétrer l'un de ses hommes dans la chambre. Le tueur s'est recouvert d'un voile pour se fondre parmi les statues et a attendu, immobile, le retour du prospecteur.

— Voyant que le maître ne répondait pas et ne touchait pas aux plats déposés devant la porte, le personnel de maison est entré de force dans la pièce.

— L'assassin a alors profité de la confusion pour s'enfuir.

— À moins qu'un serviteur ne l'ait aidé à s'échapper, fit Sarban en vidant sa coupe. C'est assez convaincant, mais il reste plusieurs points obscurs.

— Lesquels ?

— Il nous manque des preuves. Nous n'avons pas clairement établi le lien entre ton négociant et Mulil d'Aramma.

Casdim balaya l'objection :

— Je suis un *sâ'ilu*. Ma tâche consiste à lier les faits entre eux, au moyen de mon unique intuition. À toi de débrouiller ce genre de détails !

— Et nous ne savons pas pourquoi Mulil a été exécuté sur le pont...

Casdim se curait les dents avec le bâtonnet à viande.

— Sarban, tu dis toi-même qu'il connaissait les tueurs. Ce sont donc ses propres hommes qui l'ont fait. Dans ce genre d'affaires, il vaut toujours mieux aller au plus simple. Inutile de multiplier les causes.

L'accusateur fit signe au vendeur qui se rapprocha en maugréant.

— Oui, mais ça ne nous dit pas pourquoi.

L'enquêteur *sâ'ilu* grogna et régla le marchand ambulant.

— Laissons cela pour plus tard, il est temps de regagner l'*Esagil*.

Alors qu'ils s'apprêtaient à partir, un homme se planta face à eux. Il était coiffé d'un turban aux couleurs défraîchies par le soleil, et une large ceinture de cuir ceignait ses reins.

— Pardonnez-moi, seigneurs, mais je n'ai pas pu m'empêcher d'écouter votre conversation.

Casdim tenait encore son bâtonnet. Il le cala contre

sa paume, laissant l'extrémité poindre entre ses doigts. Si l'inconnu cherchait à leur nuire, il s'en débarrasserait en lui crevant les yeux. L'homme parut comprendre.

— Ne vous méprenez pas, juges. Je souhaiterais simplement vous parler.

Sarban intervint :

— De quoi ?

L'inconnu l'ignora et s'adressa à Casdim.

— Tu m'as déjà vu. À Mossul, lors de ton enquête ; simplement, tu ne t'en souviens pas. Il faut dire que je ne suis pas quelqu'un que l'on remarque. C'est pourquoi je n'ai eu aucun mal à te filer, ces derniers jours.

— Dans quel but m'as-tu suivi ?

Sarban vit la veine qui pulsait à la tempe de l'enquêteur *sâ'ilu*. Elle était signe que son esprit s'enfonçait dans des régions obscures où la raison n'a plus sa place. L'oniromancien prenait le pas sur le juge.

— Afin d'échanger des renseignements contre ta protection, répondit l'homme en agrippant l'extrémité de son turban défait.

Il essuya son visage en sueur, jetant de brefs coups d'œil alentour, comme s'il redoutait d'être lui-même suivi.

Sarban intervint :

— Nous ne pouvons rien te garantir tant que la loi n'est pas rétablie.

L'informateur laissa échapper un rire sec :

— Crois-tu vraiment que j'ai le choix, juge ? Je suis prêt à prendre le risque.

Brusquement, Casdim le saisit au poignet.

— Tu rêves, n'est-ce pas ? demanda l'enquêteur *sâ'ilu*.

— Ou... oui, seigneur !

— Toutes les nuits, des cauchemars.

L'oniromancien enfonçait ses doigts dans la chair, ignorant les cris de douleur.

— Oui, c'est vrai, mais tu me fais mal !

Sarban détourna la tête. Il n'aimait pas voir son ami en transe, pas plus qu'il n'appréciait d'être au côté de Matali quand elle accueillait ses visions. Bien qu'il comprît l'importance des oracles, l'accusateur souffrait de voir ses proches possédés.

— Qu'ont vu les ouvriers ?

— Arrête, par pitié !

— Qu'est-ce qui a terrifié les carriers ? Parle !

Casdim desserra brusquement son étreinte, comme l'on écarte les mâchoires d'un piège à chacal. L'homme partit en arrière et manqua de renverser la voiture du marchand ambulant.

— Non, seigneur, pas ici, pas parmi la foule ! fit-il, implorant. On dit que des milliers d'yeux couvrent les ailes d'anges. Bien plus nombreux sont ceux du chaos !

Sarban le vit masser un large hématome, à la saignée du coude. Il tentait d'effacer l'empreinte de l'oniromancien. Beaucoup croyaient qu'un déchiffreur de rêves pouvait marquer les suspects, à la façon du potier qui appose son sceau sur un vase. La nuit venue, l'enquêteur pénétrait dans l'esprit en sommeil et jugeait les pensées.

— Alors, quand ? gronda Casdim.

— Demain, à minuit. Dans les Jardins Suspendus.

28

Les sœurs se pressaient à la porte de la cellule, fixant le corps découpé en cubes. Les sillons, écarlates et parfaitement rectilignes, se croisaient à intervalles réguliers pour former un quadrillage sanglant profondément imprimé dans la peau. Comme une cartographie précieuse renvoyant à l'histoire du pays, à ces temps où le Roi des rois répartissait les champs et divisait la terre en parcelles labourables.

L'une des novices se tourna vers ses aînées, les joues baignées de larmes :

— C'est Inanna qui l'a tuée ! Regardez ces marques, ce sont celles de son filet !

Une prêtresse d'âge mûr la gifla à main ouverte.

— Ne dis donc pas de sottises, la Dame du Ciel n'aurait jamais exécuté l'une de ses servantes. Par contre, il s'agit bien de la nasse tressée par Inanna.

L'assistance fit aussitôt silence.

— Souvenez-vous : alors qu'il s'apprêtait à combattre la Mère du chaos, Marduk avait prié Inanna sa sœur qu'elle lui confectionne un filet lui permettant de capturer les vents. Lorsque Tiamat, se sentant vaincue, ouvrit grand la bouche pour hurler sa rage, Marduk libéra l'ouragan, les cyclones et les tempêtes. Ils s'engouffrèrent dans son ventre et lui crevèrent les entrailles.

La courtisane sacrée marqua une pause. Lorsqu'elle reprit, sa voix était sèche.

— Aujourd'hui, Tiamat semble bien avoir pris le dessus. Elle se venge, en utilisant l'arme qui l'avait terrassée.

— Tu veux dire que nous ne sommes plus à l'abri dans le sanctuaire ?

La sainte prostituée toisa la novice, puis tendit le bras en direction du cadavre.

— Juges-en par toi-même.

Le groupe hésita à se séparer, jusqu'à ce que la mère supérieure intervienne. L'*Ugbatu* imposa le silence et ordonna aux sœurs de regagner leurs cellules.

— Pas toi, Matali. Je désire te parler.

L'épouse de Sarban tenait à peine debout. Une insupportable migraine dont elle ne parvenait pas à se défaire, aiguë comme une pointe de stylet, brouillait sa vue et lui flanquait la nausée. Cette douleur, familière depuis l'enfance, apparaissait à chaque fois qu'il y avait danger. Un don, affirmaient les sœurs qui l'avaient recueillie, probablement son instinct, développé dans la forêt. Une malédiction, pensait parfois Matali.

L'incarnation de la divinité s'assit sur un banc et lui fit signe de la rejoindre.

— On m'a dit que tu t'étais disputée avec Armaïta l'autre soir.

— C'est vrai, ma Dame. Mais je ne l'ai pas tuée.

L'*Ugbatu* soupira.

— Je me demande si ça n'aurait pas été préférable. Un coup de folie, imputable à la suspension du temps. L'affaire aurait été réglée.

Prenant les mains de Matali dans les siennes, elle l'observa longuement.

— Tu as mal, n'est-ce pas ?

— Oui, ma Dame.

— Et ces maux de tête s'accompagnent-ils de visions ?

— Non, rien de la sorte. Et pourtant...

— Oui, Matali, qu'as-tu vu ?

La jeune femme rassembla les éléments de la scène, comme un artisan prépare ses carreaux de mosaïque avant de les disposer.

— Pourquoi avoir utilisé un filet ?

— Eh bien, tu l'as entendu comme moi, toutes les sœurs sont d'accord : parce que c'est un attribut de la déesse.

— Oui, ma Dame. Mais Inanna la chasseresse utilise aussi un arc.

— Il est vrai qu'un arc aurait été plus commode...

— C'est donc que la nasse a un sens particulier.

— L'Étoile du Matin l'avait confectionnée en vue de l'offrir à Marduk, chacun de nous sait cela !

— Je pensais à autre chose, ma Dame, un élément plus concret.

La mère supérieure la pressa de poursuivre :

— Où veux-tu en venir ?

— Armaïta n'a pas été tuée uniquement parce qu'elle savait des choses. C'est aussi une anonyme qui est morte, une sœur parmi les sœurs.

— Tu veux dire que l'on s'en prend à l'ensemble de l'Ordre ? s'exclama l'incarnation de la divinité.

— Je le crois, en effet.

— Étaie ton propos, Matali, car ce que tu prétends est grave !

— Lorsque les petites filles entrent dans le sanctuaire, elles se réjouissent de leur vie nouvelle, prises dans les rets de la déesse. Armaïta est morte dans le filet d'Inanna. Vie et mort, comme l'union de deux contraires.

— « Ce qui est noir, je le fais blanc. Ce qui est blanc, je le rends noir », récita la prêtresse. L'Étoile du Matin aime effectivement renverser le cours des choses, à son avantage.

— Et le coupable le sait, comme du reste l'ensemble des citoyens.

— Que crois-tu qu'il cherche à nous dire ?

— C'est un avertissement, ma Dame. Nous sommes au cœur de la tourmente, là où se touchent ordre et chaos. Lorsque le renversement aura lieu, il nous faudra choisir.

L'*Ugbatu* reprit :

— Parle-moi de cris d'enfants, de signes dans les menstrues, et alors je pourrai te suivre... mais tout ceci est beaucoup trop embrouillé pour être le fait des dieux.

— Je te l'ai dit, ma Dame, il ne s'agit pas de visions.

— Ainsi donc ton époux a déteint sur toi, et tu commences à raisonner en juge ? Après tout, cela vaut peut-être aussi bien, puisque la mort d'Armaïta n'a rien de surnaturel. Et c'est précisément ce que je craignais.

— Je ne comprends pas...

— Ah, Matali ! Nous aurions pu lutter contre la colère de Tiamat au moyen de prières, veiller sur le repos d'Inanna pour mieux invoquer sa protection, le moment venu. Mais là, il s'agit d'un meurtre. Une affaire humaine, tragiquement concrète, un crime perpétré dans l'enceinte sacrée !

— Oui, et par quelqu'un qui a su déjouer la surveillance des gardes.

— En effet, ma fille. Contre cela, les supplications

sont impuissantes. C'est pourquoi il me faut te demander une chose.

L'*Ugbatu* ne faisait pas montre de son autorité habituelle, cette conversation lui coûtait. Cependant, Matali ne fit rien pour lui faciliter la tâche.

— Ton époux est venu jusqu'ici interroger Armaïta. Après sa visite, tu t'es disputée avec elle, et aujourd'hui, la voici morte. Je sais que tu ne l'as pas tuée, tout comme je suis persuadée que son assassinat est lié à l'enquête de Sarban. Matali, je dois veiller sur la communauté, et détourner la menace. Demain, tu prendras ton fils et quitteras le sanctuaire.

29

La mort dormait dans les Jardins Suspendus. Plusieurs cadavres dépecés étaient couchés sur la première terrasse, et des râles provenaient des étages supérieurs.

— Étrange endroit pour un rendez-vous, Sarban. Je n'aime pas ça...

L'accusateur pressa le pommeau de son épée. Les lions ouvragés s'imprimèrent dans sa chair, comme pour lui donner courage. Il s'obligea à répondre :

— Actuellement, aucun lieu n'est sûr. Celui-ci en vaut bien un autre.

Casdim releva la tête, examinant l'ouvrage, orgueil de la cité. Les Jardins étaient composés de huit plates-formes successives reposant sur d'énormes piliers, disposées en ordre décroissant, auxquelles on pouvait accéder en empruntant l'escalier central. L'eau du fleuve montait jusqu'au sommet des encorbellements par le biais d'une chaîne sans fin. Un système d'irrigation, conçu sur le mode de la vis d'Archimède, alimentait la terre fertile des promenades. D'ordinaire, les citoyens aimaient à s'y retrouver pour converser à l'ombre des platanes, goûter la fraîcheur des cascatelles ou observer les animaux fabuleux composant la ménagerie royale. Par amour pour sa première épouse, la reine Amytis, Nabuchodonosor avait rassemblé en ce lieu quantité d'espèces qui peuplaient autrefois le jardin originel, quand tout n'était qu'innocence. Mais, en se répandant sur la terre, parfois bien au-delà du pays d'Entre-deux-fleuves, hommes et bêtes avaient appris à souffrir, et à infliger la peine. L'ouvrage du Grand Roi, livré à l'abandon, accueillait les maux à son tour.

Casdim frémit :

— Lions et panthères sont probablement livrés à eux-mêmes...

— Je crains davantage d'autres fauves, vois !

Quelqu'un avançait dans leur direction. Les juges n'abaissèrent leurs armes que lorsqu'ils reconnurent l'homme du marché. Refusant de donner son nom, il imposa ses exigences :

— Une protection de tous les instants jusqu'à ce que la loi soit rétablie, et l'assurance de...

Casdim l'interrompit, agacé :

— Si nous ne connaissons pas ton identité, cette déposition n'aura aucune valeur !

— C'est pourquoi il est dans votre intérêt de me garder en vie. Pour me faire témoigner en personne, devant la justice.

— Nous verrons ce que l'on peut faire.

L'informateur cracha par terre :

— Par Dumuzi, il ne s'agit pas de négocier un sac de pois chiches au marché, il me faut plus que de belles paroles !

La tractation n'était pas le fort de Casdim. Sarban prit le relais :

— Quel était ton emploi ?

— Contremaître de chantier, pour le compte de Mulil d'Aramma. Je supervisais l'inventaire des outils, évaluais le nombre d'hommes nécessaires à la journée, veillais à ce qu'ils ne manquent pas de nourriture, et m'assurais bien sûr du rendement.

Les magistrats échangèrent un regard.

— Il ne nous sera pas trop difficile de te faire passer pour un fonctionnaire du palais, suggéra Sarban. Tu pourras ainsi trouver refuge à l'Académie durant le chaos. Cela te convient-il ?

— Mmm, je saurai m'en satisfaire.

— Alors, parle !

L'homme au turban inclina plusieurs fois la tête, hésita et finit par se lancer :

— Au mois d'*elûlu* de l'année précédente, Mulil d'Aramma a été contacté par l'un de ses concurrents. Un citoyen de Babylone, propriétaire de gisements à Mossul, connu de la guilde pour être prospère et fiable. Mulil avait pris ses renseignements, vous pensez bien !

L'informateur marqua une pause. Casdim l'invita sèchement à poursuivre.

— Il s'agissait d'une affaire, du jamais vu et qui pouvait rapporter gros. Mais l'opération n'allait pas sans risques. Quelque chose à voir avec les autorités religieuses, l'homme ne pouvait mener seul l'opération. C'est pourquoi il souhaitait s'associer avec Mulil, mon employeur, espérant pouvoir compter sur les relations établies par la famille Aramma.

— Un réseau d'influences, capables de lever les difficultés et d'écouler la marchandise, compléta Sarban.

— Effectivement, seigneur.

— Quel genre de marchandise ?

Le contremaître s'essuya les lèvres.

— Ne me brusquez pas, c'est assez compliqué. Le négociant ne voulait pas traiter par courrier, et sa santé ne lui permettait pas de regagner la capitale. Il a donc invité Mulil à venir le rejoindre. Mon employeur semblait intéressé, mais il craignait de tomber dans un traquenard, un de ces règlements de compte comme il en arrive parfois au sein des corporations. Il m'a donc mandaté. J'avais toute sa confiance – il faut dire que je suis un spécialiste en prospection.

— En prospection, dis-tu ? L'homme comptait exploiter un gisement ?

— Oui, seigneur, un gisement d'un caractère particulier.

— Comment ça ? le pressa Sarban.

— La folie, à flanc de terre, un cauchemar exhumé.

Casdim détourna la tête avec mépris.

— Il nous fait perdre notre temps. Allons-nous-en.

L'homme gémit et barra la route de l'enquêteur *sâ'ilu*.

— Je t'en prie, seigneur, sois patient, ce sont des choses difficiles à dire... Lorsque je suis arrivé sur place, les carrières étaient abandonnées. Personne ne voulait plus travailler sur les chantiers. Un lieu maudit, juraient les ouvriers, qui avait coûté la vie à leurs camarades. Les premiers, ceux qui ont mis au jour les veines. J'ai proposé de tripler leur salaire, on m'a giflé et craché dessus. Mulil a suggéré alors de débaucher l'une de ses équipes pour l'envoyer à Mossul. Des gens expérimentés, capables de reprendre les fouilles. Et c'est ce qui a été fait.

— Mais toi, qu'as-tu vu ?

L'informateur laissa filer un rire amer.

— J'ai pu observer notre futur. Et il n'est pas brillant.

Soudain, plusieurs silhouettes surgirent de la pénombre et se répartirent en demi-cercle.

— Tu dis vrai, l'ami, et en ce qui te concerne, l'avenir se termine ici !

À la lumière des torches, Sarban identifia les curieux vêtements de cuir cousus d'une seule pièce. Les tueurs du pont.

— Emparez-vous d'eux !

Au commandement de leur chef, les hommes placés sur les côtés saisirent les magistrats qui n'opposèrent aucune résistance. Sans un mot, ils entreprirent de les fouiller. Casdim et Sarban étaient dans l'incapacité de tenter quoi que ce soit, dos contre le taillis, à la merci des agresseurs. Nul doute que d'autres mercenaires se tenaient tapis derrière eux, les couchant en joue. Après les avoir délestés de leurs armes, épées, dagues et jusqu'aux stylets dissimulés dans l'ourlet des manteaux, les tueurs encadrèrent leurs captifs. Le meneur vint se placer face aux juges. Sarban reconnut celui qui avait dirigé l'exécution de Mulil, sur le pont.

— Comment m'avez-vous retrouvé ? s'écria l'informateur.

— En fait, nous ne t'avons jamais perdu de vue. Tu nous as servi d'appât, comme le chevreau attire le lion.

Pris de panique, l'homme fit volte-face et tenta de fuir. Il courut sur une distance de quelques mètres et s'étala brusquement, le pied coincé dans une rigole.

— Ramenez-le ici !

Le contremaître gémit et empoigna les conduits de drainage qui couraient au ras du sol. Posément, l'un des tueurs tira son casse-tête et lui broya les phalanges. Puis il saisit le malheureux par les chevilles et le traîna en direction du groupe. Indifférent à la scène, le chef ne quittait pas des yeux les magistrats. Il s'adressa à Sarban :

— En te voyant sur le pont, je savais que tu donnerais suite à l'affaire. Pourquoi, juge, pourquoi alors qu'il te suffisait d'ignorer l'incident ? Tout aurait été bien plus simple, et l'on aurait économisé des vies, à commencer par la tienne, et celle de ton ami. Inutile d'espérer voir l'aube si vous ne répondez pas. Que savez-vous exactement ?

La cagoule de cuir déformait sa voix. Casdim et Sarban demeurèrent muets.

— Très bien. Procédons autrement.

L'exécuteur agrippa la tunique du contremaître.

— Que leur as-tu dit ?

Au-delà de la peur, de la douleur même, l'esprit détaché du corps, l'homme fixait ses doigts réduits en pulpe. Voyant qu'il n'en tirerait rien, le chef des mercenaires l'égorgea, comme un animal de sacrifice. Le sang jaillit en bouillonnant et se déversa dans la rigole d'alimentation. Il irait nourrir les arbres qui donneraient des fruits de saison, temps de Tiamat.

La scène détourna l'attention des tueurs. Sarban décida d'en profiter, il devait réfléchir vite. Deux gardes étaient placés de part et d'autre des juges, plusieurs ennemis se tenaient en face, et des archers veillaient en retrait. Une combinaison risquée, qu'ils avaient pourtant répétée maintes fois à l'Académie. Plaise aux dieux que Casdim s'en souvienne.

— Maintenant !

L'enquêteur *sâ'ilu* n'avait pas oublié. D'un seul mouvement, Sarban et Casdim firent un pas en avant, se retournèrent et empoignèrent leurs gardes, se servant des corps comme de boucliers. Surpris, les archers décochèrent leurs traits qui traversèrent les combinaisons de cuir. Sarban renversa le chef des tueurs et fonça à travers les taillis, talonné par Casdim.

— Il faut que l'on se sépare, pour diviser la traque ! cria Sarban par-dessus son épaule.

— Deux proies, une maigre chance pour chacun de s'en sortir. On se retrouve plus tard !

Sarban vit son compagnon dévaler l'escalier. L'accusateur décida de couper à travers la promenade du premier niveau. Il courut sans se soucier des branches qui fouettaient son visage. Ses poursuivants semblaient eux aussi connaître le terrain. Mieux valait quitter cette plate-forme et gagner la prochaine.

Sarban contourna un cadavre de citoyen dont la mort remontait à plusieurs jours et parvint en haut de la terrasse. Il lui fallait grimper le long du monumental pilier, jusqu'à l'étage supérieur. Il atteignit l'extrémité de l'encorbellement qui surplombait le vide, mais ne réussit pas à escalader la colonne. L'eau tombant en cascades provenant du sommet rendait sa surface glissante et la pierre était friable par endroits. Sarban s'apprêtait à recommencer lorsqu'on lui saisit la jambe. D'un coup de pied, il tenta de se dégager, mais l'autre maintenait fermement sa prise. Il était placé exactement sous le juge. L'accusateur lâcha le pilier et se laissa tomber en arrière. Le tueur perdit son épée et roula sur le côté, à demi assommé. Sarban allait s'emparer de l'arme quand une flèche perfora son manteau. Il était cloué à un tronc, et la meute se regroupait.

D'un geste sec, le magistrat brisa le trait pour se libérer et fonça en direction des arbustes taillés en formes d'êtres merveilleux. Le regard de Sarban ne s'arrêta pas sur les figures, mais il reconnut tout de même Suhurmassu le poisson-chèvre, l'un des sept *Apkallu*. À ses côtés se tenait Allulâya, la démone courtilière. La présence sur sa route de divinités contraires n'était certainement pas fortuite. Prenant le risque de faire halte, l'accusateur interrogea les signes. L'*Apkallu* incarnait la justice, il se trouvait donc là pour l'aider. Allulâya était connue pour creuser des galeries la nuit. Probablement indiquait-elle au juge de s'enfoncer dans le bestiaire végétal. Ce qu'il fit, s'en remettant aux esprits. Sarban parvint à rejoindre l'escalier central. Il grimpa quatre à quatre les marches conduisant aux plates-formes supérieures. L'accusateur était parvenu au cinquième niveau quand le chef des tueurs s'interposa. Rien à tenter vers le haut, il ne lui restait plus qu'à faire le grand saut. Sarban bloqua sa respiration, et se précipita dans le vide.

Ses avant-bras heurtèrent durement le rebord de la terrasse inférieure. La douleur manqua de lui faire lâcher prise. Il parvint cependant à se rétablir et fit basculer ses jambes au-dessus du parapet. Sarban plongea dans la terre humide répandue sur les feuilles de plomb qui recouvraient la maçonnerie. Il se redressa et fit volte-face au moment où l'un des mercenaires prenait son élan pour se jeter vers lui. L'homme avait tenté de le suivre, mais son équipement l'alourdissait. Il s'écrasa vingt mètres plus bas, son corps rebondissant sur les marches comme une poupée de chiffon. Sarban releva la tête. Les archers l'avaient repéré.

L'accusateur dégagea de la surface exposée, et courut en direction de la réserve d'animaux. Les cris des fauves guidaient ses pas, des bêtes splendides qui n'étaient plus nourries depuis que l'on avait abandonné les Jardins. Sarban pria pour que les cages aient résisté à leurs assauts. Parvenu à l'entrée de la ménagerie royale, l'accusateur jeta un coup d'œil par-dessus son épaule. Le tueur lancé à sa suite ne faisait aucun effort pour dissimuler sa progression, et la distance qui les séparait se réduisait dangereusement. Sarban se pencha et fouilla le sol à la recherche d'une pierre ou d'un morceau de bois, lorsqu'il repéra une longue perche qui servait à nourrir les fauves. Il reprit courage. Les magistrats étaient passés maîtres dans l'art du bâton de combat. Puisqu'il ne pouvait éviter la menace, l'accusateur décida de l'affronter et changea de tactique.

Fonçant dans l'allée centrale, ses sandales manquant plusieurs fois de glisser dans la terre boueuse qui empestait l'urine, Sarban excita les bêtes en frappant de la perche les barreaux de leurs cages. Le mercenaire entendit le vacarme et obliqua dans sa direction. Arme le long du corps, Sarban contourna le bassin central. L'énorme dépouille d'un hippopotame rapporté d'Égypte flottait à la surface. Sa carcasse en partie dépecée dégageait des relents de pourriture. L'accusateur foula la cendre des foyers disposés alentour et faillit perdre l'équilibre en glissant sur une pièce de viande à demi carbonisée. Il ralentit le pas, reprit son souffle et en un dernier effort se dirigea vers la fosse aux singes.

Le Roi des rois raffolait des petits primates, offerts par un souverain de l'Indus. Grimaces, agressivité et sexualité frénétique lui rappelaient probablement les mimiques de ses courtisans, mais aussi l'écho nostalgique des batailles et son devoir de fertilité. Nabuchodonosor appréciait sans doute les singes parce qu'il n'attendait plus rien des hommes.

Sarban fit halte près du rebord de la fosse, se retourna et planta ses talons dans la terre. Il ferait face à son agresseur.

Le tueur le rejoignit à petites foulées. L'homme marqua une pause. À cette distance, le juge n'aurait aucun mal à éviter ses flèches, mieux valait en finir directement. Il se débarrassa de l'arc et du carquois pour ne garder que son épée. L'accusateur moulina du bâton et se plaça en position d'attaque. Le mercenaire fléchit ses jambes et éleva la lame à hauteur du menton. Il progressait en crabe, lentement, cherchant à contourner le juge. Brusquement il se fendit. Sarban para le coup et frappa à son tour. Le bâton fouetta l'air, mais le tueur bloqua l'attaque avec l'aisance d'un soldat professionnel. Les adversaires s'accordèrent une pause en décrivant des cercles, de plus en plus serrés à mesure qu'ils se rapprochaient. L'accusateur recula et se plaça de nouveau près du rebord, en veillant à ne pas perdre l'équilibre. Il entendait les cris furieux des singes provenant du fond de la fosse. Sarban se redressa, bras tendu, perche à l'horizontale, et attendit l'assaut. Le tueur hésita. Il évalua la distance qui le séparait du rebord et se précipita en avant. Au dernier moment, l'homme se déporta sur le côté et frappa d'estoc. La lame ripa sur la broche *apkallu* du magistrat. Sarban recula et faucha les jambes du mercenaire qui bascula en avant, chevilles brisées. L'accusateur se plaça aussitôt derrière son adversaire et lui asséna un violent coup dans le dos. Souffle coupé, le tueur tenta de s'agripper à la robe du juge mais Sarban le repoussa d'un coup de pied. L'homme s'effondra, glissant dans la terre humide. Il chercha à ralentir sa chute en empoignant un petit buisson. Se souvenant de la main du contremaître, calmement réduite en bouillie, l'accusateur éleva la perche au-dessus de sa tête et la rabattit avec force. Le mercenaire lâcha prise et tomba dans la fosse. Les singes se précipitèrent sur l'intrus. Doigts enfoncés dans les orifices de la cagoule, dents perçant sa combinaison de cuir, ils le recouvrirent bientôt, leurs cris étouffant ses hurlements. Guère concernés par la suspension du temps, les petits sujets du grand Nabuchodonosor se chargèrent de l'exécution.

Sarban ramassa l'arc et les flèches. Il lui fallait regagner la première terrasse pour tenter de rejoindre Casdim. Évitant les champs de vigne afin de ne pas se retrouver à découvert, l'accusateur progressa lentement, coupant à travers les taillis jusqu'à parvenir à hauteur du grand escalier. Il encocha une flèche et attendit, tapi derrière un palmier. L'odeur âcre du naphte qui se consume lui indiqua la position du groupe. Trois mercenaires, dont le chef. Ils semblaient hésiter sur la marche à suivre. Le meneur haussa les épaules, ouvrit sa besace et en extirpa une forme ronde. Une tête, qu'il tenait par les cheveux. À la lueur des torches, Sarban reconnut les traits du *sêlibu*, du petit renard.

Casdim, le compagnon de toujours.

Sarban se cassa en deux sous l'effet de la peine. Il se mordit les lèvres jusqu'au sang et parvint à contenir sa rage. Elle le dévorait comme un feu qui prend soudain dans les champs et répand la ruine. L'accusateur n'avait plus rien, sinon la haine qu'il vouait aux tueurs, et bien plus à lui-même. Il avait entraîné Casdim dans sa folie, et Casdim était mort, uniquement par sa faute. Précipité dans l'En-bas, son compagnon devrait errer à tout jamais dans les avenues de *Ganzir*, capitale des Enfers. Mais d'autres seraient aussi du voyage. L'accusateur banda son arc et visa soigneusement. La flèche traversa la gorge du tueur, de part en part. Il lâcha son trophée qui roula jusqu'au bas des marches, à l'endroit exact où se trouvait le corps décapité.

30

Visage de dément, chevelure folle, robe maculée de boue et de sang, l'accusateur surgit tel un *gallu* maudit, un esprit errant de place en place sans trouver le repos. Les gardes terrorisés lui barrèrent le passage, jusqu'à ce qu'il leur colle sous le nez sa broche *apkallu*.

— Je veux voir le gouverneur !

Les hommes en faction s'écartèrent et Sarban pénétra dans la prison.

Cauchemar de briques, c'est ainsi qu'on la surnomme, parce que l'on y distille une seule peine : l'ennui. Les détenus pourrissent dans les niveaux en sous-sol, loin du soleil et de la mémoire des hommes. Quatre murs aveugles étouffent leur existence, le Roi des rois y a veillé. La routine innerve prisonniers et gardiens, jusqu'à les rendre solidaires. Les fonctionnaires affectés à la prison sont méprisés par l'administration royale. Leur solde est maigre, et leur tâche sans éclat. Un travail nécessaire, affirme pourtant le gouverneur Zimri, homme petit et chétif que son pouvoir rend fort. Pour rien au monde il ne céderait sa place, mais personne ne songe à la lui prendre.

Quant au reste, la forteresse est d'une construction

simple : différents corps de bâtiment encadrés par quatre tours disposées aux angles de la grande cour centrale, quartiers du personnel situés aux étages, réfectoires et infirmeries au rez-de-chaussée. Une gestion simple et efficace qui interdit tout imprévu. La nouveauté apporte la distraction, c'est pourquoi Zimri la redoute. Tout comme il n'apprécie pas les visiteurs inattendus.

— Es-tu Zimri, *shaknu* de la prison ?

Le gouverneur ignora l'importun et continua de rédiger son rapport. L'odeur de vase lui fit relever la tête.

— Par les dieux, que t'est-il arrivé ?

— C'est mon affaire. Contente-toi de m'aider.

Sarban l'accusateur lui tendit l'ordre de mission contresigné par Zod et Abudisi.

— Que désires-tu ?

— Réquisitionner tes prisonniers.

Le gouverneur Zimri examina soigneusement les sceaux et repoussa la tablette.

— Je ne puis t'aider.

— Comment cela ?

— La loi étant suspendue, nous avons libéré les détenus.

Sarban réfrénait sa colère.

— Tu veux parler des citoyens ?

— Bien sûr !

— Mais il reste les étrangers, l'abrogation du temps ne les concerne pas. Je veux les voir !

Le *shaknu* de la prison laissa éclater son mépris.

— Ceux-là ne méritent pas le nom d'humains. Ils ne te serviront à rien.

L'accusateur se pencha au-dessus de la table et empoigna Zimri par le col de sa tunique.

— Conduis-moi à leurs geôles. Maintenant !

Un filet de salive coulait sur le menton du juge. Songeant aux épileptiques qui peuvent redoubler de violence, le gouverneur se dégagea prudemment. *Uszu* qui désigne la bave est aussi le nom des sorciers, se souvint le petit homme, mieux valait s'en garder. Il invita Sarban à le suivre. Ils empruntèrent l'escalier conduisant aux sous-sols et s'enfoncèrent dans les dédales souterrains aux murs couverts de moisissures. Les quartiers des détenus empestaient l'urine et la nourriture avariée. Zimri fit halte devant la première cellule et se tourna vers le magistrat.

— Es-tu sûr de vouloir continuer ?

Personne ne souhaitait vivre dans pareil cloaque. Les prisonniers écouteraient sa proposition, Sarban en était convaincu. Comme il ne répondait pas, le gouverneur ordonna au gardien de soulever la barre qui bloquait la porte.

Au premier regard, Sarban ne distingua rien, jusqu'à ce que sa vision s'accommode. Couché sur un grabat, le prisonnier plongeait dans un bol de bouillie ses doigts qu'il léchait ensuite. La lueur des torches lui arracha un grognement. L'homme, puissant comme un taureau, se tourna vers le mur et lâcha un formidable rot.

Zimri afficha une mine profondément dégoûtée :

— C'est à peu près tout ce que l'on peut tirer de lui. Tu comprends, c'est un Mède. Un *spaco* comme ils disent dans leur parler, un « fils de chienne ». Ils ont fait de cet animal leur déesse !

L'accusateur observa le détenu.

— Peu m'importe qui est sa mère. Je veux savoir ce qu'il a fait.

— Il a pénétré dans une auberge, brisé la tête du propriétaire et tué plusieurs voyageurs. Après quoi il a dévoré tout ce qui se trouvait sur les tables. Les magistrats ont préféré attendre qu'il s'endorme pour l'arrêter. C'est une brute, incapable de raisonnement.

— Exactement ce qu'il me faut. Comprend-il notre langue ?

— Quelques mots.

— A-t-il un nom ?

— Crois-tu vraiment que cela m'intéresse ? Tu n'as qu'à le lui demander toi-même !

— J'en ai bien l'intention.

Ignorant l'avertissement du gouverneur, l'accusateur pénétra dans la geôle. Les relents âcres d'excréments le saisirent à la gorge. Il progressa lentement en direction du prisonnier, manquant plusieurs fois de glisser sur la paille flétrie qui recouvrait le sol.

— Spaco ?

Le Mède remua sa tête massive. Ses cheveux, crasseux et collés par plaques, étaient couverts de vermine. En vérité, il ressemblait à l'ogre Humbaba qui avait défié Gilgamesh dans la forêt de cèdres. Sarban demeura à distance.

— Spaco, veux-tu sortir d'ici ?

De la main, le juge lui indiquait la sortie.

— Sortir ?

Le colosse sembla comprendre et fit mine de se redresser.

— Un peu de patience, je reviendrai te chercher.

Sarban regagna l'extérieur. Il tenait sa première recrue.

Zimri fit ouvrir la deuxième porte. De nouveau, il chercha à prévenir le juge :

— Méfie-toi de celui-ci. C'est un nomade, qui méprise notre culture. Un Scythe, dont l'occupation principale consiste à harceler nos convois. C'est d'ailleurs ainsi qu'il s'est fait prendre, en attaquant une caravane. Un piège, tendu par l'armée. Plutôt que de se rendre, il a tenté de mettre fin à ses jours. Mais nous l'en avons empêché.

Nous. Le gouverneur de la forteresse se rengorgea avec fierté. Sarban sourit en imaginant ce petit homme sec maîtrisant un guerrier aguerri. Un cavalier des plaines dont les armées du Grand Roi reconnaissaient la valeur. L'accusateur pénétra dans la geôle. Le Scythe se tenait debout, au centre de la cellule.

— Je t'attendais.

Le crâne entièrement rasé, un clou de bronze fiché au-dessus du sourcil, il portait une simple tunique croisée et des pantalons étroits. De la main, il fit signe à Sarban de le rejoindre.

— J'ai entendu ta proposition, juge. J'accepte.

— N'allons pas trop vite en besogne. Pourquoi devrais-je te croire ?

— Parce que si je reste ici, je mourrai. M'enfermer, c'est me tuer, d'une façon indigne de mon peuple. Le gouverneur Zimri le sait parfaitement, et s'en délecte. Est-ce une raison suffisante ?

Le nomade s'exprimait avec aisance dans la langue du pays d'Entre-deux-fleuves.

— Peut-être, mais tu ne connais encore rien de mes plans. Attends au moins de m'entendre.

— Inutile. À te voir, le visage souillé de boue, la robe couverte de sang, je devine qu'il s'agit d'une action violente. Cela me convient.

— Très bien. Donne-moi au moins ton nom.

— Il ne te dirait rien, tu ne saurais en apprécier la valeur. Aussi, juge, laisse-le-moi. En retour, tu pourras compter sur ma loyauté.

Sarban se souvint que les Scythes tenaient leur nom secret. Nomades, ils ne se laissaient pas enfermer par des mots.

— Je saurai m'en souvenir. Tiens-toi prêt.

Le gouverneur Zimri ne souhaita pas aller plus loin.

— Ton ordre de mission t'autorise à procéder à une enquête, et à rien d'autre.

— Et ?

— Tu n'as pas nié lorsque le prisonnier a parlé d'action violente. De quoi s'agit-il ?

— Serais-tu magistrat pour en juger ?

La face du gouverneur devint écarlate. Probablement avait-il échoué aux examens de l'Académie. Comme nombre de laissés-pour-compte, Zimri jalousait les représentants de la loi, Sarban lui rappelait sa condition médiocre. Le petit homme se retrancha derrière le protocole :

— Tout cela ne me paraît pas très légal. Il faudra que j'en avise tes supérieurs. Zod et l'accusateur royal.

— Fais ce que bon te semble. En attendant, dis à ton gardien d'ouvrir cette porte.

Le *shaknu* rechignait à obtempérer.

— Je te le déconseille. Ceux-là sont de la pire engeance. Deux frères, à la face identique. Une double incarnation du mal. Tu n'en tireras rien.

— Je préfère m'en rendre compte personnellement. Laisse-moi entrer !

Zimri ordonna au geôlier de ne pas bouger.

— Tu ne m'as pas bien compris, juge. Ce sont des Massagètes, des brutes qui mettent leurs femmes en commun. Ils méprisent l'agriculture et l'élevage et n'ont foi en rien. Sais-tu ce qu'ils font de leurs morts ?

Sarban décida d'être patient.

— Je suppose que tu vas me le dire...

— Ils les mangent, en mélangeant leurs chairs avec d'autres viandes. Quoi que tu veuilles entreprendre, il ne te faudra pas compter sur eux.

— Je ne recherche pas la compagnie de nourrissons. Écarte-toi.

L'accusateur ouvrit lui-même la porte.

Assis en tailleur, les détenus conversaient aimablement. L'arrivée du magistrat n'interrompit pas leur échange. Zimri n'avait pas menti, ils étaient parfaitement semblables. De taille moyenne, la musculature déliée, les traits fins, ils paraissaient sortis d'un même moule d'argile cuite, comme façonnés par un dieu distrait.

Celui qui se tenait face à Sarban se redressa lentement :

— On a dû te dire d'horribles choses sur notre compte. Eh bien, crois-moi, elles sont toutes vraies.

Son accent était doux et musical. Affectant la politesse, l'homme s'inclina et tendit un bras vers son frère.

— Je te présente Akasha. Quant à moi, je m'appelle Adjuchas. Pour te servir.

Sarban observa longuement les prisonniers. Étrangement coiffés, les cheveux ramenés sur le haut de la tête et retombant en palmier, ils portaient de riches vêtements babyloniens et semblaient soucieux de leur mise. Celui qui était resté assis se leva et contourna le juge. Sarban se souvint des propos du gouverneur et opta pour la méfiance.

— Retourne à ta place.

Le Massagète afficha un air étonné, sourit, et rejoignit son frère.

— Pourquoi êtes-vous ici ?

Adjuchas se pinça la lèvre.

— Voyons. Juge, as-tu des enfants ?

— Pourquoi cette question ?

— Parce que si tu dois rester en notre compagnie pour entendre le détail de nos prouesses, tu ne les verras pas grandir !

Les jumeaux éclatèrent de rire.

— Je me contenterai des affaires récentes.

Adjuchas reprit son sérieux.

— Vol, meurtre...

— Quel genre d'assassinats ?

— À la demande, on nous paye pour ça. Cela fait-il ton affaire ?

Des professionnels. Il en fallait, pour mener à bien la mission.

— Peut-être. Mais je n'ai pas confiance.

— Cela, je peux le comprendre. Dans ce cas, juge, achète nos services.

Adjuchas ne manquait pas d'aplomb.

— Crois-tu vraiment être en position de négocier ?

— Nous ne demandons pas grand-chose.

— Que voulez-vous ?

— Simplement du lait.

— Comment ça ?

— Du lait, juge, le *goabsiqa* tiré des pis d'une belle vache ! C'est la boisson des Massagètes, nous ne buvons rien d'autre. Et certainement pas de cette eau aussi croupie que les larmes du gouverneur !

Adjuchas balança un coup de pied dans la cruche.

— Tu veux dire que si je vous procure du lait, vous me suivrez ?

— C'est un contrat.

— Fort bien. Mais si jamais vous tentez de fuir, je vous retrouverai. Moi, ou un autre juge.

— Ne crains rien. Nous avons une réputation à tenir. Tu ne le regretteras pas.

Sarban retrouva Zimri dans le couloir. Visiblement, le gouverneur souhaitait en finir.

— C'étaient les derniers. Es-tu satisfait ?

— Il m'en aurait fallu douze. Je me serais contenté de sept. Je prends les quatre. Rassemble-les dans la cour, ils doivent être prêts dans une heure.

Résigné, le *shaknu* donna ses ordres. Puis il fit face à Sarban.

— M'autoriseras-tu une question ?

— Parle.

— Pourquoi être venu ici, chercher des détenus, et qui plus est des étrangers ?

— Parce qu'ils n'ont pas été témoins de l'éclipse, et ne sont pas concernés par la suspension du temps.

Zimri ouvrit grand ses yeux, parfaitement stupéfié.

— Tu penses pouvoir leur faire confiance ?

— Je n'ai confiance en personne.

Et, plantant là le gouverneur, Sarban regagna l'extérieur.

31

Liberté, action et une outre pleine de lait, il n'en fallut pas plus pour les décider. Les hommes suivirent Sarban sans difficulté jusqu'aux rives de l'Euphrate. Ils firent halte au gué, là où se trouvait le bac du passeur. Les lieux étaient déserts, comme si les citoyens avaient renoncé à quitter Babylone. Par peur de répandre le mal à travers le pays, ou simplement par résignation. Interdiction de sortir, Tiamat, Mère du chaos, tenait ses enfants.

Le groupe se glissa sous le ponton où étaient dissimulés les varangues, de petits canots ronds à l'armature de saule, recouverts de cuir et imperméabilisés au bitume. Les embarcations appartenaient aux *bâ'iru*, une unité légère de l'armée formée aux actions rapides. Sarban connaissait l'existence de la cache pour avoir accompagné plusieurs fois les soldats durant leurs expéditions. Parfois, la justice exigeait que juges et militaires collaborent. En l'absence de la loi, l'accusateur s'encadrait d'assassins.

La lune était pleine, guère favorable à leur entreprise. Comment Inanna pouvait-elle être indifférente à la destinée des hommes ? Si Tiamat l'emportait, la Dame du Ciel réfugiée sur l'astre mort ne serait plus en sécurité. Tant pis, ils feraient sans son aide. Sarban tira d'une varangue un ballot de vêtements sombres, tuniques et pantalons de cavaliers perses teints en noir, et les distribua. Le magistrat conserva sa robe indigo, souillée et déchirée. Il souhaitait conserver sur lui le sang de Casdim, pour s'imprégner de son âme. Puis les hommes s'enduisirent de glaise, dissimulant leurs traits, avant que Sarban ne répartisse les armes. Spaco le Mède s'empara d'une masse d'armes qu'il soupesa en souriant. Adjuchas et Akasha optèrent pour de simples frondes, et le Scythe choisit l'arc, un superbe *tilpânu* fait de plusieurs pièces de bois renforcées de corne.

— Avec lui, juge, je ferai des merveilles !

Sarban exposa son plan. Ils longeraient les berges du fleuve jusqu'aux abords de la maison Aramma, puis pénétreraient dans la demeure de Mulil. Une fois dans les murs, ils devaient s'attendre à rencontrer une forte résistance.

— Cela me convient parfaitement. Mais que cherches-tu au juste ?

— Je n'en ai aucune idée, Adjuchas, et c'est un travail qu'il me faudra mener seul. Lorsqu'il n'y aura plus de danger, vous pourrez partir.

Les hommes grognèrent leur assentiment.

— Bien. Je monte avec Spaco dans le premier canot, et vous dans le suivant, sous la direction du Scythe.

Adjuchas et Akasha refusèrent aussitôt. L'un des jumeaux cracha au sol.

— Pas question qu'on obéisse à un nomade !

Le cavalier des plaines toisa les Massagètes et s'adressa à Sarban :

— Faisons comme bon leur semble, juge, ils ont raison. L'eau n'est pas mon élément.

Le groupe finit par se répartir dans les varangues. Ils pagayaient en silence, attentifs à ne pas se faire remarquer. L'accusateur ne pouvait s'empêcher de songer à Casdim, décapité dans les Jardins Suspendus, à sa tête roulant au bas des marches du grand escalier, comme une pastèque jetée aux pauvres par un marchand satisfait. Il s'agissait d'un crime, l'exécution d'un juge, mais Sarban ressentait d'abord la mort de son ami. Il avait pleuré sa dépouille, la tenant serrée contre lui, avant de se résoudre à quitter les Jardins. Le magistrat comptait bien aller jusqu'au terme de son enquête en respectant le droit, mais l'homme réclamait vengeance. À cet instant, justice et colère se disputaient la responsabilité de ses actes à venir. Agir avec équité est le devoir d'un juge. Mais quand la justice est faible, il lui faut s'adjoindre la force de la haine, pour faire entendre sa voix. Le cri de Sarban couvrirait les râles des bourreaux de Casdim.

Parvenus à destination, Sarban distribua les vessies emplies d'air et les hommes s'enfoncèrent dans l'eau glacée. Ils s'agrippèrent aux outres et tirèrent derrière eux les canots. La plupart d'entre eux ne savaient pas nager. Ils progressèrent lentement, gagnèrent la rive et dissimulèrent les varangues derrière un rideau de roseaux. Le groupe était pour l'instant invisible, protégé par un talus qui montait en pente douce jusqu'au patio de la demeure. Indifférent aux dernières recommandations de l'accusateur, Akasha se tenait à l'écart et ramassait des cailloux avec un soin méticuleux. Soudain, Sarban fit signe aux hommes de se plaquer à terre. Une sentinelle venait d'apparaître au sommet de l'éminence. Un mercenaire, cagoulé et vêtu de cuir grenu. Il ne les avait pas repérés. D'une voix étouffée, le magistrat s'adressa aux jumeaux.

— Je veux que vous le neutralisiez.

— Momentanément ou pour de bon ?

L'accusateur songea une nouvelle fois à Casdim, et parvint à maîtriser sa fureur.

— Assommez-le.

Adjuchas soupira.

— Comme tu voudras.

Les frères chuchotèrent quelques mots dans leur langue, puis Akasha écarta les pierres à angles pointus et préleva un caillou rond dans sa provision. Il observa le galet comme on détaille une gourmandise et le cala dans sa fronde de cuir. Il fit tourner l'arme au-dessus de sa tête, lentement d'abord, puis de plus en plus vite. Libéré d'un coup, le projectile partit en sifflant et atteignit sa cible. La sentinelle s'effondra d'un bloc.

— Allons-y !

Ils se redressèrent d'un seul mouvement et entreprirent de grimper le talus. Adjuchas fit halte à mi-pente, là où se trouvait le corps du mercenaire, s'empara d'une dague qu'il glissa dans sa ceinture et lança une épée à son frère. L'ascension ne leur prit que quelques secondes. Ils parvinrent au patio largement éclairé et observèrent la demeure. La maison Aramma, de construction traditionnelle, était composée d'un corps de bâtiment haut d'un étage, entouré d'annexes réservées aux domestiques. Le groupe longea à découvert le bassin entouré d'impressionnantes sculptures d'*utukku* assyriens, ces démons disparus en même temps que leurs adorateurs. Ils se glissèrent dans les galeries conduisant aux pièces principales et marquèrent une pause dans ce qui devait être une salle de réception plongée dans la pénombre. Adjuchas grimaça :

— Nous n'avons encore croisé personne. Ce n'est pas normal...

Sarban partageait l'avis du Massagète. Les sicaires

de Mulil, qui avaient fini par se retourner contre lui, étaient des soldats entraînés. À cette heure, ils ne pouvaient ignorer leur présence.

— On ferait peut-être mieux de se séparer, pour diviser leur force.

— Non, Adjuchas, nous ne connaissons pas les lieux. Cela nous affaiblirait et ils nous auraient un par un. Nous devons rester unis, c'est notre seule chance.

Soudain, le Mède leur fit signe de se taire. Il huma l'air et tendit le bras en direction de l'aile occidentale.

— Qu'y a-t-il, Spaco ?

Le colosse grogna et fit tourner sa masse d'armes.

— Il a senti quelque chose. Moi aussi, j'ai entendu du bruit.

Le Scythe encocha une flèche. Tous se tinrent prêts, dos contre dos, fixant chacune des portes. La sueur coulait sur le visage de Sarban, en dépit de l'air glacé, traçant des raies claires sur son masque d'argile. Au mépris de la plus élémentaire discrétion, Akasha sifflotait une ritournelle lancinante qui vrillait les nerfs de l'accusateur. Sarban s'apprêtait à lui intimer le silence lorsque les tueurs surgirent dans la pièce.

Méthodiquement, mesurant chaque geste, ils encerclèrent le groupe. L'un d'eux fit un pas en avant. Sarban n'eut pas le temps de donner ses ordres. D'un large moulinet, Spaco cueillit un mercenaire et lui fracassa la tête. Les sicaires donnèrent l'assaut. Adjuchas se déporta sur le côté, esquivant de justesse un coup d'estoc, et plongea ses doigts dans les orifices d'une cagoule. L'humeur gicla sur le cuir. L'homme aux yeux crevés hurla, partit en arrière et s'effondra sur une table basse. Un mercenaire armé d'un fléau tenta d'isoler le Scythe. Pour éviter le bâton qui fouettait l'air, le nomade se jeta à terre. Tenant son arc à l'horizontale, il décocha le trait. La flèche s'enfonça jusqu'à l'empenne, transperça le bas-ventre du mercenaire en le clouant sur un tabouret. L'homme plié en deux bascula en avant. Le Scythe balança son pied et frappa plusieurs fois jusqu'à lui briser la nuque. Sarban entendit le craquement sec, observa la tête qui pendait comme celle d'une poupée disloquée, para un coup de hache et plongea son épée dans la gorge de l'attaquant. Le sang gicla et éclaboussa sa robe. Le juge portait sur sa chair et ses vêtements les traces de nombreuses morts, comme des strates de meurtres superposés qui ne parvenaient pas à faire oublier la disparition de Casdim. L'accusateur releva la tête. Les tueurs gainés de cuir hésitaient. Sarban ne regrettait pas d'avoir libéré les détenus, ces hors-la-loi qui incarnaient le droit alors même que la justice n'était plus là. Ils avaient largement le dessus.

Les mercenaires se replièrent et battirent en retraite. Essoufflé, Sarban fit face à ses compagnons. Il devait honorer sa parole.

— Vous avez tenu vos engagements. Maintenant, il est temps pour vous de partir.

— Tu plaisantes, juge, on commence tout juste de s'amuser !

— Il suffit, Adjuchas. Quittez les lieux et regagnez les canots, pour votre propre sécurité. Le reste est affaire de magistrat.

Le Scythe le saisit fermement à l'épaule.

— Dis-nous au moins ton nom, que nous puissions te retrouver, au cas où tu aurais de nouveau besoin d'aide.

L'accusateur hésita un instant, puis lâcha :

— Je me nomme Sarban, fils de Dagan. J'habite non loin de la vieille ville, près du grand marché. Demande, et l'on t'indiquera ma maison. Ma femme et notre fils sont actuellement protégés, à l'abri dans le sanctuaire d'Inanna. Je ne sais pas pour combien de temps. Si tu le souhaites, veille sur eux quand ils sortiront, je t'en saurai gré.

Le cavalier inclina la tête et ils se séparèrent.

* * *

Sarban se retrouva seul, une fois de plus. Il devait faire vite, trouver un indice, quel qu'il soit, une preuve qui justifierait son enquête et donnerait sens à la mort de Casdim ; recouvrer son calme et amorcer son jugement pour rassembler les différents éléments de l'affaire. Voyons... Un négociant de la province de Mossul entre en contact avec Mulil d'Aramma. Il lui propose une opération prometteuse mais risquée, qu'il ne peut conduire seul. Quelque chose d'effrayant, capable de terroriser ses ouvriers jusqu'à les rendre fous. Mulil voit immédiatement le bénéfice qu'il peut en tirer et fait éliminer son associé, avant d'être lui-même exécuté. Sarban réfléchit. La famille Aramma était connue de tous pour sa prudence en affaires. Rien dans son passé n'autorisait à croire qu'elle pouvait agir sur un coup de tête, et Mulil en était un digne représentant. Il avait donc certainement réservé son accord et exigé quelque chose, pour se faire une opinion. Des échantillons. C'est ça... une partie de la marchandise qui, avec un peu de chance, se trouvait encore dans la maison. Sarban observa la pièce. Parois de crépi, nues à l'exception de quelques tentures, meubles de prix disposés contre les murs, il ne trouverait rien ici. L'accusateur enjamba les cadavres, s'empara d'une torche et s'enfonça dans le réseau de couloirs.

Il déboucha bientôt sur une impressionnante bibliothèque composée de rouleaux de papyrus et de tablettes d'argile ou de cire. Sarban préleva des écrits au hasard et les examina. Pas de traités scientifiques, aucun ouvrage poétique, uniquement des documents officiels, inventaires, contrats et minutes de procès rédigés en araméen et portant cachet de l'administration royale. Quelques récits de voyage, aussi, et des cartes reprenant les grandes voies commerciales. Le juge détailla une feuille de cuir recouverte d'un étrange alphabet, preuve que la famille Aramma entretenait des relations financières avec des nations éloignées. Sarban faisait fausse route. Mulil ne se serait jamais contenté d'un simple rapport, de quelques signes tracés sur un chiffon. L'avisé commerçant n'aurait pas engagé ses fonds et sa réputation sur un témoignage indirect qui pouvait n'être qu'une simple contrefaçon. Il avait certainement exigé du concret. L'accusateur lâcha le rouleau et s'engagea de nouveau dans le corridor.

Il pénétra dans une pièce minuscule et froide, une sorte de réduit où étaient entreposées de larges dalles recouvertes de draps. Le juge s'apprêtait à découvrir les pierres lorsqu'il sentit une présence. Tenant sa torche à bout de bras, insensible au naphte qui brûlait sa main, il distingua une silhouette longiligne. L'homme quitta le recoin et pénétra dans le cercle lumineux. Maigre et remarquablement grand, y compris aux yeux d'un Babylonien, vêtu d'une robe pourpre rehaussée de pierreries, il se déplaçait avec la grâce d'une panthère et semblait aussi dangereux.

— Que fais-tu ici ? demanda Sarban.

L'inconnu ignora la question. Il avait les traits fins, d'une stupéfiante beauté, et la peau noire, comme celle des habitants du lointain royaume de Saba.

— Quel est ton nom ?

L'étranger sourit en caressant sa barbe courte. Il consentit tout de même à répondre :

— Je me nomme Sharmon Jabbar.

— Habites-tu ici ?

— À vrai dire, non. Mais nous conversons aimablement, comme si nous avions tous deux nos habitudes dans cette maison, ce qui n'est pas le cas. Pourquoi es-tu là ?

Sa voix était douce, légèrement teintée d'accent.

— J'enquête sur la mort du propriétaire. Étais-tu au service de Mulil ?

— Non.

— Et ces hommes vêtus de cuir, tu les connais ?

Jabbar affecta un air profondément ennuyé. Cette conversation paraissait l'épuiser.

— Je ne sais qui ils sont, ils étaient là avant que je n'arrive. Probablement des employés de Mulil.

— Plutôt des tueurs. Ils ne t'ont pas agressé ?

— Pourquoi l'auraient-ils fait ?

Sarban se sentait profondément mal à l'aise. Son instinct le pressait de partir.

— Je te le demande à nouveau : qu'est-ce qui justifie ta présence en ces lieux ?

— J'ai pour mission de récupérer un bien, appartenant à mon employeur.

— Qui est-il ?

L'étranger joua avec ses bracelets d'ivoire.

— Cela ne te concerne pas.

— Tout ce qui se passe dans cette demeure me regarde !

— Vraiment, juge ? Personne ne t'a invité, et tu as largement outrepassé tes fonctions.

Alors, Sharmon Jabbar tendit son bras et claqua des doigts. Aussitôt les hommes s'engouffrèrent dans la pièce et s'emparèrent de Sarban. Des archers, portant robe de magistrats. Des accusateurs, commandés par Haraïm de Balaat. L'ennemi de toujours exultait.

— Il a raison, Sarban. Tu es en état d'arrestation.

32

Meubles renversés, poteries éclatées, ustensiles de cuisine jetés çà et là, excréments humains lâchés sur le sol en gage de signature, ils avaient profané leur maison. Le crime s'était introduit chez l'accusateur. Dans leur foyer, comme un viol de leur intimité, une salissure qui s'imposerait dans leur mémoire et viendrait gangrener les souvenirs partagés. L'épouse de Sarban redressa le berceau et y déposa leur fils. L'enfant pleurait, sensible aux relents du mal qui infectaient la pièce. Il avait hérité du don. L'instinct de Matali était aussi en éveil. Quelqu'un se tenait caché dans la chambre.

Inutile de songer à la fuite, les cris du nourrisson avaient averti l'intrus. Mais Matali n'abandonnerait pas le terrain. Pas question de laisser de nouveau des étrangers fouler leur sol. Des étrangers ? Non, des proches, aperçus mille fois, et qui s'étaient éloignés de la simple humanité. Un exil volontaire, à l'intérieur des murs de Babylone. La fille de la forêt tira sa lame et progressa lentement en évitant les débris.

L'homme se tenait dans la pénombre, assis sur un banc. Elle le reconnut tout de suite, à son torse large couvert d'une épaisse toison, et aux cicatrices lardant sa chair des pieds à la tête. Ninumba. Le vieux sergent lâcha sa masse d'armes et écarta les bras.

— Matali !

Peut-être s'agissait-il d'une ruse, il fallait qu'elle se méfie. Les figures familières n'étaient plus que des pantins manipulés par Tiamat, Mère du chaos. D'un bond, Matali pouvait plonger entre ses énormes pattes et lui enfoncer sa dague dans le cœur, frapper celui qui veillait sur Sarban depuis son adolescence, le guerrier aguerri et tendre qui avait favorisé leur union. Elle en était incapable. La jeune femme éclata en sanglots. La tension accumulée, l'angoisse reconduite de jour en jour avaient fini par briser ses défenses. Le vétéran des armées l'enserra dans ses bras, maladroit comme peut l'être un tueur sentimental.

Matali se reprit. Elle essuya ses larmes, et fit face à Ninumba.

— Pourquoi es-tu ici ?

— Je voulais savoir, pour toi et le petit.

— Comme tu peux le voir, nous allons bien.

L'épouse de Sarban sentit la douleur envahir son crâne, comme à chaque fois qu'elle pressentait une mauvaise nouvelle.

— Tu es venu pour autre chose, Ninumba.

L'instructeur de l'Académie fourragea dans sa toison et détourna la tête, gêné.

— Sarban ? Mort ? Allons, parle !

— Non, ton époux est vivant. Épuisé, mais en vie. C'est plus grave. Il est en état d'arrestation.

Matali s'écarta du sergent et redressa un bibelot, pour se donner contenance. Elle était furieuse.

— Plus grave ? Rien ne peut être pire que la disparition de l'être aimé. C'est ce que vous ne comprendrez jamais. Honneur, intégrité, vous autres juges n'avez que ces mots à la bouche, ceux enseignés à l'École.

— Ils ont du sens, Matali.

— Pour qui, pour une poignée de magistrats, des pantins animés par la loi ?

Ninumba se raidit.

— Peut-être, femme. Mais tu as épousé l'un d'eux.

Il ne servait à rien de se mettre en colère. Matali invita le sergent à s'asseoir et lui servit du vin.

— Quels sont les motifs d'inculpation ?

— Plusieurs ont été retenus contre Sarban. Dont association de malfaiteurs, et meurtre.

— Je ne puis le croire.

— C'est pourtant un fait.

— Mon époux devait avoir ses raisons...

— Rien ne justifie que l'on viole la loi, pas même une bonne cause. Crois-moi, j'en sais quelque chose.

Ninumba vida sa coupe d'un trait et se resservit aussitôt. Ses mains tremblaient.

— Tel que tu me vois, je ne suis plus rien. J'ai sauvé mes hommes en oubliant la justice. Pour avoir massacré des enfants, j'ai perdu mon âme sur les remparts de Marduk.

Le vieux soldat demeura un long moment silencieux. Puis il redressa la tête.

— Tu dois savoir que l'accusation sera menée par Haraïm de Balaat.

— Cela ne m'étonne pas. Il a toujours détesté Sarban.

— C'est vrai. Mais le problème n'est pas là.

— Où est-il alors ? Haraïm n'a jamais supporté qu'un fils de paysan puisse devenir juge. Toute sa vie il a attendu ce procès. Pour lui, ce doit être jour de fête !

Ninumba esquissa un sourire las.

— Chère Matali, tes émotions te guident, et tu oublies parfois que l'on peut réagir autrement. Bien sûr qu'Haraïm est ravi, mais il n'en laissera rien paraître. C'est ce qui le rend dangereux.

— Sarban saura se défendre.

— Je l'espère sincèrement, car Haraïm est un excellent magistrat.

— Et qu'est-ce qui le rend si précieux ?

— Son absence de charité. Haraïm applique le code avec exactitude. Juste à sa façon, comme lorsqu'on dit d'un calcul qu'il tombe juste. Pas plus, pas moins.

33

— Exactement ce que je craignais !

Zod abattit ses poings sur la table, défonçant la maquette représentant le centre-ville. Cherchant à contenir sa fureur, il demeura un long moment immobile, penché au-dessus des minuscules bâtiments de terre cuite pulvérisés. Puis il redressa la tête et vint se placer derrière les juges.

— Le renversement de la cité, la disparition de la loi, c'est donc ça que vous souhaitez ?

Sarban et Haraïm de Balaat ne répondirent pas. Ils se tenaient au centre de l'*ekal masharti*, quartier général du Grand accusateur. Face à eux, Abudisi pelait un fruit. Comme à son habitude, le Premier magistrat du pays semblait se désintéresser de l'affaire. Mais Sarban n'était pas dupe. Le *Sar ha-Panim*, Prince de la Présence et représentant du Grand Roi, écoutait avec attention.

Zod retourna à la table.

— Nous ne sommes plus qu'une poignée à défendre la ville, tout au plus une centaine d'accusateurs. Ce procès ne parviendrait qu'à nous affaiblir davantage.

— Il doit avoir lieu.

— Et comment peux-tu en être aussi sûr, Haraïm de Balaat ? Durant la suspension du temps, la justice n'a plus cours !

— Sarban n'est pas concerné par l'abrogation du droit, seigneur Zod, puisqu'il est censé incarner la loi. La loi est éternelle.

Le Grand accusateur blêmit de rage.

— Garde tes leçons, Haraïm de Balaat ! Je n'attends pas de toi un commentaire du code, mais simplement du bon sens. Le tribunal ne siégera pas.

— Dans ce cas, j'en appelle à la décision de l'accusateur royal.

Zod se raidit sous l'insulte. Abudisi l'invita à s'asseoir et s'adressa directement à Haraïm :

— Il s'agit d'une procédure inhabituelle. Que comptes-tu plaider ?

— Violation de l'article 5, seigneur, relatif au comportement des magistrats.

— Expose tes arguments.

— Je démontrerai que le juge Sarban a outrepassé ses fonctions. Libération de criminels étrangers, violation de propriété, et meurtre.

Se donnant le temps de la réflexion, Abudisi mordit délicatement dans le fruit. Puis il inclina la tête en direction de Sarban.

— Tout cela est grave. Contestes-tu les faits ?

— Non, simplement l'interprétation qu'en donne Haraïm de Balaat.

Abudisi s'adressa à l'assistance :

— Seul l'accusateur royal a pouvoir de rassembler le tribunal de la Haute Cour. Avant de prendre ma décision, je tiens à vous entendre. Commençons par toi. Est-il vrai que tu as fait libérer des prisonniers ?

Prenant soin de ne pas fixer Abudisi, neveu du roi, Sarban acquiesça.

— Des étrangers ?

— Oui, seigneur.

— Tu savais qu'ils n'étaient pas concernés par la suppression du droit, et demeuraient donc coupables aux yeux de la loi.

— C'est pourquoi je l'ai fait. Nos concitoyens sont pris de folie. Ne pouvant leur faire confiance, il m'a fallu recourir aux détenus. Ils n'appartiennent pas à notre peuple et n'en suivent pas les croyances. J'ai pensé pouvoir m'attacher leurs services.

— Y es-tu parvenu ?

— Oui.

— Et tout cela dans quel but ?

— Afin qu'ils m'assistent dans mon enquête.

Le Premier magistrat haussa les sourcils.

— Un accusateur, associé à des violeurs et des assassins. Voilà qui n'est pas banal. Es-tu conscient d'avoir bafoué notre code ?

Sarban mesura sa réponse.

— Le code ne prévoit pas ce cas de figure. En revanche, il garantit au représentant de la loi toute liberté pour faire appliquer la justice.

Abudisi esquissa un sourire.

— Laisse-moi le soin d'en juger, et contente-toi de répondre. N'étais-tu pas assisté d'un enquêteur *sâ'ilu* ?

— Oui, seigneur. Casdim, fils d'Achad.

— Pourquoi n'est-il pas ici ce soir ?

Sarban siffla entre ses dents :

— Parce qu'il est mort.

— Je vois, mais cela n'excuse pas ta conduite. Qu'as-tu à répondre de l'accusation de meurtre ?

— Je n'ai fait que punir des assassins.

— Et de la violation de propriété ?

— Mon enquête l'exigeait.

L'accusateur royal se tourna vers Haraïm de Balaat.

— Peux-tu démontrer le contraire ?

— Aisément, seigneur Abudisi. Quels que soient les soupçons portés contre la famille Aramma, ils ne concernent pas les actuels occupants de la demeure.

— Qui sont-ils ?

— Des commerçants, seigneur, des Grecs pour la plupart. Sarban et ses hommes en ont tué plusieurs.

Abudisi, incarnation temporaire de la volonté royale, se tourna vers Zod.

— Voilà qui est fâcheux. Cela risque de provoquer un incident diplomatique, et nous n'avons pas besoin de cela actuellement.

L'ancien général ne répondit pas. Toute cette procédure semblait l'écœurer.

— J'ai ici un courrier adressé au seigneur Abudisi.

Haraïm tira de son manteau un rouleau de papyrus. Inclinant respectueusement la tête, il le tendit en direction du Premier magistrat. Le neveu du roi parcourut le document, rédigé en grec.

— C'est une demande officielle, provenant de l'ambassade. La famille d'un dénommé Xénoclès, retrouvé mort dans les Jardins Suspendus, souhaite être représentée au procès. Par un de leurs spécialistes en matière juridique, Thanos de Cyrène.

Abudisi toisa longuement Haraïm.

— Tu n'as guère perdu de temps, à ce qu'il semble, et je n'aime pas que l'on me force la main. D'un autre côté, je serais curieux d'entendre le conseiller Thanos. Ces Grecs, adorateurs du soleil, voyons s'il leur faut la lumière du jour pour briller un peu...

Le Prince de la Présence échangea un regard avec Zod et rendit sa décision :

— Le Tribunal du Quadrillage est seul habilité à juger un magistrat. Il se réunira dans sept jours.

En autorisant le procès, la Haute Cour donnait raison à Haraïm, car le simple soupçon suffisait à faire de Sarban un paria. N'ayant plus rien à perdre, il soumit une dernière requête :

— Je demande à comparaître devant les *bârû*.

— À quel titre ? s'étonna Abudisi.

— Afin qu'ils fouillent mon esprit. Les passeurs de rêves pourront ainsi témoigner de ma bonne foi.

Zod le saisit aux épaules :

— Serais-tu devenu fou ? Et si tel n'est pas le cas, cela ne saurait tarder : personne ne résiste aux oniromanciens !

— L'accusateur Zod a raison, renchérit Abudisi. Attends plutôt l'instruction.

Haraïm de Balaat prit alors la parole :

— En temps que serviteur de la loi, le juge Sarban n'est pas soumis à la suspension du temps, il conserve donc ses prérogatives de citoyen. Or notre code laisse toute latitude à chacun pour faire valoir ses droits.

L'accusateur royal foudroya du regard son cousin :

— Tu me parais bien prompt à défendre la cause de ton ennemi !

— Je souhaite que le procès soit équitable, afin que personne ne remette en question la sentence.

— Décidément, nous avons bien de la chance. Sans toi, les hauts magistrats oublieraient leurs devoirs ! tonna l'accusateur Zod.

Les lèvres peintes d'Abudisi semblaient marquer une blessure quand il s'adressa à Sarban :

— Fort bien. Les enquêteurs *bârû* te rejoindront dans cette pièce. En attendant, tu es démis de tes fonctions. Rends-nous ton insigne.

Sarban dégrafa la broche *apkallu* et la jeta au sol.

Il n'était plus accusateur.

34

— Rends-toi sur le pont, là où tout a commencé.

Les oniromanciens se déplaçaient sans bruit dans la pièce. Il sentait leurs robes frôler sa joue, bruisser comme les ailes de chauve-souris. Des *sudinnu*, qui volaient dans les cavernes de sa mémoire. La cellule était plongée dans la pénombre, et seule une cassolette de naphte éclairait la maquette du centre-ville. D'un coup de poing rageur, Zod l'avait en partie détruite, la rendant plus semblable à ce qu'était devenue Babylone.

— Que vois-tu ?

La bouche de Sarban était sèche, incapable de former des mots. Qui, en lui, devait répondre puisqu'il n'était plus juge ?

— Allons, parle !

Il devait tout réapprendre. Sarban songea à son fils et opta pour l'innocence :

— J'ai vu une mort, parmi des centaines d'autres, anonyme.

— Oui, un décès sans conséquence, n'entraînant aucune peine, aucun deuil, pas de vengeance. Il t'aurait suffi de détourner la tête.

Son œil, il le savait maintenant, avait donné chair à l'incident. Un regard exercé, vieilli par tant de crimes.

— Qu'as-tu d'abord observé ?

— Un citoyen, talonné par d'autres.

Une voix lui rugit en pleine face :

— Banal et insuffisant, rien qui justifie l'intervention d'un magistrat !

Une autre lui susurra à l'oreille :

— Tu as peint la scène et réparti les rôles. Mulil en victime, ses poursuivants en tueurs...

— Non pas Mulil, mais le gros homme, je n'ai découvert son identité que plus tard.

— Le gros homme, donc. Que faisait-il ?

Sarban huma le sang dans la pièce. Les enquêteurs *bârû* se battaient aussi pour défendre la ville.

— Il s'agitait à mes pieds, marmonnait des propos incohérents, avant de finir égorgé.

Épuisés, ils avaient pris sur leur temps de repos pour l'interroger. Sarban sentait autour de lui la haine des oniromanciens.

— C'était donc prometteur ! fit l'un d'eux, ironique. L'enquête, que personne ne te demandait de mener, a donné un passé au mort.

— Une compensation pour le futur qu'il n'atteindrait jamais.

— Crois-tu, Sarban ? Un nom, quelques vices, des projets, tout cela dans le désordre, attendant d'être organisé. Avec l'assurance que confère l'habitude, tu as reconstitué le drame. Comme un narrateur charmé par le récit qu'il improvise, et dont il ne connaît pas la fin.

Une fin ouverte, qui venait de lui fermer les portes de la loi. De sa maison, aussi. Car il ne pourrait se tenir face à sa femme, la serrer dans ses bras. Ou embrasser leur fils, imposer aux siens un cadavre sans âme mais toujours vivant que l'on continuerait d'appeler Sarban, comme on désigne une chose.

— Je suis certain de mon fait.

— Bien sûr que tu l'es ! Ton orgueil t'abuse, une volée de mensonges improvisés, destinés à combler le vide. Celui laissé par ta fierté disparue !

Sarban frémit en écoutant les paroles du *bârû*. Avait-il fait preuve de vanité, manqué à ses devoirs ?

— J'ai agi en juge...

— Non pas en juge, mais simplement en homme, c'était trop ou trop peu.

Bouleversé, Sarban fixa la maquette représentant la cité. Il devait gagner les vieux quartiers à la recherche d'un abri, un simple recoin, une niche dans un mur ou quelques planches disjointes accumulées au fond d'une impasse. N'importe quoi lui permettant de se couper du monde pour, enfin, dormir.

— Oui, sombre dans le sommeil, efface les visages des mortels en même temps que le souvenir des dieux absents. Laisse-nous pénétrer ton âme !

Un leurre inefficace qui ne le protégerait de rien, car il y avait les songes.

— Que vois-tu ?

— Un flot d'images...

— Qui montrent-elles ?

— Un juge disparu.

— Son nom ?

— Casdim, fils d'Achad. C'était l'un des vôtres...

À travers les brumes de son esprit, Sarban perçut un murmure étouffé. Les passeurs de rêves semblaient hésiter.

— N'endure pas les cauchemars d'un autre, ton esprit n'y survivrait pas, fit l'un d'eux d'une voix presque aimable.

Suivant le conseil, Sarban décida de marcher. Ses

yeux se portèrent à nouveau sur la maquette, en évitant les avenues et les carrefours encombrés. Il préférait les ruelles et les passages déserts, non par peur des citoyens, mais pour éviter qu'ils lui parlent et lui rappellent sa nouvelle condition.

— Tu n'es plus Loi !

— Je peux être un autre...

— Qui donc ? Artisan, boutiquier ?

— Et pourquoi pas putain ? lâcha Sarban dans un rire.

Ses nerfs commençaient à lâcher.

Comme ces *harimtu* ou *kurgarru*, femmes ou éphèbes, qu'il avait croisés dans les renforts de la citadelle. Pour eux le chaos n'avait rien changé. Ils continuaient d'être, adéquats à leur fonction, nécessaires à la vie de la cité. Jamais il n'aurait cru pouvoir les envier.

— Il est vrai que leur mise soignée, des bijoux au maquillage, rappelle ton apparence !

Sarban resta sourd aux moqueries des passeurs :

— Une simple surface, qui ne me concerne pas.

— Je suis bien d'accord avec toi ! Pourquoi te soucier de cette robe souillée de juge, puisqu'elle n'est plus la tienne ? Quant à la puanteur, qui ferait fuir jusqu'au plus crasseux des mendiants, tu t'en accommoderas. Bientôt, les gens réagiront à ton passage et détourneront la tête.

— Chacun sentira que tu n'es plus accusateur, et pas encore tueur, renchérit un *bârû*.

Sarban s'étouffa en sanglots. Abandonné par son seigneur Marduk, rejeté par Tiamat, Mère du désordre, il n'aurait sa place nulle part. Une ombre, *sillu* désincarnée se coulant dans la noirceur de Babylone.

La faim lui redonna un corps.

— J'entends tes tripes ! lâcha un oniromancien en déposant des fruits sur la table et un morceau de pain.

Quelques grognements d'estomac, l'éloignant de sa véritable souffrance. Une douleur intime qui lui tenait maintenant lieu de caractère. Il ne souhaita pas s'en défaire, l'oublier ne fût-ce qu'un instant.

Soudain, un magistrat pénétra dans la pièce. La lumière du couloir aveugla Sarban, mais il parvint à reconnaître Negeltû-Temû à son masque de cuir, noirci au suif. Le juge Cauchemars resta un long moment dans l'encadrement de la porte, fixant le prisonnier. Puis il ordonna à ses hommes de mettre fin à l'interrogatoire.

— Et lavez-le, par l'Enfer !

Les oniromanciens lui vidèrent un broc d'eau sur la tête. L'averse effaça le sang de Casdim. De la pluie dépendaient les moissons. Elle nourrissait la terre du pays d'Entre-deux-fleuves, ou le condamnait à la famine. Ce qu'elle donnait, elle pouvait le reprendre. L'eau coula dans la rigole, fila dans le conduit central, charriant les reliquats de sa vie précédente : leçons récitées à haute voix face à la classe, exercices au bâton de combat dans l'amphithéâtre bondé, commentaires du code jusque tard dans la nuit à la lumière des lampes, jeux, aussi, lors des rares moments de loisir, serment clôturant les années d'études...

Lavé, mais non purifié de ses fautes, il lui restait quelque chose à accomplir. Sarban s'adressa à Negeltû-Temû d'une voix rauque :

— Pourquoi fais-tu cela ?

— Parce que je te crois, et qu'un de tes amis m'a prié de te libérer.

— Le juge Cauchemars accorderait-il de la valeur à l'amitié ? s'étonna Sarban.

— Plus que tu ne peux l'imaginer, répondit l'effrayant visage de la loi. De plus, tu étais un proche de Casdim. Casdim, qui était mon passeur le plus doué. Je souhaite que tu le venges.

— La vengeance n'appartient pas aux juges.

— Tu n'es plus l'un des nôtres.

Negeltû-Temû disait vrai : il devait agir, en hommage à Casdim. Sarban, ou quel que soit son nom, entamerait alors sa nouvelle vie sans remords, ni culpabilité.

Les oniromanciens l'aidèrent à regagner la cour. Ninumba l'y attendait.

— C'est donc toi qui as intercédé en ma faveur ?

Le vieux sergent grogna en guise de réponse. Il lui tendit les rênes d'une monture.

— Et voici ton épée, jolie pièce ! J'ai connu jadis un soldat qui en avait une toute semblable... À quelle armée, m'as-tu dit, appartenait ton père ?

Sarban sourit tristement, en se remémorant les paroles de Casdim : il n'y avait pas de hasard. Tout ce qui arrivait trouvait une explication, dans les faits de la nature ou les motifs des dieux.

Il s'empara du cheval et prit la direction de Mossul.

35

Sarban parvint à hauteur des chantiers le surlendemain, en fin de soirée. Il longea les cicatrices à flanc de terre, observant au passage les cabanes d'ouvriers vidées de tout occupant. Les lourds tabliers de roseaux tressés fixés aux échafaudages claquaient au vent, comme les voiles d'un vaisseau pétrifié. Il ne trouverait rien ici. Sarban releva le capuchon de son manteau et prit la direction du village le plus proche, espérant pouvoir compter sur les juges.

Lorsqu'il pénétra dans le tribunal de province, les magistrats finissaient de dîner. Ils étaient quatre, répartis autour d'une table de bois brut. Le plus âgé, un homme aux cheveux gris fer coupés ras, posa son écuelle, s'essuya les lèvres et vint à sa rencontre.

— Que veux-tu ?

Sarban tendit l'ordre de mission qu'il avait conservé.

— Je viens pour un complément d'enquête.

Le juge détailla l'arrivant des pieds à la tête.

— Ta robe est bien celle des accusateurs, même si elle est en triste état. Mais je ne vois pas la broche *apkallu*.

Rien ne filtrait des événements survenus dans la

capitale. Comptant sur l'ignorance des juges, Sarban avait peaufiné son mensonge.

— Nous ne la portons plus, jusqu'à ce que le temps soit rétabli.

Le magistrat le considéra avec méfiance.

— Je ne suis pas au courant...

— Personne n'est censé l'être. Mais si tu as un doute, libre à toi d'éprouver ma connaissance du droit. Lance-moi un défi.

— Es-tu prêt à risquer la corde ?

— Et toi, l'es-tu ?

Un accusateur à peine sorti de l'adolescence vint s'interposer.

— Il dit vrai. Je l'ai aperçu plusieurs fois, à l'Académie.

L'aîné des juges libéra le passage.

— Dans ce cas, tu peux te joindre à nous.

Sarban s'assit à la table. On lui servit du vin coupé d'eau et un morceau de fromage, accompagné de galettes. Tandis qu'il se restaurait, les magistrats le pressèrent de questions. Ils s'inquiétaient du devenir de la capitale. Si Babylone tombait, le chaos s'étendrait à toutes les provinces du royaume.

— On est déjà concerné, ici, à Mossul, dit un juge aux yeux étrangement clairs.

Il fixait Sarban sans ciller.

— Comment ça ?

— Quelques jours avant l'éclipse, Zod nous a fait parvenir un courrier, précisant les mesures à prendre.

— Quel genre de mesures ?

Le plus âgé des magistrats l'invita à s'approcher de la fenêtre.

— Vois.

Deux corps étaient empalés au centre de la cour. Un homme et une femme.

— Une seule sentence pour tous les crimes, à titre d'exemple. Et cela ne me plaît pas.

— C'est la loi.

— Non, c'est la peur de la loi, j'y vois une grande différence.

Sarban commençait à apprécier ses hôtes. Contrairement à bon nombre de juges affectés à des postes éloignés, ils conservaient le sens de leur tâche.

— Ainsi tu dis être venu pour approfondir une enquête ?

— Oui, celle concernant la mort d'un marchand spécialisé dans l'exploitation de carrières.

— Suis-moi.

Ils pénétrèrent dans la salle réservée aux archives. Sans marquer d'hésitation, le magistrat tendit le bras en direction d'une niche pratiquée dans le mur et en tira une tablette de cire.

— Un *sâ'ilu* a suivi l'affaire. Son nom apparaît au bas du document. Tu dois le connaître, puisque tu le remplaces.

Le vieil accusateur le mettait à l'épreuve.

— En effet. Il se nommait Casdim, fils d'Achad.

— Se nommait ?

— Il est mort. Assassiné.

— Ah... Tu penses que son meurtre est lié à l'enquête ?

Sarban se rembrunit.

— Oui.

— Dans ce cas, que puis-je faire pour t'aider ?

— Me parler du négociant.

Le juge rapprocha une lampe sur trépied. Sarban remarqua qu'il portait une cuirasse de l'armée, sous son manteau. Probablement était-il un vétéran des campagnes, tout comme Zod et son père.

— Un homme étrange, originaire de la capitale, qui

n'a jamais vraiment su se faire apprécier des gens du pays. Il entretenait certaines manies, et l'on n'apprécie pas vraiment l'excentricité dans le coin.

— Je suis au courant de ses habitudes. Peux-tu m'en dire plus sur son commerce ?

— Rien de remarquable, jusqu'à ces derniers temps. Ses ouvriers n'ont plus voulu travailler sur les chantiers, du jour au lendemain. Les carriers sont pourtant des hommes rudes, crois-moi.

— Pourquoi ont-ils abandonné le travail ?

— Parce qu'ils avaient peur de ce qu'ils découvraient dans le sol.

— Et qu'y trouvaient-ils ?

— Aucune idée. Une caravane est venue récupérer les pierres.

— Des pierres, dis-tu ?

— Oui, de larges *kudurru* ou de simples cailloux. Soigneusement recouverts de toile.

Sarban se souvint de la perquisition, lorsqu'il avait pénétré dans la demeure de Mulil d'Aramma, en compagnie des détenus. Avant qu'Haraïm ne l'arrête, il avait forcé la porte d'un réduit où étaient entreposées des dalles, masquées par des draps.

— Qui avait affrété le convoi emportant la marchandise ?

— Un marchand de la capitale, représenté par un prête-nom. Cela arrive souvent au sein des guildes. La plupart des financiers préfèrent garder l'anonymat tant que la transaction n'est pas conduite à son terme. Il n'y a là rien de répréhensible. L'homme qui s'est présenté possédait des documents en règle. Nous l'avons laissé faire, et crois-moi, les gens d'ici n'ont pas trouvé à redire !

— Pourrais-tu reconnaître cet homme ?

— Facilement, mais je dois avoir son nom quelque

part. Il était très grand et noir de peau. Voilà, il se nomme Sharmon Jabbar.

Pressé de regagner Babylone, Sarban déclina l'invitation de ses hôtes. Il ne dormirait pas avant d'avoir fait la preuve de son innocence. Sharmon Jabbar avait menti en déclarant ne pas connaître les tueurs masqués de cuir. Il était certainement impliqué dans l'assassinat de Mulil. Indirectement, il était le meurtrier du négociant de Mossul, et de Casdim. Mais Jabbar agissait pour le compte d'un autre, restait à savoir qui.

Sarban pénétra dans l'écurie, à la recherche de sa monture. Il n'eut pas le temps de réagir. Deux hommes surgirent d'une stalle et abattirent leurs masses d'armes.

36

Il se trouvait dans une magnifique propriété, au milieu d'un jardin. Exactement au centre de la pelouse, à l'herbe grasse et parfaitement plane. Sarban pouvait distinguer à sa gauche un étang ornemental, alimenté par une cascatelle, et à sa droite un rideau de palmiers qui masquaient imparfaitement la demeure, haute de deux étages. On l'avait lavé, et il portait une robe de lin clair, peut-être trop grande pour lui. Il avait perdu du poids. La blessure de son crâne ne le faisait pas trop souffrir, mais il ne parvenait pas à se débarrasser d'une migraine sourde, logée dans sa nuque. Il n'avait pas faim, pour l'instant, et presque pas sommeil.

Attaché à un poteau, ses mains liées par une corde rêche, cou enserré dans un collier maintenant sa tête droite, Sarban fixait le tueur vêtu de cuir.

L'assassin se tenait face à lui, de l'autre côté du chemin pavé qui faisait le tour du parc. Sarban l'observait depuis des heures sans avoir remarqué le moindre mouvement. Jambe d'appui légèrement fléchie, un pied au-dessus du sol, l'homme semblait avoir été pétrifié alors qu'il s'apprêtait à bondir. Ses bras, écartés du corps, ne tremblaient pas. Il avait parfaitement retenu les leçons d'Urim le comédien. Comme les statues dispersées dans la propriété, le sicaire ignorait crampes et douleurs. Comme elles, il était armé. D'acier et non de marbre, une dague pointée vers Sarban.

Il y eut un soir, et il y eut un matin.

Sarban fut brusquement réveillé par une sensation de fraîcheur. Un linge humide, passé sur son visage. Le serviteur procédait lentement, mesurant chaque geste, et bientôt le contact de la serviette lui devint intolérable. Sarban détourna la tête, manquant de s'étrangler. Il avait oublié le collier de cuir qui comprimait sa gorge. Le domestique finit par quitter son champ de vision, et Sarban put à nouveau détailler le tueur. Il avait bougé. De quelques centimètres, en direction du poteau. Le mercenaire ne se trouvait plus de l'autre côté du chemin de pierre, mais sur la pelouse. Jambe droite tendue en arrière, talon du pied gauche fermement ancré dans la terre. Attentif au moindre changement, Sarban concentra toute son attention sur les plis du vêtement et la respiration de l'assassin. Ce qui finit par l'épuiser. Il bascula à nouveau dans le sommeil.

Il sentit qu'on lui relevait la tête. Un esclave, tête rasée à l'exception d'une mèche, qui tenait un bol. On allait le nourrir, comme un bébé. Les gestes désespérément lents du serviteur le mettaient au supplice. Tout dans cette maison semblait évoluer au ralenti. Sarban perdit patience et lui cria de se presser. Un croassement incompréhensible qui ne pouvait être sa voix. Qu'était-il devenu, un animal ? Une bête fauve comme il s'en trouvait dans la ménagerie royale, retenue par une chaîne ? L'esclave parut comprendre et lui présenta une cuillère de bois. Ses lèvres craquelées aux commissures étaient douloureuses, et il faillit tout renverser. Sarban lapa maladroitement le contenu de la cuillère. De la bouillie d'avoine, figée et grumeleuse. Un délice, pour qui est affamé. Il en redemanda. Voyant que le domestique prenait son temps, Sarban tenta au prix de contorsions d'observer le soleil, planté haut dans le ciel. Il devait être midi. La cuillère se trouvait à mi-course, l'esclave était à peine plus rapide que le tueur. Sarban finit par vider le contenu de son bol au crépuscule. Il était de nouveau affamé.

L'assassin s'était sensiblement rapproché. Trois mètres bien comptés, en l'espace de deux jours. Il se tenait encore à bonne distance, mais Sarban pouvait maintenant distinguer les motifs ornant son vêtement, cousu d'une seule pièce. Des symboles antérieurs à la naissance du sage Hammurabi, plus anciens même que la fondation de Babylone. Une langue primitive, dont quelques rares prêtres connaissaient encore la signification. Le langage des premiers hommes, éructé à la face des dieux, quand ils daignaient encore se mêler aux mortels.

Les marques d'Uruk.

Chaque groupe de signes était comme des crocs de serpents fichés dans le cuir. Ils semblaient retracer l'histoire de l'univers, depuis la séparation du chaos primordial jusqu'aux tourments infligés à Sarban. Sa mort devait être consignée quelque part, peut-être entre les jambes du tueur. Sarban partit d'un fou rire. Brusquement il se reprit et détailla l'assassin. Il semblait plus petit, à présent que la distance avait diminué. Ce n'était donc plus le même. Profitant de son sommeil, les mercenaires devaient se relayer. Mais comment pouvaient-ils être sûrs qu'il ne se réveillerait pas au moment de la substitution ? Simplement en droguant sa nourriture, ou les rations d'eau. D'ailleurs, Sarban était toujours propre, les serviteurs devaient attendre qu'il soit endormi pour faire sa toilette. Le cours habituel des choses était renversé : lorsque Sarban était éveillé, la vitesse du réel diminuait comme dans un songe, et, quand il rêvait, les êtres évoluaient normalement.

Casdim aurait su enquêter durant son sommeil. Mais Casdim était mort. Il connaissait maintenant l'immobilité parfaite du repos.

Sarban se trouvait peut-être en Enfer. Dans les jardins souterrains d'Ereskigal, reine de l'En-bas. Le ciel azuré qu'il contemplait pouvait n'être qu'une fresque de lapis-lazuli, un revêtement de mosaïque plaqué sur la voûte de la Chambre des Morts, destiné à adoucir le séjour des défunts. Il se souvint des propos de sa mère, un récit depuis longtemps oublié. Les âmes errant dans les tunnels du Pays-sans-retour entretenaient l'illusion de leur vie passée. Elles façonnaient leur pain à partir de boue et s'enivraient d'eau croupie. Le sexe aidait à combler l'ennui des esprits vagabonds. Non pas les tristes accouplements qui avaient ponctué leur existence, mais des mensonges, fabriqués de toutes pièces. Des orgies complexes et flamboyantes, où s'enchevêtraient les corps désormais absents. Sarban sentait sa chair, meurtrie et brûlée par le soleil. Il était donc vivant.

37

Au premier jour de la suspension du temps, le Grand prêtre s'était retiré dans sa cellule. Les devins avaient aussitôt apposé les scellés consacrés sur la porte, maintenue fermée de l'extérieur. Une mesure décidée par le premier serviteur de Marduk, avant qu'il ne s'enfonce dans les ténèbres. Tant que durerait le désordre, les murs de la petite chambre contiendraient le sommeil du dieu. Un néant vaste comme le pays tout entier qui ne devait pas sortir de la pièce. Jeûnant, absorbant quantité de drogues, le Grand prêtre veillait depuis sur le repos de son seigneur. Marduk, producteur de toute verdure, créateur des céréales, garant de la fertilité des ventres et du sol, devait recouvrer ses forces, pour combattre sa propre mère, Tiamat, qui propageait le chaos. Le vieillard frissonna dans l'obscurité, incapable de tendre le bras pour agripper une couverture. Sa couche se trouvait quelque part à l'est, loin de sa raison. Il s'affaissa en pleurant. Tout recommençait, comme aux premiers âges. L'accouchement de créatures ignobles qui prenaient possession des humains, les obligeant à violer, à tuer leurs proches. Sang répandu par les reptiles, vers s'insinuant dans les esprits : Tiamat dégorgeait ses enfants sur Babylone et bientôt ils régneraient sans partage.

À moins que Marduk ne se soit enfin reposé.

Le serviteur du dieu invoqua son maître :

— Es-Tu capable de brandir à nouveau l'arc, d'étendre le filet d'Inanna qui capture les ouragans ? Souhaites-Tu toujours être notre champion ? Parle-moi, je T'en prie...

Le seigneur de l'univers fit connaître sa réponse.

Sous la dictée, l'archiprêtre recueillit les paroles du dieu. Il les répétait, pour s'assurer d'avoir bien compris. La voix du vieillard n'était qu'un feulement rauque qui terrifia les prêtres massés à l'extérieur.

— Voyez, sous la porte ! s'exclama l'un d'eux.

Un juge se précipita pour s'emparer de la plaque d'argile.

— Lâche-la !

Les signes sur la tablette étaient probablement le fait de l'archiprêtre, mais l'auteur pouvait aussi être un démon. Dans tous les cas, le message provenait de la cellule. Il était donc sacré et ne devait être touché par une main impure.

Le garde en faction qui s'en était saisi l'avait oublié. Visage blême, un exorciste fondit sur lui :

— Pose-la doucement à terre.

Le magistrat interrogea du regard ses supérieurs, attendant leur directive. Zod et Abudisi lui ordonnèrent d'obtempérer. Le juge s'exécuta.

— Maintenant, tends ta paume. Il faut te purifier.

Les ministres de Marduk faisaient cercle autour du garde, empêchant quiconque de s'approcher. L'exorciste abattit une torche. La flamme consuma la chair du juge jusqu'au poignet. L'accusateur perdit connaissance. Les prêtres emportèrent le corps et laissèrent place aux devins.

L'exorciste *âsipu* psalmodia une formule de protection avant de ramasser la tablette. Les caractères imprimés dans la cire étaient tremblés, furieux. Mais il s'agissait bien de l'écriture du Grand prêtre.

— Comment pouvez-vous en être certains ? demanda Zod.

— L'aîné des aruspices avait rédigé une prière convenue à l'avance, garantissant son identité. Aucun démon ne possède son corps.

— Dans ce cas, ouvrez la porte !

Deux gardes déplacèrent les rondins qui maintenaient le panneau fermé et brisèrent les sceaux.

L'odeur précéda le vieillard. Un remugle qui prenait à la gorge, lourd de sueur, d'urine et d'excréments. Le corps d'un homme, pressé par un dieu, comme un fruit pourri dont on extrait pourtant la substance. L'archiprêtre apparut, émacié, grelottant, les traits consumés par la fatigue. Il chancela, s'adossa au chambranle et détourna la tête, aveuglé. Aucun membre du clergé ne vint lui porter secours. Les gardes reculèrent, ils avaient retenu la leçon. Le Premier officiant rassembla ses forces et avança de trois pas sur le sol sacré.

— Peut-on l'approcher ? interrogea Abudisi, qui perdait patience.

Réservant sa réponse, l'*âsipu* détailla le Grand prêtre.

— Je dois prononcer la conjuration.

— Alors qu'attends-tu ! s'écria Zod.

— *Iû tamâta*, répéta plusieurs fois l'exorciste en défaisant les nœuds d'une cordelette.

Puis il se saisit d'un banc et aida l'archiprêtre à s'asseoir. Après quoi, il donna enfin son accord :

— Ne le brusquez pas.

Abudisi, Prince de la Présence, se planta face au vieillard décharné.

— Au nom du roi, je te le demande : Marduk est-il vainqueur ?

Du plat de la main, le ministre de l'*Esagil* défroissa sa robe souillée. Il se balançait, d'avant en arrière, et ne semblait pas comprendre. Abudisi claqua des doigts en direction des magistrats. Un juge s'approcha, tenant une coupe d'eau. Il aida le vieil homme à boire. L'accusateur royal repoussa le soldat et brandit sa canne de majesté :

— Parle, l'ancien, avons-nous pouvoir de rétablir l'ordre ?

Le Grand prêtre tourna son regard vide vers Abudisi :

— Tu n'as plus aucun pouvoir. Marduk a échoué. Tiamat règne sur Babylone.

38

Quand les esclaves le détachèrent, la lame du tueur touchait sa gorge.

Sarban l'avait vu s'approcher, imperceptiblement, sans pouvoir rien faire. Six journées pour franchir la distance, et autant de nuits. Le fil de la dague posé sur son cou marquait davantage à mesure que passaient les heures. Sarban commençait à en éprouver le tranchant. Combien de temps faudrait-il au mercenaire pour l'égorger ?

Les serviteurs tracèrent des repères au sol, autour des pieds de l'assassin. Puis ils le déplacèrent comme l'on bouge une sculpture, tranchèrent les liens de Sarban et replacèrent le tueur exactement en place. Sarban tenta de capter le regard derrière le masque, mais un fin maillage dissimulait ses yeux. Cela n'avait guère d'importance. Plusieurs hommes, grands ou petits, incarnaient une seule volonté, un seul geste.

L'ancien juge cracha avec mépris :

— Ainsi donc, vous aussi êtes légion, une parodie de loi !

Puis les esclaves l'aidèrent à se mouvoir, lentement, en direction de la demeure. Lorsqu'ils atteignirent la promenade ombragée, l'exécuteur vêtu de cuir touchait presque le mât.

* * *

On l'étendit sur une couche, afin qu'il prenne du repos. Tandis qu'il dormait, ses plaies furent soignées, badigeonnées d'huile, et ses poignets enduits de crème cicatrisante. Les domestiques le nourrirent de fruits et de viande, changèrent sa robe et lui tressèrent les cheveux. Le personnel évoluait à vitesse normale quand il se trouvait dans la chambre, et ralentissait dès qu'il regagnait l'extérieur.

Sarban obtint l'autorisation de se promener dans la propriété, à condition de ne pas visiter la maison. Il déambula à travers les jardins, explorant chaque jour une partie du parc, et finit par atteindre la limite de l'immense domaine. La villa était construite sur une colline dominant la vallée, et l'on pouvait distinguer la capitale, en contrebas. Sarban ne tenta pas de fuir, car il se savait surveillé. Mais surtout, il attendait des réponses.

Lorsqu'il se fut rétabli, suffisamment pour suivre une conversation, Sharmon Jabbar vint le voir. Le géant à peau d'ébène portait maintenant une combinaison de cuir. Un vêtement sombre, incrusté d'or, qui lui faisait comme des écailles. Il l'invita à se promener dans le parc.

— Ton nom est bien Sarban ?

— Oui.

Ils prirent place sous une tonnelle. Jabbar emplit deux coupes. Ses manières élégantes ne traduisaient aucune animosité.

— Que cherches-tu, Sarban ?

— Je cherche à savoir.

— Pourquoi ?
— Parce que je suis la loi.
Le géant noir lui sourit.
— Tu ne l'es plus.
Sarban goûta le vin frais et léger.
— Peut-être. En apparence.
— Est-ce pour satisfaire ta curiosité ?
— Non. Pour punir les coupables.
Jabbar hocha la tête.
— Je peux le comprendre. Chacun doit tenir son rôle, jusqu'à la fin. Pose tes questions.
Tant de points demeuraient obscurs, Sarban ne savait par où commencer. Il alla au plus simple :
— As-tu fait assassiner Mulil d'Aramma ?
— Oui. Mais auparavant, Mulil avait lui-même commandité le meurtre du négociant de Mossul. J'ai aussi supprimé Armaïta, la courtisane sacrée, favorite de Mulil. Mais cherche des réponses qui t'éclairent, car tu sais déjà tout cela.
Non, Sarban ignorait pour la prêtresse prostituée.
— Armaïta ?
— Oui. Il couchait avec elle, pour obtenir des présages favorisant ses transactions. Armaïta n'ignorait rien des affaires de Mulil. Elle représentait donc une menace.
Caressant la pointe de sa barbe, Sharmon Jabbar poursuivit :
— La courtisane est morte, prise dans les filets de la déesse, au beau milieu du sanctuaire d'Inanna. Un meurtre spectaculaire, capable de frapper l'imagination. Utile, à plus d'un titre.
Sarban songea à Matali et à leur fils, qui avaient trouvé refuge auprès des sœurs. Affecté uniquement par sa déchéance, il les avait négligés. Sarban se trouva égoïste. Il laissa dériver son regard sur les par-

terres fleuris. Un esclave tirait une brouette, à vitesse d'escargot.

— Pourquoi vont-ils si lentement ?

— Parce qu'elle ne supporte pas l'agitation. Ni le bruit, c'est pourquoi il leur est aussi interdit de parler. Elle ne recherche que calme et silence.

— « Elle » ?

Sharmon Jabbar devint subitement grave.

— Ma maîtresse. Tu la rencontreras bien assez tôt.

La propriétaire des lieux développait les mêmes répulsions que le négociant de Mossul. Sarban s'en étonna auprès de Jabbar.

— N'y vois aucune coïncidence. Elle sait éduquer ses amants, leur transmettre une part de sa personnalité.

— Ils étaient unis ?

— Par intérêt. Le prospecteur possédait quelque chose que convoitait ma maîtresse, et lui avait besoin de son argent. Chacun y trouvait son compte, jusqu'à ce que Mulil s'en mêle.

— C'est pourtant le marchand qui a fait appel à la famille Aramma.

— Il a pris peur, et souhaité de l'aide. C'est bien compréhensible. Excusable aussi, mais vain.

Sarban songea aux gisements qui inspiraient la terreur aux ouvriers, aux pierres masquées par des draps.

— Est-ce en rapport avec les dalles entreposées chez Mulil ?

Un sourire éclaira les traits parfaits du géant.

— Tu te décides enfin ! Viens, je t'y conduis.

39

Les hauts magistrats se tenaient sur la promenade de l'*Esagil* qui faisait le tour du premier étage. Silencieux, ils observaient les groupes d'accusateurs défendant l'esplanade. Une centaine d'hommes, probablement moins, étaient répartis dans le temple et ses abords immédiats. Les citoyens avaient fini par se désintéresser du sanctuaire, préférant se masser dans les avenues et les faubourgs. La horde de Tiamat contrôlait la capitale, et attendait que la résistance s'épuise. Les juges étaient déjà bien éprouvés, songea Zod, minés par la fatigue et le doute. On lui avait rapporté certains mouvements de colère parmi les rangs, quelques refus d'obéissance. Il devait la vérité à ses soldats. L'ancien stratège se tourna vers Abudisi :

— Nous n'avons guère le choix.

Le Prince de la Présence s'enveloppa dans son manteau.

— Quelles sont les possibilités ?

— Se replier en bon ordre, et quitter la cité pour rejoindre les armées du roi.

Les lèvres maquillées d'Abudisi esquissèrent un sourire.

— Intéressant paradoxe. L'archiprêtre nous affirme

que tout est perdu. Alors nous fuyons Babylone et donc tout est perdu.

— L'art de la prophétie, en somme... conclut Zod avec ironie.

Abudisi se tourna vers lui :

— Je veux entendre le choix de Zod. Non pas l'avis du Grand accusateur, mais celui du général qui a conduit les troupes de Nabuchodonosor jusqu'aux rives du Nil.

— Tenir, jusqu'au bout.

— Ce n'est pas suffisant.

Délicatement, le neveu du roi lissa son col orné de plumes de paon.

— On a beaucoup critiqué ma nomination au titre d'accusateur royal. Abudisi le précieux, garant de la conscience du monarque, beaucoup ont ri à la cour. Pensez donc, un débauché, uniquement attiré par les titres et les plaisirs ! Ne niez pas, mon ami, je le sais. J'ai de bonnes oreilles, et d'excellents informateurs. Ces imbéciles qui se prosternent devant le souverain comme on incline un pantin ignorent tout de moi.

— Imbattable à l'épée, commentateur avisé du code...

— Les législations de nos voisins mèdes ou cassites n'ont pour Abudisi le volage aucun secret. Je suis un juge, Zod, peut-être le meilleur.

Le Grand accusateur inclina la tête.

— Je le sais.

— Zod est un soldat, sa décision est noble. Mais lorsque nous serons morts, après avoir vaillamment combattu, qui le saura ? Qui pourra témoigner de notre conduite, que nous avons fait notre devoir ? D'aucuns se chargeront de colporter des rumeurs, nous ne pouvons laisser place à l'ambiguïté. Il faut songer à la justice, à son avenir.

Abudisi tira une tablette de son manteau. L'argile était encore fraîche.

— J'ai ici une lettre, adressée au monarque. Lui disant que nous n'avons pas faibli, et qu'il doit prendre le relais.

— De quelle façon ?

— Nabuchodonosor doit lâcher ses armées sur la ville et nous tuer tous, avant que ses plus fidèles serviteurs ne versent à leur tour dans le chaos. Mon oncle comprendra. Un courrier peut quitter la ville, demain, dans la nuit. Mais pour cela, j'ai besoin de votre accord, que vous contresigniez le document.

Zod se tourna vers les pelotons d'accusateurs qui répétaient inlassablement des figures de combat. Jeunes ou vieux, ils honoraient la loi. Leurs portraits iraient rejoindre ceux des héros fondateurs, dans l'Allée des Justes, l'ancien général en faisait le serment.

Le Grand accusateur apposa son cachet sur la tablette.

40

Sarban suivit le géant à l'intérieur de la maison. Ils empruntèrent un long couloir et parvinrent à une double porte massive, gardée par deux mercenaires. Sharmon Jabbar décrocha une torche fixée au mur et leur fit signe de rabattre les vantaux. Ils s'exécutèrent sans jeter un regard au prisonnier. Jabbar s'engagea le premier dans un escalier en colimaçon qui s'enfonçait dans la terre comme une vrille. À mesure qu'ils descendaient, Sarban remarqua un changement dans l'atmosphère. L'air était âcre et chargé de poussière. Ils débouchèrent sur une immense salle pratiquée sous les fondations, sombre, glaciale et dépourvue de meubles. On avait aménagé un bassin au centre de la pièce. Sarban reconnut immédiatement l'odeur puissante du bitume.

— Je vais te laisser, car c'est une expérience que l'on doit vivre seul. Surtout la première fois. Lorsque tu seras prêt, il te suffira d'enflammer la nappe pour comprendre.

Sharmon Jabbar lui tendit le flambeau. Alors qu'il s'apprêtait à sortir, le géant se retourna :

— Une dernière chose, Sarban. Pense à ce qui t'est

le plus cher, car après tu ne le pourras peut-être plus. Bien souvent, la folie est le prix à payer pour savoir.

Une part d'ombre tourmentait Sarban. Il s'adressa à l'homme noir :

— Haraïm de Balaat était présent à tes côtés, dans la demeure de Mulil. Le magistrat est-il ton complice ?

— Non. Votre différend ne me concerne pas.

Jabbar regagna l'escalier.

À mesure que ses yeux s'accommodaient à la pénombre, Sarban parvenait à distinguer les plaques. Des dalles, de tailles inégales, accrochées aux murs. Certaines recouvraient les parois du sol au plafond, d'autres n'étaient pas plus grandes qu'un plateau de fruits. Il songea à sa famille, au visage de Matali, au sourire de leur fils, et balança la torche dans la flaque de bitume. La surface du liquide poisseux et noir prit feu instantanément.

Des oiseaux. Becs dentelés, doigts griffus, plumes imprimées dans la roche, disputant les cieux pétrifiés à des lézards volants. Leurs ailes membraneuses avaient l'envergure d'une tente. Serpent à tête stupide et minuscule, prolongée d'un cou de girafe. Moustique de la taille d'un bras. Cornes, crocs, dents armant les gueules de reptiles, parfois sur plusieurs rangées. Queues hérissées de pointes, serres courbées, ou simplement des mains terriblement humaines. Casque d'os, poignards de corne, crêtes et plaques dorsales les protégeant mieux qu'un char. Des combattants, attendant patiemment leur heure, peut-être depuis des millions d'années. L'armée de Tiamat. Tout ce que racontaient les récits était vrai.

— Je les aime tant. N'est-ce pas là le devoir d'une mère ?

Sarban chercha à se retourner, et perdit connaissance.

* * *

Il se réveilla dans une chambre, face à un lit où était vautrée une femme. Elle était couverte de sperme.

— Sens-tu cette odeur ? C'est celle de la mer. L'océan primordial, avant qu'il ne soit séparé. *Mon* odeur.

Sa masse luisante et grasse débordait de la couche. Lorsqu'elle tenta de se redresser, ses bourrelets roulèrent comme des vagues.

— Souhaites-tu me rejoindre ?

Et Sarban reconnut Ummu-Hubur. Une femme belle, autrefois, qui ne supportait plus le regard des citoyens mais recherchait leurs caresses, achetées au prix fort. Elle pouvait se le permettre. Ummu-Hubur était la deuxième plus grande fortune du pays, après le roi.

Il ne bougea pas.

— Tu as tort. Observe mes bras, mon cou, contemple ces replis. Ils peuvent satisfaire nombre d'amants, de bien des façons. Je ne suis pas qu'une fente.

Ummu-Hubur souleva ses seins gonflés et parcourus de veines. On aurait dit des vers fouillant la chair.

— Je suis la Mère de toute chose. Je suis fertilité. Mon nom est Tiamat.

Ses yeux enfoncés dans la graisse étaient comme deux trous noirs, ouvrant sur le néant, mais sa voix sonnait doucement aux oreilles. Ummu-Hubur avait le timbre clair d'une fillette. Le corps qui s'étalait sur la couche, pétri par les excès, semblait en même temps renfermer l'innocence, ce qui accrut le dégoût de Sarban.

— Que penses-tu de mes enfants ?

Il ne comprit pas jusqu'à ce qu'elle tende un doigt

vers les dalles mises au jour par les ouvriers de Mossul.

— Ils dormaient, prisonniers de la terre, depuis des millions d'années. Épuisés par leur premier combat.

Tiamat fit glisser sa main jusqu'à son sexe et l'ouvrit, comme pour libérer à nouveau les démons.

— Celui du commencement, remporté par Marduk ! cria Sarban en détournant la tête.

— Il les a bannis de *leur* monde pour les remplacer par les humains, répondit sèchement la femme. Aujourd'hui, mes fils réclament vengeance. Ils sont prêts.

— Prêts à quoi ?

— À être reçus par les citoyens. En les voyant, le peuple saura que le moment est arrivé. Le temps du désordre, le chaos définitif. Il balaiera les valets de Marduk et les putains d'Inanna.

— Tu les as pourtant soutenus avec ton argent, les uns et les autres. Le temple et le sanctuaire ont souvent bénéficié de tes largesses...

Ummu-Hubur déplia un sourire :

— C'est vrai. J'ai dépensé des fortunes pour maintenir l'équilibre des forces, afin qu'aucun n'ait jamais le dessus. Pour les affaiblir, en somme, égaux dans la médiocrité. Vois où ils en sont.

— Et le roi ?

— Que m'importe le chéri de Marduk ! Lorsque les habitants du pays d'Entre-deux-fleuves se soulèveront, Nabuchodonosor prendra le chemin de l'exil ou mourra. Cela m'indiffère.

— Si tu réussis, que feras-tu après ?

— Rien. Je n'ai jamais rien voulu faire. Pas de projets, aucune prévision, ce serait rétablir l'ordre. Prépare-toi aux cris, à la fureur, ils sont nécessaires. Pour mieux installer le calme, et l'absence de bruit. L'immobilité des origines. Éternelle.

— Mais alors... pourquoi ?

La voix de vierge laissa place à un chant rauque. Chaque vers, expulsé des profondeurs, était un motif avorté :

— *Parce que je suis laide.*
Parce que j'étais belle.
Parce que je ne veux pas d'enfant.
Parce que j'envie les mères.
Parce que je hais les hommes.
Parce que je n'ai pas d'époux.
Parce que je fuis la foule.
Parce que je suis seule.
Parce que certains peuvent rire et que je suis triste.
Parce que je mourrai et que d'autres naîtront.
Parce que je suis riche.
Parce que je le peux.

41

La lame du tueur s'enfonçait dans sa gorge. Une coupure superficielle, tout d'abord, qui allait en s'approfondissant, au fil des heures. On lui avait ôté l'épais collier de cuir. Une corde lui barrait le front et maintenait sa tête contre le bois. Bras et jambes attachés au poteau, Sarban ne pouvait rien faire. Il voyait son sang couler en un filet continu, tremper son vêtement, puis sécher au soleil. Mais sa robe demeurait constamment humide, car le débit ne tarissait pas. Lorsque les lèvres de la plaie se rapprochaient ou collaient à la lame, le mercenaire imprimait une légère torsion à la dague. Pour l'instant, Sarban ne ressentait qu'une irritation pénible mais supportable. L'homme agissait en véritable professionnel. Tuer sa proie lui prendrait des jours.

Après qu'Ummu-Hubur lui avait exposé son plan, les mercenaires étaient entrés dans la chambre. Sharmon Jabbar les accompagnait. Ils s'étaient prosternés face à la couche, puis Jabbar avait ôté sa combinaison de cuir, comme une mue du serpent Kingu avant qu'il ne s'enfonce dans Tiamat. Sifflant d'aise, le dragon noir avait rejoint sa maîtresse, s'était enroulé autour du néant pour en explorer les nids de chair et y abandonner sa semence. Tandis qu'ils copulaient, les gardes avaient maintenu Sarban sur son siège, l'obligeant à absorber une drogue. Il s'était réveillé dans le parc, lié au mât.

Tiamat lui avait promis une mort lente, qui lui permettrait d'assister au renversement. Un semblant d'hommage à l'ancien magistrat, une attention touchante. Elle lui donnait aussi la possibilité de servir à quelque chose, de retrouver une fonction. L'hémorragie viderait Sarban, la loi perdrait son énergie pour alimenter le chaos. On continuait de le nourrir et de le laver, sans déranger le tueur. Les assassins se relayaient, tandis qu'il dormait. Un sommeil sourd et bref, dépourvu de rêves. Les ténèbres gagnaient progressivement son esprit. Elles s'étendraient bientôt à l'extérieur, pour rejoindre les crimes commis dans la cité. Le Mal s'unirait aux fautes et annulerait l'erreur des origines, quand l'ouragan séparant le chaos avait engendré la vie.

Une fois, Sarban parvint à mordre la main gantée de cuir. L'homme ne réagit pas, absorba la douleur et poursuivit sa tâche. Il procédait avec méthode, prenant soin de ne pas toucher l'artère. Le fil acéré glissait sous la mâchoire, incisait d'une oreille à l'autre, puis revenait lentement en arrière. Sarban songea à la ferme paternelle, à ces bêtes immolées dans la cour pour faire plaisir aux dieux. À son tour, il était devenu animal de sacrifice.

Il avait une histoire, un passé. Rien qui puisse retenir l'attention des conteurs, une rhapsodie d'anecdotes sans importance, suffisant toutefois à occuper l'esprit. Enfance dans les champs, leçons à l'Académie, enquêtes surprenantes ou tristement banales, tranquillité du foyer... Sarban parla aux assassins, leur encombrant la tête d'événements anodins, comme des graines de vie plantées dans le cerveau des bourreaux successifs et qui finiraient par germer, après la mort du juge. Des fleurs d'ordre, poussant sur le chaos et l'obligeant à se renier.

* * *

La flèche transperça la nuque du tueur et ressortit par l'œil. Deux autres traits lui percèrent la poitrine. L'homme oscilla sur place et tenta de porter un coup fatal à Sarban. Quelqu'un l'empoigna par le col et, d'un revers de masse, lui brisa les reins. C'était Ninumba. L'assassin se cambra et bascula en arrière. Le vieil instructeur lui broya la face. Puis il trancha les liens de Sarban et le reçut dans ses bras.

— Est-ce que tu me reconnais ?

Sarban hocha la tête.

— Il est vivant, vous pouvez rappliquer !

Quatre hommes surgirent des taillis : Adjuchas, Akasha, Spaco le Mède et l'archer scythe. Le sergent se tourna vers ce dernier :

— Un tir comme je les aime, nomade, rapide et précis. Mais tu aurais pu blesser mon ami.

Le cavalier des plaines répondit, vexé :

— Et ta mère aurait pu ne pas accoucher de toi !

Ninumba éclata de rire.

— La maison est abandonnée, fit Adjuchas.

Avec son jumeau, il avait inspecté chaque recoin de la demeure. Avant de quitter les lieux, Jabbar et ses hommes avaient vidé la salle souterraine de ses trophées. Tiamat et son armée étaient en marche.

— Comment... comment avez-vous fait pour me retrouver ? fit Sarban d'une voix rauque.

Adossé au poteau, il buvait de l'eau à petites gorgées, tandis que Ninumba examinait ses plaies. Le cavalier des plaines et le colosse mède montaient la garde.

Adjuchas répondit :

— Ça n'a vraiment pas été difficile tant que tu étais en ville. N'oublie pas que mon frère et moi sommes des maîtres assassins : pister quelqu'un est pour nous chose ordinaire. Lorsque tu es parti à Mossul, le Scythe a pris le relais. Puis nous avons perdu ta trace. C'est alors que le nomade s'est souvenu de ton adresse. Nous y avons trouvé ta femme. Belle fille, mais sacré caractère ! Elle a immédiatement pensé à... comment dis-tu déjà ?

Ninumba reprit les rênes :

— Ummu-Hubur. Un de ses avoués s'est rendu au sanctuaire de la déesse.

— Pour quoi faire ? interrogea Sarban.

— Les filles d'Inanna avaient accueilli des réfugiés, femmes et enfants. L'envoyé d'Ummu-Hubur était disposé à les aider en échange de renseignements.

— De quelle nature ?

— Des informations sur Armaïta, la courtisane retrouvée assassinée. Guidée par son intuition, Matali nous a pressés de faire vite. On s'est précipité ici. Heureusement, il n'était pas trop tard.

Le vétéran lui pressa affectueusement l'épaule. Sarban lui saisit le poignet.

— Ma femme, mon fils, comment vont-ils ?

— Très bien, ne t'inquiète pas.

— Je veux les voir. Rentrer chez moi.

— Tu vas les retrouver, mais pas dans ta demeure.

Sarban l'observa, interloqué.

— Matali et l'enfant sont de nouveau à l'abri dans le sanctuaire. Nous y allons, car la déesse veut te voir. Oui, mon ami, la Dame du Ciel. Inanna a fini par se réveiller.

42

Sarban retrouva son épouse dans le cloître réservé aux visiteurs. La gangue qui enserrait son cœur, faite de briques cuites à la peine et de cordeaux d'angoisse tressés, céda brusquement et il s'effondra. Il répandit ses excuses aux pieds de Matali, comme l'on dépose les armes face à une reine, et implora son pardon :

— Je n'étais pas à tes côtés, alors que tu es ma meilleure part, et je n'ai pas veillé sur notre fils...

Goût du pain le matin, promesse des soirs à venir jusqu'au terme du chemin, Matali était tout pour lui. Possédé par l'esprit de la loi, Sarban avait trop longtemps brimé ses sentiments, mesurant tout à l'aune de la justice. Il prononça les paroles qui, d'ordinaire, lui faisaient défaut.

La fille de la forêt lui répondit d'une voix douce :

— Mon époux, laisse ton fardeau sur le sol et relève-toi...

Ils scellèrent leurs retrouvailles d'un baiser. Puis les sœurs entrèrent dans la pièce, dérangeant leur intimité, pour les conduire à la mère supérieure. Ninumba et les détenus étrangers qui étaient demeurés à l'extérieur de l'enceinte sacrée furent aussi convoqués. Pour la première fois dans l'histoire de l'Ordre, citoyens et païens en armes pénétrèrent ainsi au cœur même du sanctuaire d'Inanna.

L'incarnation de la déesse écouta attentivement le récit de Sarban, l'interrompant de temps à autre pour lui poser une question. Elle souhaitait connaître le nombre de bêtes figées dans la pierre, leurs tailles et formes, si elles volaient dans les airs ou nageaient sous les eaux. Les réponses de Sarban ne la satisfaisaient pas :

— Tout cela est imprécis, tu aurais pu faire davantage attention !

Matali pressa la paume de son mari. Il devait rester calme, et marquer son respect.

— Je prie ma Dame de bien vouloir me pardonner. Rien ne m'avait préparé à une telle vision.

La maîtresse du sanctuaire souffla comme une panthère.

— Tu crois me surprendre ? Juges et prêtres de Marduk sont bouffis d'arrogance. Quand tout va bien, les hommes se pavanent comme des paons, aussi inutiles et fiers de leur queue. Mais quand la situation se dégrade, ils y laissent leurs plumes. À la façon d'un *rab reshe*, un chef eunuque qui se retranche derrière les femmes. Et c'est précisément ce qui arrive aujourd'hui !

Sarban ne put s'empêcher de contempler sa beauté. Un visage fin, dépourvu de tout maquillage, un corps délié et sans âge. Plus que jamais, elle incarnait l'Étoile du Matin. L'*Ugbatu* lissa une mèche blanche sur sa masse de cheveux sombres et s'adressa au groupe :

— Croyez-vous que l'archiprêtre se soit soucié de nous ? Qu'il ait cherché à savoir si Inanna allait bien ? Pas un mot ! Or il se trouve que la Dame du Ciel a parfaitement dormi, et qu'elle a recouvré ses forces.

L'énergie d'Ishtar irradie en moi, je sens sa présence. Tu dis que la responsable de toute cette affaire est Ummu-Hubur ?

— Oui, ma Dame.

— Et qu'elle se fait appeler Tiamat ?

— En effet. Elle prétend être la Mère du chaos.

L'*Ugbatu* réfléchit un instant.

— C'est une possibilité que nous ne pouvons exclure. Dans le but de tromper, Ummu-Hubur a aidé le temple et le sanctuaire, tout comme Tiamat a feint l'amour porté à ses premiers enfants. Et il y a cet homme noir, le serpent Kingu. Sans oublier les bêtes, pétrifiées dans la roche. Il va falloir se protéger.

La mère supérieure ouvrit un coffret incrusté de lazulites et en tira deux pendentifs d'argent. Des croissants de lune, la demeure d'Inanna.

— Nous allons devoir agir à la place de Marduk le paresseux. Ces ornements vous protégeront.

Elle apposa ses lèvres sur le métal froid des colliers, puis les tendit à Sarban et Matali.

— Toi, ma sœur, et toi, son époux, représentez l'espoir. L'infime possibilité de préserver le monde, tel qu'on le connaît. Quant à vous, soldat et étrangers, votre rôle consistera à les aider. Tâchez d'être à la hauteur, l'Étoile du Matin veille aussi sur vous.

— Je ne crois pas en ta déesse, femme.

La maîtresse du sanctuaire toisa le Scythe.

— Inanna est une chasseresse, la plus habile des *sayâdu*. Je sais, nomade, que tu respectes cela.

— Et vu ce qui nous attend, ça ne peut pas faire de mal, lâcha Adjuchas le Massagète.

Il soupesait les armes prévues pour l'attaque. Akasha son frère et le Mède Spaco avaient déjà enfilé leur tenue de combat.

Ninumba se racla la gorge et prit la parole. Le vétéran des armées n'en menait pas large face à la mère supérieure :

— Ma Dame connaît-elle le lieu choisi par Tiamat pour faire son annonce au peuple ?

L'incarnation de la déesse esquissa un sourire amer.

— Certainement. Tiamat n'aura qu'une seule occasion pour installer le désordre, avilir les croyances et corrompre nos cultes. Il lui faut donc frapper au cœur même de la cité. L'endroit où Marduk et Inanna se retrouvent une fois l'an, égaux, débarrassés de toute rancœur. Le lieu où ils s'unissent pour assurer la continuité. La tour de Babel.

43

Un pilier, destiné à unir les hommes aux dieux. Une tour colossale, dont l'ombre recouvre le centre de la capitale. Babel étend sa nuit et domine les nations jalouses qui n'osent pas prononcer son nom. *Etemenanki*, fondation du ciel et de la terre, énorme *ziggurat* dont la base mesure quatre-vingt-onze mètres de côté et dont le dernier étage perce les nuages. Huit niveaux, le premier enfoncé sous terre, dévolu à l'Enfer. À partir du sol, un empilement de sept terrasses pour une hauteur totale de cent cinquante mètres, qui vont en se rétrécissant, reliées entre elles par des rampes ou des escaliers. Chaque niveau est peint d'une couleur différente. Ils représentent les sept cieux et les sept *Apkallu*, ces créatures surgies du fond des abysses aux premiers âges. Eux aussi proviennent de l'océan, tout comme Tiamat. Mais les Sages aux corps recouverts d'écailles ont quitté le calme des profondeurs dans le but d'instruire les humains, afin de leur inculquer les sciences et l'écriture, l'art de bâtir les villes et de dresser les temples, la façon de mesurer les champs, semer les graines et cueillir les fruits. Tout ce qui distingue l'homme de la bête. Mais, par-dessus tout, pour lui donner la loi. C'est pour leur rendre hommage que les accusateurs portent une broche à leur effigie. Parce que les *Apkallu* les ont préparés en vue du dernier combat.

Aujourd'hui, le temps de l'affrontement est enfin venu.

* * *

Le groupe se tenait au centre de la place, encadré par les filles d'Inanna. Elles repoussaient la foule massée au pied de la tour. Ummu-Hubur avait lâché ses hérauts à travers la ville, et tous les citoyens s'étaient empressés de répondre à l'appel de Tiamat, Mère du chaos. Ce soir, ils sauraient qui régnerait dorénavant sur Babylone. Dans un silence pesant, Sarban et ses hommes avançaient en direction des magistrats. Matali marchait derrière, tous étaient lourdement chargés. Sarban parvenait à distinguer les visages fermés de Zod et d'Abudisi. Les hauts magistrats pouvaient à tout moment les arrêter, et ils étaient disposés à le faire. Un juge vint à leur rencontre, furieux et frappant du poing. Hommes et femmes s'écartèrent pour laisser passer Haraïm de Balaat qui tira son épée :

— Un pas de plus, Sarban, et je te crève sur place !

La mère supérieure s'interposa, brandissant une gerbe de roseaux, insigne de sa puissance.

—Tu reconnais l'attribut de la Dame du Ciel, je le vois dans tes yeux. Alors, recule !

Haraïm hésita et se reprit. Il pointa sa lame en direction de Sarban.

— Je ne sais pas, ma Dame, ce qu'il t'a raconté, mais Sarban est un criminel, recherché par la loi.

L'incarnation d'Inanna siffla entre ses dents :

— Ta loi est morte, jeune chiot, alors écarte-toi ! Vois, ils portent la marque de la déesse.

Le juge remarqua alors les pendentifs d'argent qui protégeaient Sarban et Matali. Un éclair de lune aussi aveuglant que la rage qui dévorait Haraïm. L'*Ugbatu* le repoussa et marcha en direction des magistrats. Abudisi vint à sa rencontre, cheveux défaits tombant sur les épaules, ne portant aucun maquillage. Le Prince de la Présence courba la tête.

— Tout est perdu, ma Dame. Tiamat a vaincu.

— Dis plutôt que Marduk a renoncé !

— Les armées du Grand Roi sont à nos portes. Bientôt elles entreront dans la ville pour faire régner l'ordre.

— Qu'espères-tu vraiment, Abudisi le précieux ? que massacres et destructions rétabliront l'harmonie ? Tu offres à Tiamat l'occasion d'une guerre civile, et c'est exactement ce qu'elle attend.

L'accusateur royal s'inclina, en signe d'abandon :

— Nous ne pouvons rien faire d'autre...

L'incarnation de la déesse empoigna Abudisi par les cheveux et l'obligea à se redresser.

— Toi, non. Mais moi, je le peux !

À son signal, Sarban et ses hommes posèrent leurs fardeaux à terre. Ils ouvrirent les sacs de toile rêche et en tirèrent armes, torches et équipements, ainsi que des outres, à la panse gonflée d'eau ou de bitume. Les protégés d'Inanna formèrent le rang, face au corps des accusateurs. Vêtus de cuir, cerclés de fer, gants renforcés de bronze, ils étaient prêts.

La mère supérieure toisa Zod, l'ancien général des armées.

— Et toi, qu'en penses-tu ?

Le Grand accusateur évalua le groupe, sa conviction était faite. Mais il ne pouvait donner son assentiment en présence d'Abudisi, Premier magistrat du pays. Le neveu du roi se tourna vers Sarban :

— Je te donne jusqu'au coucher du soleil. Après quoi, seul Nabuchodonosor jugera.

Sarban émit trois sifflements brefs. Le groupe gagna au pas de course la rampe menant au premier niveau.

44

Matali se tenait au centre du cercle formé par les combattants. La jeune femme portait un corselet en cuir souple tanné à l'alun, et ses cheveux, coiffés en chignon, étaient retenus par un peigne de bronze émaillé aux dents longues. L'instrument, calé contre la paume, pouvait faire une excellente arme de poing. La fille de la forêt était prête au combat.

— Ici nous ne risquons rien, dit-elle à ses compagnons.

La plupart étaient des étrangers qui ignoraient tout de Babel. Sarban avait demandé à son épouse qu'elle les instruise, pour leur propre sécurité.

Le guerrier scythe ne semblait pas convaincu.

— Comment peux-tu en être aussi sûre ?

— Parce que Ummu-Hubur, ou quel que soit son nom, respecte les croyances. Elle tire sa force de la foi, il nous faut donc raisonner comme elle. Or le premier étage de la tour symbolise le calme. Tiamat ne tentera donc aucune action tant que nous resterons ici.

— Et ensuite ?

— Les choses vont se compliquer dès la prochaine terrasse.

— Qui représente quoi ?

— L'aveuglement des hommes. Je ne sais pas comment notre ennemie va l'interpréter. Ne me demande pas plus d'explications.

L'inquiétude commençait à gagner le groupe. Ninumba détourna l'attention en tirant de sa besace des miches de pain.

— Il faut que tout le monde en prenne.

— Comment peux-tu songer à manger dans un moment pareil ? Garde ça pour toi, je n'ai pas faim.

— Ce n'est pas pour te remplir la panse, Adjuchas, mais pour la protéger. Au cas où tu prendrais un coup d'épée dans le ventre. Le pain freinera l'hémorragie et diminuera l'infection. Une vieille astuce de soldat.

Le Massagète mordit sans conviction dans le quignon. Sarban sentait bien que son ardeur vacillait, comme une simple lampe à naphte exposée au souffle de Tiamat.

— Dis-moi, Adjuchas, comment se fait-il que ton frère et toi m'ayez suivi jusqu'ici ?

— Mais, nous avons un contrat ! répondit-il la bouche pleine.

— Oui, du lait, en paiement de votre aide. Je t'avoue n'être pas entièrement convaincu. Attendez-vous autre chose de cette expédition ?

— Tu veux dire, faire main basse sur un trésor ? Ma foi, l'idée nous a traversé la tête, et si l'occasion se présente... Mais tu me peines, juge, à douter de notre sincérité.

Akasha intervint :

— Dis-lui, pour la fillette.

Son jumeau sourit, comme à un doux souvenir.

— C'est vrai, mon frère, cette histoire remonte à des années, mais elle mérite d'être contée. Nous avons reçu bien des salaires en échange de nos services. Aucun toutefois n'a égalé celui versé par cette enfant. Elle venait, je crois, du pays de Magan...

— Non, d'encore plus loin. De Meluhha, qui se trouve dans la vallée de l'Indus. C'était une jolie petite fille, tout juste âgée de sept ans.

— Quoi qu'il en soit, reprit Adjuchas, elle venait de perdre ses parents. Assassinés, par un marchand d'une guilde. Ce sont des choses communes au sein des corporations, surtout quand il s'agit d'éliminer la concurrence d'étrangers. Comme elle n'était pas citoyenne de Babylone, la petite s'est retrouvée dépossédée de ses biens, à errer seule dans votre capitale. Les gens de ton peuple s'y entendent à voler, crois-en un brigand !

— N'oublie pas où je t'ai trouvé, Massagète, tu n'as aucune leçon à me donner !

— Et qui peut juger un juge ? persifla Adjuchas. Mais écoute plutôt notre histoire. Une *kezertu* a fini par la recueillir, probablement attirée par sa longue chevelure sombre aux reflets bleus... Mais au lieu d'en faire une prostituée, elle lui a donné un toit. La fillette a découvert la nature de nos talents. Ne me demande pas comment, les enfants sentent ce genre de choses, ils ont le flair d'animaux. Elle nous a donné tout ce qu'elle avait.

— Et ?

— Que crois-tu, juge, un contrat est un contrat ! Nous avons repéré les habitudes de la proie. L'homme avait un emploi du temps invariable, il était sûr de lui.

— Mais il s'était tout de même entouré de gardes du corps, ricana Akasha. Des Perses, pour faire comme le Roi des rois. Une nuit, nous sommes entrés dans sa maison, avons neutralisé les gardiens, et mon frère a...

Adjuchas le coupa :

— Tu voulais que je raconte, alors laisse-moi aller jusqu'à la fin ! J'ai pelé la face du coupable, et rapporté son visage à notre cliente, pour qu'elle lui crache en pleine face.

L'accusateur sentait bien qu'on attendait de lui une question :

— Quels étaient les gages versés par l'enfant ?

— Montre-lui, Akasha.

Le jumeau tira de son sac une simple poupée.

— Je te l'ai dit, juge, fit-il en agitant le pantin d'argile et de chiffon, la petite nous a remis *tout* ce qu'elle possédait. Aucun de nos clients ne l'avait fait.

— Voyez-vous ça, des sentimentaux ! se moqua Ninumba qui ne paraissait guère convaincu.

Adjuchas lui répondit avec morgue :

— Eh oui, soldat, n'importe qui peut s'improviser tueur, pour cela, il lui suffit de frapper. Mais pour devenir maître assassin, c'est tout autre chose. Il faut ressentir la peur de la proie, et aussi la peine ou la rage qui animent le client.

— Nous faisons cas des sentiments parce qu'ils aiguisent notre art. Et, dans notre partie, nous sommes les meilleurs, conclut Akasha. Es-tu convaincu ?

Sarban hocha silencieusement la tête. Puis les jumeaux massagètes entamèrent une longue discussion dans leur dialecte. Spaco le Mède psalmodiait une litanie et le nomade scythe marmonnait des propos incompréhensibles.

Matali murmura à son époux :

— La confusion règne, alors même que nous allons pénétrer dans le néant. Tu dois y mettre bon ordre.

Sarban éleva la voix jusqu'à couvrir leurs propos :

— Je ne saisis pas un mot de ce que vous dites. Dorénavant, vous parlerez une seule langue.

— Et jusqu'à quand ?

— Tant que nous serons dans la tour de Babel.

* * *

Sarban prit la tête de l'expédition, protégeant de son bouclier le Scythe qui avançait, arc bandé. Les jumeaux suivaient, encadrant Matali. Ninumba fermait la marche en compagnie de Spaco. Ils se déplaçaient prudemment, marche après marche, dans l'escalier extérieur conduisant au deuxième niveau. Parfois, ils s'arrêtaient pour examiner la foule qui suivait leur progression, cinquante mètres plus bas. Sarban repéra le groupe des accusateurs, reconnaissables à leurs robes, minuscules silhouettes indigo perdues dans la masse.

Matali lui pressa affectueusement l'avant-bras.

— Je sais à quoi tu penses. N'aie crainte, ils te regardent. D'une certaine façon, tu es encore parmi eux.

Sarban se força à sourire et reprit l'ascension.

Ils accédèrent à une immense promenade circulaire, qui faisait le tour de l'étage. L'endroit, plongé dans la pénombre, semblait abandonné. Adjuchas passa ses doigts sur la pierre couverte de moisissure et s'adressa à Matali :

— Ce lieu pue l'oubli... N'as-tu pas dit que ton roi se rendait chaque année à Babel ?

— C'est vrai, mais il gagne le sommet en empruntant la rampe centrale et les différents escaliers situés à l'extérieur. Personne ne pénètre jamais au cœur de la tour, et surtout pas au deuxième niveau.

Akasha tira une torche de son sac et l'alluma en frappant l'une contre l'autre deux pierres à feu. Ils se regroupèrent à l'intérieur du cercle lumineux, scrutant les ténèbres, à l'affût du danger.

— Et maintenant ? demanda Ninumba.

— Nous devons emprunter la galerie qui nous conduira jusqu'au prochain escalier.

— Souhaites-tu des éclaireurs ?

— Aucune avant-garde, tant que nous n'avons pas identifié la menace, répondit Sarban qui prit à nouveau la tête en compagnie du Scythe.

À la lumière vacillante du flambeau, ils s'engagèrent dans le couloir, attentifs au moindre son. Soudain, Ninumba s'exclama :

— Quelque chose m'a touché !

— Quoi ?

— Comment veux-tu que je le sache ? Rapproche ton flambeau !

Akasha dirigea la torche en direction du vétéran. Une raie sanglante marquait sa joue.

— Derrière toi ! hurla l'instructeur en entendant le sifflement de la lame.

L'épée s'enfonça profondément dans la gorge d'Akasha. Le sang jaillit en bouillonnant, se répandant sur la tunique du Massagète qui s'effondra à terre.

— Rassemblez-vous, vite !

Obéissant à Sarban, les hommes se placèrent autour du cadavre, boucliers levés, afin de protéger Matali. Adjuchas s'agenouilla près de la dépouille de son frère.

— Qu'est-ce qui a fait ça, personne n'a rien vu ! ?

Sa figure avait la pâleur de la craie, à croire qu'il se vidait en même temps que son jumeau.

— Réponds-moi, femme ! fit-il entre ses dents.

Frappée de stupeur, l'épouse de Sarban était incapable de parler. Son instinct, développé dans les bois, semblait étouffé par les murs épais de Babel.

Le maître assassin agrippa la robe de Matali :

— Je te le demande une dernière fois, putain de Babylone, qu'est-ce qui a tué Akasha ?

Matali lui décocha une gifle en hurlant. Reprenant aussitôt ses esprits, Adjuchas tendit la main vers Spaco :

— Là !

Le Mède meuglait en moulinant de la hache. Une large ligne rouge barrait sa cuisse. Le Scythe tirait des flèches en aveugle. Sarban sentit un choc à la tête. Du sang coulait sur son front. La panique gagnait le groupe, il devait réagir.

— Prenez les outres à bitume, nous allons faire flamber le couloir !

Matali s'interposa.

— Pas maintenant, Sarban, nous en aurons besoin plus tard.

Adjuchas se redressa, gris comme un spectre. Sa voix n'était qu'un murmure.

— Elle a raison. D'après ce que j'ai compris, le danger va s'accroître. Nul ne sait ce qui nous attend...

Le Scythe leur fit signe de se taire.

— Écoutez.

Tous entendirent le rire grêle qui s'éloignait.

— C'était un homme, pas un sort. Nous pouvons le combattre.

— Et c'est ce que nous allons faire, juge, fit Adjuchas en tirant la dague passée dans sa ceinture.

Le Massagète caressa la joue de son frère, murmura une prière et plongea sa lame dans la poitrine d'Akasha.

— Par Sumuqan, que fais-tu ? s'écria Matali.

— Tu l'as dit toi-même, nous devons garder le bitume pour plus tard. Il y a une autre solution.

Adjuchas ouvrit le cadavre, de la gorge à l'abdomen, vida une outre d'eau et l'enfonça dans les entrailles.

Ninumba lui agrippa l'épaule :

— Mais c'est ton jumeau !

— Laisse-moi ! répondit le Massagète en le repoussant violemment.

Il continua d'emplir de sang la vessie. Lorsqu'elle fut pleine, il consentit à répondre.

— Ne vous en faites pas pour Akasha. Les gens de mon peuple ont pour coutume de manger leurs défunts.

Élevant la gourde au-dessus de sa tête, Adjuchas but à la régalade.

— Cela tiendra lieu de cérémonie. À plus tard, mon frère.

Puis il se tourna vers le groupe.

— Maintenant, déchirez vos tuniques, et trempez les tissus. Puisque notre tueur est invisible, nous allons le marquer.

Un assassin, maîtrisant parfaitement l'art du camouflage... Il ne pouvait s'agir que d'Urim, le comédien de pantomime attaché à la cour d'Arkum Jan, prince des brigands. Ainsi donc ils avaient rallié la cause de Tiamat. Sarban n'était pas surpris. Le monde souterrain de Babylone s'était tenu tranquille, attentif à la direction du vent, pour finalement offrir ses services au plus fort.

Sarban déchira sa robe et l'humecta du sang d'Akasha. Tous l'imitèrent. Puis ils pansèrent leurs blessures et reprirent péniblement la marche. Ils avançaient en crabe, dos contre dos, fouettant l'air des linges souillés, tandis qu'Adjuchas pressait l'outre pour arroser les dalles.

Brusquement, Spaco le Mède rugit en tendant son énorme poigne vers l'avant. Une tache rouille dansait dans les airs, à un mètre du sol. Le Scythe ajusta patiemment son tir et décocha une flèche à hauteur de cuisse. La silhouette floue s'étala en criant. Adjuchas et Sarban se précipitèrent. Ils déchirèrent les voiles couleur de pierre qui recouvraient Urim.

— La Mort a une jolie figure, grinça Adjuchas en tirant une lame minuscule, courbée comme une serpe.

Le mime roula des yeux effrayés en direction de Sarban :

— Non, souviens-toi de tes paroles, à la cour d'Arkum Jan, quand j'ai brisé le cou de l'eunuque : durant la suspension de la loi, un citoyen ne peut être châtié !

— Ce n'est pas moi qui t'ai accordé l'impunité, mais le juge Casdim.

Urim s'étouffa en sanglots :

— Ce que dit un magistrat, un autre doit l'appliquer !

Sans quitter des yeux le prisonnier, Adjuchas s'adressa à Sarban :

— Laisse-le-moi. Ce n'est que justice.

Une loi, dictant la conduite du Massagète, Sarban pouvait l'admettre. Il écarta les pans de son manteau. À cet instant, il ressemblait à l'oiseau Anzû, au corps d'aigle, à la tête de lion, dont les battements d'ailes provoquent la ruine.

— Vois ma robe, Urim, elle ne porte pas de broche, je ne suis plus accusateur. Quant à toi, Adjuchas, nous t'attendrons au pied de l'escalier. Fais vite.

Le maître assassin tira alors le pantin d'argile, prélevé sur le corps d'Akasha.

— Pas trop vite tout de même, il faut que je lui raconte comment j'ai acquis cette poupée, et ce que j'ai donné en retour. Dans sa profession, on aime les histoires, pas vrai ?

Ignorant les suppliques du comédien, Sarban fit signe au groupe de reprendre la route. Les hurlements d'Urim accompagnèrent leurs pas.

45

Sarban fit le point au pied de l'escalier.

— La troisième terrasse est particulièrement étroite, nous devrons donc manœuvrer avec précaution. De plus, il est probable qu'Arkum Jan et sa meute nous y attendent.

— Pourquoi lui ?

Ninumba était un ancien compagnon d'armes du forban, quand Arkum Jan appartenait à la Garde sacrée. À l'image de nombreux vétérans, il déplorait sa déchéance.

— Nous venons de tuer son mignon. Crois-moi, il cherchera à se venger.

— Mais qui te dit qu'il se trouve précisément au prochain palier ?

Matali prit le relais :

— Parce que Tiamat suit une certaine logique. À ses yeux, les gueux d'Arkum Jan ne sont qu'animaux destinés à l'abattage. Elle réserve ses troupes d'élite aux étages supérieurs.

— Les mercenaires vêtus de cuir ?

— Oui, Scythe, ses enfants serpents.

— Tu prétends qu'à chaque niveau de la tour correspond un symbole. Quel est donc le prochain ?

— La détermination, répondit la jeune femme. Autant dire qu'il va nous falloir du courage.

* * *

Un homme leur barra l'accès, celui-là même qui, au début de l'enquête, avait conduit Casdim et Sarban à travers les dédales de Shedu jusqu'au prince des voleurs. Il ne portait aucune arme. Comme la fois précédente, il tira une baguette de jonc au bout ferré et traça une marque au sol.

— Au-delà de cette limite, vous êtes morts. Libre à toi et aux tiens de rebrousser chemin, nous n'avons pas le droit de vous poursuivre aux niveaux inférieurs.

— Laisse-nous passer.

L'émissaire sourit.

— L'avertissement n'était que de pure forme. Mon maître savait que tu répondrais cela.

L'envoyé d'Arkum Jan s'écarta en faisant une courbette. Le groupe dirigé par Sarban accéda à la terrasse.

Ils étaient des centaines, collés épaule contre épaule, formant un champ hostile impossible à moissonner. Femmes aux dents limées et aux griffes acérées, mains d'hommes solides ou de vieillards tenant une hache ou un simple tesson d'argile effilé, têtes d'enfants contrefaits habitués à mendier ou à fouiller les poches et qui se glisseraient entre les jambes pour trancher les jarrets.

Alors, Ninumba fut projeté bien des années en arrière. Le vétéran se retrouva à Tyr, face aux armées de cadavres commandées par Pharaon. Il se tourna vers Sarban :

— Cette meute est censée servir le chaos, n'est-ce pas ?

— Oui, mais que t'arrive-t-il ?

La face du vieux sergent était figée par le *sâru mûtu*, le souffle même de la Mort.

— Ils agissent en bon ordre, parfaitement disciplinés, et pourtant ils sont le néant...

Matali s'écria :

— Je vous l'ai dit, Tiamat n'a que faire de la loi, fût-elle celle de voleurs. Elle les sacrifiera jusqu'au dernier !

— Chacun ici a accepté le risque, nous ne pouvons reculer ! renchérit Sarban. Jusqu'à aujourd'hui, j'ai servi Marduk, seigneur de la guerre. Prions pour qu'Inanna la chasseresse dirige aussi bien nos coups.

— Autant s'en aviser tout de suite, fit le Scythe.

Il mit en joue l'envoyé d'Arkum Jan qui avait rejoint la horde et l'abattit d'un trait. Aussitôt, les premières lignes se mirent en mouvement. Les gueux foulèrent le cadavre de l'émissaire, marchant sans crainte, indifférents aux flèches qui perçaient leurs rangs.

Une opposition frontale ne mènerait à rien. Sarban lâcha ses ordres :

— Regagnez l'escalier !

Obéissant à leur chef, ils se couchèrent sur les marches, calant les boucliers dans les renfoncements du palier. Ninumba essuya les gouttelettes de sueur qui emperlaient sa barbe.

— La tactique est la même que celle utilisée lors de l'attaque du temple de Marduk. Arkum Jan veut nous avoir à l'usure.

— Il faut utiliser les outres.

Sarban s'empara d'une vessie gonflée de bitume et fit sauter le bouchon d'osier, libérant le bec. Adjuchas tendit son bras protégé par un bouclier, rapprocha la torche et détourna la tête.

Sarban pressa l'outre.

Le bitume s'embrasa immédiatement au contact de

la flamme. Un jet de feu liquide ravagea les mendiants, les transformant en une masse noire de chair grillée. Ils hurlaient, leurs membres fondant sous la poix. Hommes et femmes se bousculaient et finissaient soudés par le goudron. Certains tentaient d'échapper à l'incendie en se jetant de la tour. Le Scythe abattit les torches humaines qui couraient dans leur direction, jusqu'à dégager la place.

— Les survivants se sont repliés à l'autre extrémité de la plate-forme. Nous pouvons avancer.

Ils progressèrent en évitant les corps fumants. Matali trébucha et manqua de se retrouver collée à un cadavre qui grésillait. Parvenus à mi-distance, ils marquèrent l'arrêt. La garde d'Arkum Jan venait à leur rencontre. Une dizaine de sicaires entraînés, se déplaçant en fer de lance pour enfoncer le groupe et le disperser. Les outres étaient vides. Sarban et les siens se préparèrent au choc. Mais au dernier moment, leurs adversaires obliquèrent à gauche et fondirent sur Spaco. Le colosse n'eut pas le temps de réagir. Acculé à la paroi, cerné de toute part, il tomba sous les coups.

Ivres de rage, ses compagnons se jetèrent dans la mêlée. Les gueux qui avaient survécu à la pluie noire se pressèrent autour de Sarban. Beaucoup avaient la face marquée par un sceau de bitume. La chair s'en détachait, partait en lambeaux qui voletaient autour des visages. Leurs manteaux, raidis au goudron, faisaient comme des ailes de cuir. Il en sortait des bras cloqués, parcourus de crevasses, qui se tendaient pour saisir l'adversaire. Sarban frappait dans un état second. Il semblait vouloir forcer les portes de *Ganzir*, se frayant un chemin à coups d'épée, déchirant les ombres ardentes pour libérer Spaco de la capitale des Enfers. Une femme tenta de lui barrer le chemin.

— Le feu me dévore, éteins-le par ma bouche !

grogna-t-elle en léchant la poix qui lui soudait les lèvres.

Il lui arracha la mâchoire d'un revers de lame. La dépouille du Mède était clouée au mur. Sarban dégagea la lance et se retourna. Les ennemis gisaient à terre.

Ninumba avança d'un pas.

— Nous... avons gagné.

Le vieux sergent se tenait le ventre. Ses jambes se dérobèrent et il bascula en avant. Matali se précipita vers lui.

— Je crois que le pain ne pourra rien contre ça, fit-il en écartant les mains.

L'épée était enfoncée jusqu'à la garde. Matali, impuissante, ravala un sanglot et se tourna vers Sarban. Il se pencha vers son ancien instructeur.

— Tu en as vu d'autres, vieux taureau. Ne bouge pas.

Le vétéran des armées sourit faiblement :

— J'ai combattu les soldats de Pharaon et les troupes du roi de Juda, pour finir ainsi. Va comprendre quelque chose, mon garçon ! Après toutes ces années, peut-être ai-je besoin de repos.

— Je t'en prie, ne pars pas ! supplia Matali en caressant la barbe bouclée de Ninumba.

— C'est... un beau cadeau que tu me fais là. Les larmes d'Inanna, elle qui ne pleure jamais...

Sarban prit un sac de toile vide et le plaqua contre la blessure.

— Adjuchas va rester avec toi. Nous reviendrons te chercher.

— C'est inutile. Le temps est venu pour moi de rejoindre Ereskigal, reine de l'En-bas.

— À condition que Tiamat ne la chasse pas des Enfers.

— Oui, Sarban, c'est pourquoi tu dois vaincre, car sinon hommes et dieux erreront comme des fantômes...

En lui parlant avec franchise, l'ancien instructeur ajoutait un poids supplémentaire à sa charge. Mais Sarban ne laissa rien paraître, il le devait à son ami.

— Regardez ce que j'ai trouvé !

Le nomade scythe poussait devant lui Arkum Jan, en pointant une flèche contre sa gorge. Le prince des voleurs affectait un air indifférent :

— Il vous reste quatre niveaux. Mieux vaut renoncer. Vous avez fait preuve de courage. Tiamat saura utiliser des hommes comme vous.

Sarban le toisa avec morgue :

— Certains hommes sont comme des putains, belles autrefois, et qui baissent leur prix à mesure qu'elles prennent de l'âge. Nous ne sommes pas de ceux-là. Et toi ?

Arkum Jan se raidit sous l'insulte. Ninumba agrippa l'épaule de Sarban.

— Aide-moi à me relever.

Le vieux guerrier se redressa en étouffant un gémissement. Visage livide et couvert d'une sueur grasse, il s'adressa à Arkum Jan :

— Je t'ai connu soldat, motivé par l'honneur. T'en souviens-tu ?

Arkum Jan écarta les bras, paumes tournées vers le ciel. Chacun de ses doigts portait une bague acérée, couvrant la première phalange.

— Tout le monde a le droit de changer.

— Peut-être. Nous aurons l'éternité pour en débattre.

Dans un ultime effort, Ninumba se précipita sur le voleur. Ses bras enserrèrent le corps décharné. Souffle coupé, Arkum Jan enfonça ses griffes dans la face du sergent, lacérant la chair. Ninumba riait, ignorant la douleur. Il souleva le brigand, lui brisant les côtes, et le porta jusqu'au parapet.

Les compagnons d'hier basculèrent dans le vide, à nouveau réunis.

46

— Il avait peut-être raison, juge.

— Qui ça ?

— Le prince des voleurs. À trois, nous n'y arriverons pas.

— Quatre, Adjuchas. Tu sembles m'oublier.

Le Massagète observa Matali. Il est vrai qu'elle avait fait preuve de courage. L'épouse du magistrat tenait sa place aussi bien qu'un soldat.

— Quatre, donc. Pour ce que ça change !

— Personne ne t'a obligé à venir, lui répondit le Scythe qui demeurait en retrait, occupé à compter ses flèches.

— C'est vrai, nomade, et personne ne m'oblige à rester.

Ils se trouvaient sur la terrasse centrale du bâtiment, au quatrième niveau de la tour. La plate-forme était déserte. Sarban avait accordé à ses troupes quelques instants de repos. Il commençait à le regretter. Harassés, couverts de blessures, meurtris par la disparition d'un frère ou d'un compagnon, les champions d'Inanna commençaient à douter. Sarban lui-même craignait de ne pouvoir mener sa mission à bien.

— Dans ce cas, Adjuchas, tu n'as qu'à redescendre

et demander à Zod qu'il te raccompagne jusque dans ta cellule.

— Ne me provoque pas, Scythe. Je ne suis pas un de ces chevreaux que tu taquines avant de l'étendre sur ta couche !

— J'excuse tes paroles, Massagète. Car si ce que l'on dit des jumeaux est vrai, tu dois être bien en peine d'avoir perdu ta femme.

Adjuchas bondit, dague en avant. Sarban le retint juste à temps.

— Ça suffit ! Souvenez-vous de la signification attachée à cet étage. Il représente la perte des certitudes, et c'est exactement ce qui nous arrive. Parvenir jusqu'ici nous a demandé beaucoup d'efforts, Tiamat compte sur notre abattement.

Le cavalier inclina la tête.

— Il a raison, Massagète. Oublie ce que je viens de dire.

Adjuchas laissa tomber son arme et se détourna.

— Que vas-tu tirer de tout cela, juge ? interrogea le Scythe.

— J'espère rétablir la loi.

— Ce n'est pas ce que je te demande. Si nous réussissons, crois-tu que Babylone retiendra la leçon ? Qu'elle renoncera enfin à écraser les peuples de sa formidable arrogance ?

Sarban répondit sèchement :

— Tes paroles sont vives !

— Ce sont celles d'un nomade.

— Puisque tu ne partages pas nos vues, pourquoi es-tu ici ?

— Parce que, précisément, je n'ai rien à y faire. Mais je ris à l'idée que ta nation devra peut-être son salut à un pouilleux dans mon genre. Cela suffira à ternir l'orgueil de Babylone.

Ne laissant pas à Sarban le temps de répliquer, il lui tourna le dos. Tandis que les hommes rassemblaient leurs affaires, Matali observait le ciel.

— Bientôt, Nabuchodonosor entrera dans la ville, dit-elle à son époux. Nous devons faire vite, avant qu'il ne soit trop tard.

Sarban avança jusqu'à l'extrémité de la corniche, touchant du pied le rebord. À cette hauteur, les vents qui soufflaient sur la promenade pouvaient le balayer comme un simple fétu. S'agrippant à un motif sculpté, il porta son regard au loin, par-delà les murs d'enceinte qui encerclaient la cité. Les armées du Roi des rois attendaient en bon ordre, parées à l'attaque. Ses yeux se posèrent sur le corps des lanciers, formant la première vague d'assaut. Ils pointaient leurs longues piques vers les murs, et chaque homme pouvait compter sur une javeline supplémentaire, maintenue fixée à son dos. Derrière se tenaient les archers, et les frondeurs *wapsu* qui pouvaient balancer leurs pierres au-dessus de la muraille avec une simple bande de cuir. Cavaliers et conducteurs de chars s'abattraient en dernier, comme les sauterelles de Pazuzu sur un champ, fauchant les têtes, moissonnant large, pour offrir les épis aux Enfers. Sarban remarqua alors l'absence de la Garde sacrée. Elle n'avait pas quitté le camp établi le long du fleuve.

— Nabuchodonosor ne souhaite pas engager ses fidèles *qurbûtu*, dit-il à Matali.

— Pourquoi souillerait-il leur honneur ? Les troupes régulières s'acquitteront de la corvée...

— Tu sais ce que cela signifie ? Des citoyens, venus de tout le pays, vont en massacrer d'autres. Puis ils repartiront dans leurs provinces, avec le souvenir d'avoir fait tomber Babylone. Ils en parleront autour d'eux, répandant le doute et la peur, et la capitale mourra alors une seconde fois.

— Sauf si tu les en empêches !

Sarban fixa l'œil unique de son épouse, une lueur de confiance y brillait de mille feux. Mais elle ne parvenait pas à dissiper son accablement.

— Te souviens-tu des paroles de Ninumba ? Si nous n'arrêtons pas Tiamat, hommes et dieux seront condamnés à errer. C'est une tâche impossible...

— Vivre est une tâche impossible, chacun d'ailleurs y échoue. Mettre au monde un enfant est difficile, car c'est aussi le condamner. Mon époux, est-ce une raison pour ne pas exister ?

— Elle a raison, intervint le Scythe.

— J'ai encore à l'oreille tes propos amers, répliqua Sarban. Ferais-tu volte-face ?

Le nomade partit d'un rire franc :

— Il est vrai que je sais danser sur un cheval, et me coucher sur ses flancs à la moindre attaque ! Ta femme dit vrai, juge. Souhaites-tu vraiment t'asseoir à l'ombre de la tour et laisser ta vaillance ignorée ?

Sarban considéra Matali et l'homme des plaines. Derrière eux se tenait Adjuchas qui suivait l'échange avec intérêt. Chacun nourrissait des griefs à l'encontre de la loi. Pourtant, ils n'avaient pas hésité à le suivre, et ils lui dictaient maintenant sa conduite.

Les champions d'Inanna s'acheminèrent vers le cinquième niveau.

47

Un buffet les attendait, somptueusement garni. Oies, canards et tourterelles, accompagnés de légumes, fruits frais débordant des plateaux, pain *mutqû* aux épices, une sélection de fromages et de pâtisseries, et des vins, de palme ou de sésame.

Des tueurs, aussi, au nombre de six.

— Je pensais que vous seriez davantage. Peut-être a-t-on surestimé votre valeur.

Celui qui parlait avait relevé sa cagoule au-dessus du nez. Il était occupé à manger du raisin. Le mercenaire jeta la grappe, dégagea un poignard fixé à son avant-bras, et, d'un mouvement rapide, égorgea deux de ses propres hommes. Les autres ne bronchèrent pas.

— Voilà qui équilibre les comptes. Tiamat souhaite que l'affrontement soit équitable, pour préserver la symétrie entre l'ordre et le chaos. Jusqu'à sa victoire, bien sûr.

Il se servit de la nappe pour essuyer sa lame.

— Approchez donc de la table, pour vous restaurer. N'ayez crainte, la nourriture n'est pas empoisonnée.

Sarban et les siens demeurèrent immobiles.

—Vous n'avez pas faim ? Très bien. Dans ce cas, commençons.

De la pointe du menton, il fit signe à un sicaire de prendre place. Le tueur vint se placer entre les deux groupes, et d'un geste nonchalant désigna Adjuchas.

— Un contre un, cela te va ?

Le Massagète donna son accord. Il se délesta de son équipement et rejoignit son adversaire.

Personne ne vit partir le coup. Adjuchas ouvrit grand les yeux, observant étonné la pointe d'acier qui perçait son cœur. Il tomba à genoux et bascula sur le côté, rejoignant son jumeau dans la mort. Sarban ressentit un énorme gâchis. Deux hommes parfaitement identiques est chose fort rare, en ce monde et en celui de l'En-haut. Apsu, Père de tous les vivants, s'extasiait d'avoir engendré Lahmu et Lahamu, tandis que son épouse Tiamat se plaignait de leurs cris. Aujourd'hui rejoignait hier.

— Plus que trois, dit le mercenaire vêtu de cuir, sur le ton qu'emploierait un fonctionnaire du palais. Souhaitez-vous en rester là ?

Sans attendre la réponse, il rengaina ses lames de jet et retourna au buffet pour se servir du vin. Il n'eut pas le temps de remplir sa coupe. La flèche du Scythe lui traversa la nuque.

L'homme des steppes se tourna vers le chef des exécuteurs :

— Comme tu le disais tout à l'heure, voilà qui équilibre les comptes.

Le guerrier serpent afficha un sourire sincère :

— Amusant... Pourtant il est facile de tuer à distance. Aimerais-tu te mesurer à moi ?

Abandonnant arc et carquois, le nomade ramassa l'épée d'Adjuchas. Mais, au lieu de faire face à son opposant, il se déplaça latéralement et éventra l'un des bretteurs qui patientait. L'homme hoqueta de surprise et demeura assis, fixant ses entrailles. Le chef des sicaires réagit aussitôt. Il contourna le Scythe et lui porta un coup d'épée. Le cavalier para l'attaque. Avec une rapidité surprenante, le tueur serpent effectua une volte-face, et planta sa lame dans le dos du nomade.

Sarban fondit sur le meneur. L'homme se déporta sur le côté, évitant le coup, tira son poignard et le projeta en direction de Matali. Elle se jeta au sol. La dague vint se ficher dans le mur. Le second mercenaire qui attendait d'intervenir fonça en direction de la jeune femme. Voulant protéger son épouse, Sarban se détourna de son adversaire. Il plongea dans les jambes de l'agresseur, parvint à le déséquilibrer et tous deux roulèrent à terre. Le chef des tueurs demeuré seul attaqua Matali. La fille de la forêt bondit en l'air et frappa en ciseau. Le double coup de pied heurta l'homme de plein fouet. Il partit à la renverse, souffle coupé, et perdit son épée. Mais c'était un combattant aguerri. Il recouvra immédiatement son équilibre et décocha à Matali une série de crochets. Son poing lui fendit l'arcade sourcilière, et elle s'effondra sur les tréteaux. Sans réfléchir, la jeune femme empoigna son peigne de bronze et porta un coup au visage. Les dents effilées labourèrent la face du tueur, marquant des sillons profonds à travers le masque de cuir. L'exécuteur recula, répandant du sang sur le sol, en un motif complexe qui rappelait les signes ornant son vêtement. Profitant du répit, Matali chercha son époux du regard. Épuisé par les combats précédents, il affrontait un adversaire en bonne forme. Les leçons d'Urim avaient porté leurs fruits, le tueur se déplaçait vite, avec la grâce d'un acteur. Matali s'empara d'un plateau en cuivre martelé et le lança à travers la pièce. Le disque dentelé partit en tournoyant et trancha net la carotide de l'homme. Voyant qu'il se retrouvait seul, le dernier opposant ramassa son arme et prit la fuite. Sarban parvint à le rejoindre près du grand escalier. Le chef des exécuteurs fit demi-tour et cingla l'air de son épée. Sarban bloqua la lame entre ses paumes et, d'un coup sec, la fit basculer en avant. La pointe s'enfonça profondément dans la bouche de l'assassin, séparant sa langue en deux, comme celle d'un serpent.

— Juge !

Le Scythe était encore en vie. Il respirait avec difficulté et une écume rosée moussait à ses lèvres. Sarban lui releva la tête.

— J'aurais aimé, juge, voir cette femme, si grosse qu'elle ne peut plus bouger. Quel est son nom, déjà ?

— Ummu-Hubur. Tiamat.

— Une menace sédentaire, voilà de quoi intriguer un nomade.

Le cavalier des plaines s'éteignit. Comme tous les gens de son peuple, rapides et insaisissables, il était déjà ailleurs.

48

— Tu m'attends ici !

Matali haussa les épaules.

— Vois dans quel état tu es. Seul, tu ne pourras y arriver.

— Peut-être, mais je ne veux pas te perdre. Et il y a notre fils.

La jeune femme gronda comme une lionne :

— Ne cherche pas à me culpabiliser, Sarban fils de Dagan ! De plus, souviens-toi des paroles de la mère supérieure : seul un couple peut conjurer la menace. À moins que tu aies caché une maîtresse au sommet de la tour, je ne vois pas comment tu t'y prendras sans moi !

Résigné, Sarban soupira et lui tendit une dague. La fille de la forêt l'attacha solidement à sa cuisse.

— Nous avons défait les guerriers serpents. Il reste leur maître, Sarban, le dragon Kingu.

— Le reptile noir, chéri de Tiamat. Autrement dit, Sharmon Jabbar.

— Que sais-tu de cet homme ?

— Pas grand-chose, Matali, sinon qu'il paraît venir d'une contrée éloignée.

— Alors, sa science du combat nous est étrangère.

— Il s'est servi d'un filet pour assassiner Armaïta.

— Le filet d'Inanna... Un blasphème, destiné à nous effrayer.

— J'ignore, Matali, si Ummu-Hubur et son amant sont les incarnations du chaos. Mais dans tous les cas, ils représentent un danger bien plus grand que ce que la cité a déjà connu. Ummu-Hubur peut compter sur sa fortune et le soutien de fanatiques. Elle a réussi à affaiblir le corps des magistrats, et à provoquer le roi.

— Qu'arrivera-t-il si nous l'emportons ?

— Babylone pansera ses blessures, et Haraïm me traduira devant la Haute Cour.

Matali se redressa, sourcils froncés :

— Un procès, après tout ce que tu as fait pour la ville ?

— Haraïm de Balaat est un accusateur. Pour lui, j'ai enfreint la loi. Il me faut répondre aux charges retenues contre moi.

— Ridicule !

— Non, Matali, je désire ce procès.

Une odeur d'encens provenait de l'étage supérieur. Sarban choisit une arme dans l'arsenal des mercenaires. Une épée d'acier, parfaitement équilibrée, semblable à celle que lui avait confiée son père. Sarban l'avait perdu durant sa captivité. Il se promit de retourner à la villa d'Ummu-Hubur, afin de la récupérer.

— Allons, il est temps d'en finir.

Sharmon Jabbar les attendait à l'avant-dernier étage. Les yeux clos, le corps huilé et nu, il se trouvait assis à même le sol glacé, dans un espace marqué par quatre braseros. Une étrange plainte sourdait de ses lèvres, lancinante et nostalgique. Il leur fit signe de prendre place sans cesser de psalmodier. Après quoi, il prit une coupelle disposée près de sa cuisse, préleva une crème dorée et épaisse, puis traça des motifs compliqués sur son torse. Le filet métallique était étendu face à lui. Sarban resserra sa prise sur l'épée et se posta face à l'homme noir. Le géant agrippa l'extrémité de la nasse et se redressa.

— Puisque tu es parvenu jusqu'ici, c'est que tu es déterminé. J'aime qu'un homme soit sûr de lui. Cela me permet de le tuer sans remords.

Il parlait d'une voix douce, exempte de crainte. De sa longue main, il invita son adversaire à le rejoindre. Sarban pénétra dans la surface délimitée par les lampes sur trépied. Elles dégageaient une odeur âcre qui mastiquait la gorge. Jabbar imprima au filet un mouvement de balancier et le lança contre Sarban. La maille frappa son bouclier de cuir et le réduisit en charpie. Sarban jeta la protection désormais inutile et empoigna son épée à deux mains. Il abattit sa lame, mais le géant bondit de côté à la vitesse du léopard. Ils prirent leur distance et cessèrent l'engagement.

Sharmon Jabbar ramena vers lui le filet, comme un pêcheur assuré.

— Tu réagis vite, petit homme. Voyons si tu es aussi habile que Marduk.

Le géant à peau d'ébène glissa vers la gauche et lança les bras en arrière. Son adversaire tenta une attaque de face quand Jabbar s'accroupit et balaya le sol de ses rets. Sarban sentit une douleur cuisante lorsque les mailles métalliques cinglèrent ses chevilles. Il se laissa tomber sur le dos et se dégagea au prix d'un violent effort. L'homme noir ne tenta rien et lui laissa le temps de se relever.

Sarban chercha du regard son épouse. Elle se tenait près de l'escalier, inquiète.

— N'aie pas honte devant ta femme, petit homme. D'autres auraient depuis longtemps renoncé.

Jabbar souffla un baiser en direction de Matali et se remit en position de combat. Sarban tourna autour du géant qui demeurait immobile et lança un coup d'estoc. La lame s'enfonça dans la maille d'acier. Sharmon Jabbar rabattit le filet sur le bras de Sarban et tira d'un coup sec.

La main du juge vola dans les airs. Elle tenait encore l'épée. Sarban hurla de douleur et s'effondra. Matali se précipita vers lui.

Jabbar essuya la sueur sur son torse, effaçant les motifs dorés.

— Aide-le, femme, puis nous en terminerons.

Matali examina la plaie. L'hémorragie était importante.

— Les braseros... Avant que je ne me vide...

Comprenant son intention, la jeune femme passa ses bras sous les aisselles de Sarban et l'aida à se relever. Elle le porta jusqu'aux lampes.

Bloquant sa respiration, Sarban enfonça son poignet tranché dans les braises pour cautériser la blessure. L'odeur lui souleva l'estomac. Il se mordit les lèvres jusqu'au sang mais tint bon.

Jabbar s'adressa à Matali :

— Rends-lui son épée. Et ne tente rien contre moi, ce serait inutile.

Prenant appui sur son arme, Sarban se traîna en ahanant jusqu'à l'aire de combat. Il tenta de soulever l'épée, mais n'y parvint pas.

— Je n'ai pas besoin de ça pour t'achever.

L'homme noir se débarrassa de la nasse métallique et marcha vers son opposant.

Le coup-de-poing enfonça le flanc de Sarban à travers la cuirasse. Sharmon Jabbar recula pour examiner le résultat. Ses lèvres laissaient échapper à nouveau une mélodie monocorde. Il prit son élan et projeta son pied. Sarban eut juste le temps de relever la tête. Manquant son but, le géant se trouva déséquilibré. Dans un suprême effort, Sarban souleva la lourde lampe et frappa la cuisse de Jabbar.

Le favori de Tiamat se plia en deux. Sarban le cogna au visage. Son poing gauche renforcé de bronze fit éclater la pommette de Jabbar. Il cracha un long jet de salive mêlée de sang et se laissa tomber sur son adversaire, le recouvrant entièrement. Sharmon Jabbar rampait sur lui comme le serpent Kingu. L'homme noir s'assit sur le juge, écrasant sa cage thoracique. Ses mains le saisirent à la gorge, l'enserrant dans un formidable étau.

— Le vent est à l'origine de la séparation des océans. Les ouragans ont défait Tiamat. Laisse-moi capturer ton souffle, petit homme, tu ne t'en porteras que mieux.

Sarban suffoquait, il entendait Matali hurler.

— Viens, si tu le veux, femme. Bientôt ce sera ton tour, fit Jabbar d'une voix dénuée de passion.

Il se pencha et murmura à l'oreille du juge :

— Ne crains rien, je ne la souillerai pas avant de la tuer. Tu peux partir en paix.

Le géant avait le regard vide. Son attention était distraite, loin de son adversaire. Probablement contemplait-il le chaos à venir, l'océan immobile promis par Tiamat. Sarban n'aurait pas d'autres occasions. Le pendentif d'argent... il fallait qu'il s'en saisisse. Il adressa une supplique à Inanna, tira de la main gauche sur l'ornement pectoral jusqu'à briser la chaîne, et plongea le croissant de lune dans la gorge de Jabbar. L'homme noir s'effondra comme une tour dans l'enceinte de Babel.

Un voile sombre couvrit les yeux de Sarban, et il perdit connaissance.

49

Tiamat l'attendait dans la chapelle bâtie au sommet du dernier niveau. Elle était vautrée sur la couche royale qui accueillait le souverain et l'incarnation de la déesse, une fois l'an. La statue de Marduk, fondue d'or, était masquée par de hautes dalles brillamment éclairées. Matali détourna la tête. Sarban l'avait prévenue : elle ne devait pas contempler les monstres pétrifiés.

— Tu portes un croissant de lune, la marque d'Inanna. Ma fille l'aurait-elle emporté ? Dans ce cas, tu es l'une de ses servantes, une putain qu'il suffit de payer. Approche...

— N'y compte pas !

Un rire agita les chairs de Tiamat.

— Je te répugne, n'est-ce pas ? Et eux, comment les trouves-tu ?

Elle souleva son bras et le laissa retomber en direction des pierres. Matali tint son regard fixé sur le corps obèse. Les seins se confondaient avec les bourrelets de son ventre, et l'on ne distinguait plus sa fente. Plus de sexe, ou d'âge, simplement la matière primordiale qui existait au commencement. Au-delà de la laideur, Tiamat était sublime. Elle forçait l'attention, comme la vision d'une créature contrefaite ou d'un animal merveilleux. Tiamat couvrait les extrêmes.

— Aurais-tu peur de mes enfants ?

Il fallait qu'elle les regarde. Qu'elle surmonte sa terreur pour leur faire face. Si Matali, instruite par les sœurs d'Inanna aux terribles mystères de la création, n'y parvenait pas, personne ne le pourrait. Alors, l'angoisse s'abattrait sur le peuple qui rallierait en masse le camp du désordre. La jeune femme se tourna vers les pierres.

Hyènes dans la nuit lorsqu'elle était petite. Loups qui flairaient l'empreinte de ses pieds nus dans la neige. Chacals, salivant alors qu'elle tentait de fuir. Charogne, partagée avec les vautours qui lui avaient arraché son œil. Elle avait survécu à tous les prédateurs. Ceux qu'elle découvrait, prisonniers de la pierre, étaient morts.

Morts.

— Tu es folle, Ummu-Hubur.

Et Matali frappa la dalle de sa lame. Une fois.

— Non, ne fais pas ça !

Elle fit sauter un éclat de roche, abîmant la face d'un reptile.

— Par pitié, je t'en prie !

La fille de la forêt griffa les pierres à coups redoublés, son rire couvrant les suppliques de la femme étendue sur le lit, striant les dalles jusqu'à briser sa dague.

Lorsque Matali s'approcha de la couche, Ummu-Hubur n'était plus. Son cœur, confit de graisse, avait lâché.

Tiamat avait donc un cœur.

50

Le tribunal de la Haute Cour s'était réuni dans l'enceinte de l'Académie. Tôt le matin, des esclaves attachés à l'École avaient tracé dans l'arène de l'amphithéâtre le quadrillage sur lequel prendraient place les magistrats, quatre juges, disposés aux angles extérieurs du damier. Abudisi et Zod exigeraient d'Haraïm de Balaat qu'il formule l'accusation. Puis ils demanderaient à Sarban qu'il définisse sa ligne de défense. Après quoi, le procès s'engagerait. Durant le *masa'itu*, chaque partie ferait valoir arguments et objections, selon un protocole fixé par l'accusateur royal. Étape par étape, ils avanceraient d'un pas en suivant les diagonales, jusqu'à se retrouver à l'intérieur du *Shar*, le cercle central symbolisant l'incorruptibilité de la loi. Là, ils seraient rejoints par les hauts magistrats et Abudisi rendrait son verdict.

Les premiers gradins de l'amphithéâtre étaient couverts de tablettes de cire ou d'argile, soigneusement rangées. Les scribes avaient vidé la bibliothèque de l'École. Une armée d'appariteurs, capables de retrouver n'importe quel acte de jurisprudence, se tenait à la disposition des magistrats. Ils n'auraient probablement rien à faire car Abudisi maîtrisait parfaitement la science du droit.

En fin de matinée, professeurs et juges en exercice prirent place sur les degrés inférieurs. Puis vinrent s'asseoir les cadets de dernière année, précédant les novices qui se regroupèrent en hauteur. Abudisi et Zod gagnèrent le quadrillage, suivis par Sarban et Haraïm de Balaat. Ce dernier était accompagné d'un étranger.

L'accusateur royal ouvrit la séance :

— Babylone sort d'une terrible épreuve, elle n'aspire qu'au repos. Je ne veux pas d'un débat à rallonge qui monopoliserait les forces vives de la loi. La Haute Cour a bien mieux à faire. Le jugement sera donc rendu dans la journée.

Un murmure étonné parcourut l'assistance. D'ordinaire, un procès d'une telle importance pouvait durer des jours. Durant les suspensions, un cadet désigné par la cour mémorisait l'emplacement exact des magistrats sur le damier. C'était pour lui un véritable honneur.

Zod fit signe à Haraïm d'énoncer l'accusation. Le juge plaignant avança d'un pas.

— D'aucuns pourraient croire, au vu des récents événements, que l'accusateur Sarban est un héros. Qu'il mérite l'estime de notre nation. Ce serait une erreur. Meurtre, violation de propriété, association de malfaiteurs, il s'est rendu coupable de ces crimes, l'un après l'autre. En bafouant par trois fois la loi, cette loi même qu'il incarne, Sarban a dévoyé le sens de son action. Il a souillé l'honneur des juges, et le résultat auquel il est parvenu n'y change rien. C'est une question de principe. La fin ne justifie pas les moyens, nous le savons tous, pour avoir trop souvent renoncé à châtier un coupable, parce qu'il nous fallait rester dans le cadre du droit. En appliquant sa propre justice, Sarban a oublié le code. Pour cela, il doit comparaître devant ses pairs. Je ne doute pas que le verdict de la Haute Cour sera à la mesure de sa faute.

Le Grand accusateur donna la parole à Sarban qui s'engagea dans la diagonale.

— J'ai entendu les chefs d'inculpation. Je démontrerai que les torts qui me sont reprochés ne peuvent être fondés.

Zod s'adressa aux parties en présence, en commençant par Haraïm :

— Seras-tu assisté ?

— Oui, seigneur Zod. Par Thanos de Cyrène, conseiller de la légation grecque.

L'étranger rejoignit Haraïm sur le damier. C'était un homme grand et sec, au regard lumineux d'intelligence. Il s'adressa à la Haute Cour dans la langue du pays d'Entre-deux-fleuves :

— Devant vous, seigneurs, je représenterai les intérêts de la famille d'une victime. Cela, pour le bien de tous. L'ambassade est convaincue que Babylone ne laissera pas ce crime impuni.

Les hauts magistrats furent sensibles à la menace voilée. En ces temps difficiles, un incident diplomatique serait fort malvenu.

Le conseiller Thanos s'adressa directement à Abudisi :

— Dans mon pays, je suis moi-même juriste. À l'ouverture d'un procès, nous avons pour habitude d'opérer un sacrifice, pour nous garantir l'attention des dieux. Avec l'autorisation du Premier magistrat, je souhaiterais procéder à une offrande.

Thanos avait suscité l'intérêt de l'accusateur royal. Abudisi donna son accord. Les serviteurs du Grec apportèrent une coupe, une torche enflammée et un lot de statuettes fixées sur un socle. Thanos abattit la torche sur les figurines de cire et déclama d'un ton emphatique :

— Que celui qui se rend coupable d'un parjure se liquéfie. Lui, sa femme et ses biens.

Puis il mélangea deux vins dans le cratère, but, et tendit la coupe à Sarban.

— Nous serons ainsi liés par le devoir de vérité.

Sarban interrogea du regard les hauts magistrats. Abudisi l'invita à s'exécuter.

— L'accusé souhaite-t-il, lui aussi, être assisté ? fit Zod qui semblait irrité par les façons du Grec.

Sarban s'apprêtait à répondre lorsqu'une voix provint de l'amphithéâtre :

— J'ai secondé le juge Sarban durant son enquête. Nous avons tous conscience qu'il n'est pas remis de ses blessures. Il marche difficilement, et peine à parler. Pourrais-je lui apporter mon soutien ?

Tâmin se tenait debout sur les gradins. Le novice qui avait défendu le pont au côté de Sarban fixait les hauts magistrats, sans ciller.

Abudisi fit claquer son éventail.

— Tu peux le rejoindre.

Le cadet s'engagea dans le damier et le procès commença.

Sarban devait répondre en premier lieu de l'accusation de meurtre. On lui imputait l'assassinat d'un Grec nommé Xénoclès, perpétré dans les Jardins Suspendus. Haraïm de Balaat et le conseiller Thanos échangèrent quelques mots à voix basse. Le Cyrénéen ouvrit l'interrogatoire :

— Reconnaissez-vous avoir tué Xénoclès ?

— Non.

— Comment ça ?

— Lors de la poursuite dans les Jardins Suspendus, nos agresseurs m'étaient inconnus. De plus ils portaient des masques de cuir. J'ignorais donc tout de leur identité. Vous me l'apprenez.

— Eh bien, je vais vous apprendre autre chose. La légation grecque n'apprécie pas que l'on exécute l'un de ses ressortissants.

Thanos de Cyrène s'inclina en direction des magistrats impassibles. Zod donna la parole à Sarban.

— Plusieurs hommes sont morts cette nuit-là, dont un juge valeureux qui était mon ami, Casdim, ne l'oublions pas.

— Un juge n'a pas d'amis, simplement des pairs ! lâcha Haraïm d'une voix sèche.

— Et tu en sais quelque chose. Mais c'est au conseiller Thanos que je m'adresse : de quelle façon Xénoclès a-t-il succombé ?

— D'une flèche, qui lui a transpercé la gorge.

— Dans ce cas, c'est bien moi. Je reconnais l'avoir tué.

Le Cyrénéen esquissa un sourire.

— Qu'il soit noté que le prévenu assume ses actes. Des aveux qui nous feront gagner du temps, comme le souhaitait le tribunal.

— Je n'en ai pas fini pour autant, reprit Sarban. Comment le conseiller Thanos explique-t-il la participation de Xénoclès aux assassinats survenus dans les Jardins ?

Haraïm de Balaat ne laissa pas au Grec le temps de répondre :

— Nous n'avons pas à justifier ou à commenter la présence du défunt, ni même de qui que ce soit. L'accusé le sait parfaitement. Il cherche à déstabiliser le conseiller en jouant sur sa méconnaissance de notre droit.

Sarban inspira profondément. Son moignon le faisait souffrir, les potions de Matali ne parvenaient plus à atténuer la douleur. Il prit appui sur Tâmin.

— Très bien, je formulerai donc une autre question.

Thanos de Cyrène peut-il définir ce qu'est un mercenaire ?

— Je ne comprends pas.

— Allons, conseiller. Dans votre pays, vous êtes un rhéteur estimé pour la qualité de son enseignement, un maître du langage. J'attends de vous une simple définition.

Thanos se rengorgea avec fierté :

— Je dirais qu'un mercenaire est un homme rétribué pour accomplir une action violente. Une définition provisoire, qui mériterait d'être amendée.

— Nous nous en satisferons. Quel était selon vous l'emploi de Xénoclès auprès de Mulil d'Aramma ?

— Il participait à ses affaires.

— De quelle façon ? Xénoclès était-il un marchand ?

— Non. Il était payé pour assurer la sécurité.

— Celle de son maître ?

— Je viens de vous le dire.

— Celui qu'il a exécuté sur un pont ? Curieuse façon d'estimer sa tâche. Quoique, en le tuant, il était certain qu'il ne pourrait rien lui arriver de pire. Une fois mort, Mulil d'Aramma était en paix.

Haraïm bondit :

— Le prévenu Sarban a lui-même reconnu que les tueurs étaient masqués, et qu'il ne pouvait reconnaître leur identité. Dire que Xénoclès a participé à l'assassinat du pont est donc une assertion gratuite !

Sarban fit de nouveau face au Grec :

— Je n'évoquerai donc plus le pont, mais les Jardins. Xénoclès était-il présent aux Jardins Suspendus ?

— Vous le savez bien, puisque vous l'y avez tué.

— Il s'y trouvait donc. Non pas pour assurer la sécurité de son maître, puisque Mulil était mort depuis plusieurs jours.

— C'est exact.

— Mais pour participer à une action violente.

Le conseiller semblait mal à l'aise.

— Peut-être.

— Comment ça, « peut-être » ? Vous ne pouvez nier qu'il soit au moins complice d'un double assassinat. Celui de l'informateur, et celui du juge Casdim.

— Je ne cherche pas à le nier. C'est une possibilité.

— Une possibilité, rien de plus ? Conseiller Thanos, puisque vous refusez d'expliquer sa présence aux Jardins, je retiendrai comme éventualité qu'il agissait en tant que mercenaire. Autrement dit, si je reprends votre définition, Xénoclès était payé pour accomplir une action violente. Et c'est d'ailleurs ce qu'il a fait, dans les Jardins Suspendus.

— Rien ne le prouve.

— Allons, conseiller ! Il était armé et portait une combinaison de cuir. Et j'ai tué cet homme, c'est d'ailleurs ce dont on m'accuse. Que vouliez-vous qu'il y fasse d'autre ?

— Admettons. Et alors ?

— Vous l'admettez ?

— Oui, c'est probablement le cas. Xénoclès était un homme d'action, un mercenaire. Mais où voulez-vous en venir ?

— À un point de la loi. Le droit militaire en usage dans notre pays dénie toute nationalité aux mercenaires. Parce qu'ils ne respectent aucune cause et se vendent aux plus offrants, nous les jugeons apatrides.

— Et ?

— Conseiller Thanos, selon nos critères, je n'ai pas tué un Grec, mais un homme sans attaches.

Sarban se tourna vers la Haute Cour :

— Le conseiller Thanos de Cyrène se trouvait ici pour défendre les intérêts d'un Grec, mort dans les

Jardins. Or il s'avère que le défunt était un mercenaire. C'est-à-dire, pour nous, un homme de nulle part. Je récuse donc la présence du conseiller Thanos auprès de l'accusation et ne puis être poursuivi pour ce meurtre.

Un murmure parcourut l'assistance. Zod et Abudisi se concertèrent brièvement. L'accusateur royal rendit sa décision :

— Nous acceptons l'argument. Le conseiller Thanos ne participera plus aux interrogatoires. Mais il peut rester, en qualité d'assistant. Nous revenons à une figure classique de procès, et cela nous convient parfaitement.

Avec l'aide de Tâmin, Sarban avança d'un pas sur la diagonale, épuisé par la joute verbale. Sa robe était détrempée de sueur.

Thanos explosa de colère :

— Par le chien, c'est une farce, une parodie de justice !

Zod se redressa, menaçant :

— Que le Cyrénéen n'oublie pas qu'il se trouve devant le Tribunal du Quadrillage, et non dans un théâtre, à faire des effets de manche !

Abudisi surenchérit :

— De plus, vous ferez savoir à la légation grecque qu'elle ne peut blâmer Babylone pour l'incident survenu aux Jardins. Seul un mercenaire est mort. Vous transmettrez nos condoléances à la famille, et l'affaire s'arrêtera là. Toute insistance de la part de l'ambassade sera considérée comme un affront. Ne perdez pas de vue, conseiller Thanos, que les armées du Roi des rois sont encore sur le pied de guerre.

Le Cyrénéen céda la parole à Haraïm de Balaat qui posa le pied sur une nouvelle case.

— J'abandonne la poursuite pour viol de propriété.

L'auditoire manifesta sa surprise. D'un geste, Zod rétablit le silence.

— Comme il te plaira, dit-il en s'adressant au juge plaignant. Reste la charge d'association de malfaiteurs. Souhaites-tu la maintenir ?

— Oui, seigneur.

Tâmin chuchota à l'oreille de Sarban :

— Pourquoi l'accusateur Haraïm a-t-il renoncé à la poursuite ?

— Pour ne pas lasser l'attention des juges. Il ne peut se permettre deux échecs consécutifs. S'il prouve la coalition avec les détenus, elle suffira à me condamner.

Haraïm de Balaat fit signe à un appariteur. Le scribe lui fournit un document.

— J'ai ici le rapport du *shaknu* Zimri, gouverneur de la prison. Il fait état d'une bien curieuse demande. Sarban a utilisé l'ordre de mission délivré par les hauts magistrats pour libérer des prisonniers. De dangereux criminels, morts aujourd'hui, par la grâce de Marduk.

Sarban songea au Scythe, aux jumeaux massagètes, et à Spaco le Mède. Son cœur se serra. Marduk n'avait jamais compté d'aussi valeureux champions parmi son propre peuple.

— L'accusé peut-il s'expliquer ?

Sarban était faible. Il ne parvenait plus à distinguer Zod.

— J'avais besoin de ces hommes. Pour mon enquête.

Haraïm foula le trait marquant la diagonale.

— La cour entend par enquête la reconstitution d'une affaire, c'est-à-dire la remontée aux causes à partir des effets. Il s'agit donc d'un raisonnement. Je pense que le juge Sarban a largement dépassé le simple cadre du raisonnement.

— Il y a eu un précédent.

Sarban fit face à l'auditoire :

— Nos chroniques rapportent le cas d'un magistrat qui employa des guerriers perses pour l'aider à rétablir l'ordre dans sa circonscription.

— Quel est le rapport ?

— À cette époque, nous étions en conflit avec les Perses.

Haraïm prit à partie le tribunal :

— Cela n'a rien à voir ! Le fait qu'en temps de guerre, l'ennemi nous cause du tort, est chose parfaitement normale, et l'on peut même nourrir de l'estime pour certains adversaires. Nous parlons aujourd'hui de criminels, de voleurs et d'assassins qui bafouent les lois de notre pays alors même qu'il vit en paix !

Abudisi donna raison à l'accusation. Sarban perdait du terrain.

— Ils valaient plus que toi, Haraïm de Balaat.

Haraïm se figea.

— Qui es-tu pour oser dire cela ?

— Sarban, l'accusateur.

Haraïm éclata de rire. Il était tétanisé par la colère.

— Non, Sarban, fils de cul-terreux ! Né d'un simple *ikkaru* qui gratte la terre pour survivre !

— Et pourtant je porte la robe des juges. Comme toi.

Haraïm de Balaat tremblait de rage.

— Certainement pas comme moi. Tu n'as jamais été digne de cette robe.

Les hauts magistrats se dirigèrent vers le centre.

— Vois à quoi tu en es réduit, Sarban, obligé de te tourner vers la lie des hommes. Le même réclame le même, je l'ai toujours dit !

Ils se retrouvèrent dans le cercle. Sarban tenait à peine debout.

— Ici, nous sommes égaux, Haraïm.

— Jamais, tu m'entends, jamais ! Je suis issu d'un haut lignage, et tu n'es qu'un imposteur. C'est pourquoi tu comparais, aujourd'hui.

La Haute Cour les rejoignit dans le *Shar*. Abudisi vint se placer entre Haraïm et Sarban tandis que Zod demeurait en retrait. L'accusateur royal ouvrit son éventail.

— Voici ma sentence.

Le Premier magistrat se tourna vers son cousin :

— Quitte cette enceinte, Haraïm de Balaat.

L'accusateur ne parut pas comprendre. Abudisi le saisit par le bras.

— La décision est sans appel. Pars, définitivement.

Haraïm finit par réaliser :

— Mais... pourquoi ?

— Parce que je n'entends plus le juge. Tes griefs ne sont pas ceux d'un magistrat, mais d'un homme plein de ressentiment. Aujourd'hui, ce n'est pas l'accusateur Haraïm qui parle, mais le fils d'un noble. Chacun de nous est plusieurs. Tu sembles avoir oublié ce précepte.

— Sarban est coupable !

— De quoi, Haraïm ? d'avoir fait respecter la justice quand ce mot avait perdu toute signification ? Durant la suspension du temps, nous avons défendu la loi. Sarban, lui, l'a fait vivre. Sans sa volonté, notre action aurait été nulle. De cela, je suis maintenant convaincu. Ôte-toi de ma vue.

Abudisi claqua des doigts. Deux gardes vinrent chercher Haraïm de Balaat. Il se tourna vers l'assemblée, en quête de soutien. Sa face était celle d'un ange qui serait tombé de l'En-haut, et la certitude d'être déchu à tout jamais flétrissait sa beauté. Mais nul ne s'en avisa, car novices et professeurs quittèrent les gradins, sans qu'un seul lui accorde un regard.

Exclu de la légion, il n'était plus rien.

ÉPILOGUE

– 564 av. J.-C.

Sarban déambulait dans les allées du grand marché. Il régnait sur la place une agitation joyeuse, comme à l'accoutumée. Des enfants échappaient à leur mère, couraient parmi les tréteaux, manquant parfois de renverser les étals, indifférents aux cris des marchands et des colporteurs venus de tout le pays. Le temps du désordre paraissait loin. Pourtant, les premiers mois avaient été difficiles. Chaque famille de la cité pouvait compter avec au moins une victime, bien souvent exécutée par les siens. Le culte de Marduk prévoyait qu'aucun crime commis durant la suspension du temps ne pouvait être puni. L'absolution générale prononcée par le Grand prêtre avait engourdi chagrin ou culpabilité, et permis aux citoyens de retrouver l'*Andurâru*, leur existence antérieure. Un voile de charité, plus léger que le filet d'Inanna, avait recouvert peines et fautes, permettant à la vie de reprendre son cours, sous la direction bienveillante du seigneur des dieux, parfaitement rétabli.

Sarban fit halte face à l'étal du maraîcher. Matali lui avait demandé de rapporter quelque chose pour le dîner. Il tendit le bras droit en direction d'un superbe melon et se figea. Aucune main pour saisir le fruit, et pourtant elle lui semblait bien réelle, comme le souvenir sinistre d'une époque qu'il devait oublier. La marchande l'aida à remplir sa besace. Sarban s'apprêtait à régler quand un homme l'interpella :

— J'ai une question pour toi, juge.

Sarban se retourna. L'homme, trapu et vêtu de tissus grossiers, dégageait une formidable puanteur. Il n'avait pas l'air de quelqu'un disposé à provoquer un *Tamharu*. Mais Sarban avait appris à se méfier des apparences.

— C'est un défi que tu me lances ?

L'inconnu le fixa, terrorisé.

— Non, seigneur, en aucun cas. Je sollicite simplement ton avis.

C'était aussi bien. Sarban était las des duels.

— Alors je t'écoute.

L'homme regarda alentour, visiblement gêné.

— Ma femme refuse de me rejoindre sur la couche. J'ai beau la battre, elle se soustrait à mon plaisir. Que dois-je faire ?

— Eh bien, commence par prendre un bain, et tout devrait s'arranger.

— Tu le crois vraiment ?

— Si tu n'assures pas convenablement ton devoir d'époux, elle pourra exiger le divorce et tu devras lui verser un dédommagement.

Le citoyen fut sensible à l'argument :

— Je vais suivre tes conseils. Merci, accusateur.

Sarban regarda l'inconnu s'éloigner. Il l'avait appelé accusateur, une fonction qui était à nouveau la sienne.

* * *

La loi l'avait rejeté, pour ce qui était arrivé dans les Jardins. Elle l'avait exilé, tenu loin de sa face, lui qui ne vivait que pour elle. Elle l'avait confondu avec le serpent. Lui qui portait le flambeau de la justice, éclairait les actions humaines, s'était éloigné dans les ténèbres. Il avait rassemblé autour de lui des voleurs et des assassins. Les déchus. Sa femme l'avait rejoint. Ensemble, ils avaient gravi chacun des étages de la tour, conduisant au ciel. Ils avaient rétabli la vérité.

Il pouvait à nouveau contempler le visage de la loi, elle lui avait redonné son titre. L'Accusateur. Celui qui éprouve les hommes, mesure leur amour de la loi. Un nom que tous prononçaient avec crainte et respect, y compris les Araméens.

Il était l'Accusateur.

Le *Satan*.

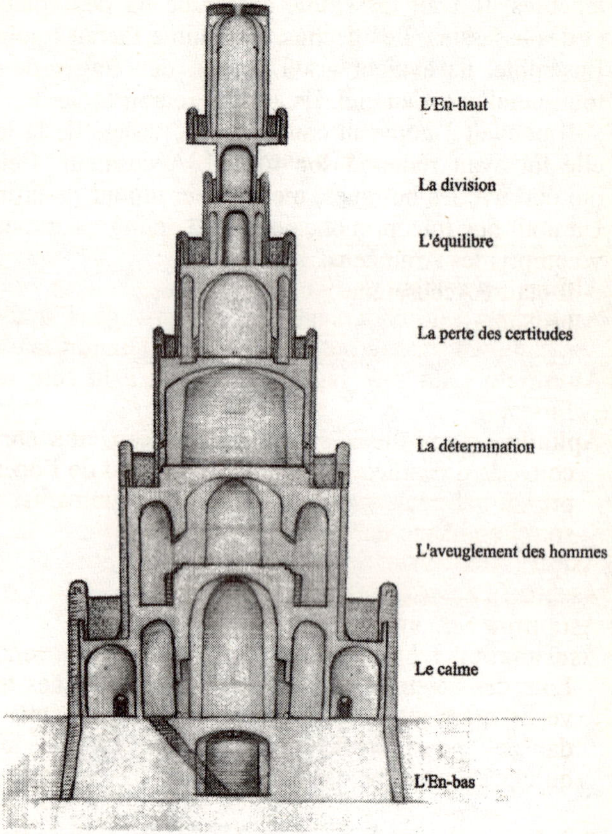

La Tour de Babel

Etemenanki, « fondation du ciel et de la terre »

Glossaire

Akîtu : avènement de l'an nouveau.

Andurâru : littéralement, le « Temps de l'apaisement ». Période qui doit succéder au Grand Chaos.

Anunnaki : les sept juges qui siègent à la cour des Enfers.

Apkallu : demi-dieux à faces de poisson, aux corps couverts d'écailles, qui ont surgi du fond de l'océan primordial pour apporter le savoir aux humains. Ils sont l'emblème des accusateurs.

Âsipu : l'exorciste.

Assatu : l'épouse, la maîtresse de maison.

Astammu : estaminet.

Asusunamir : littéralement, les « Plaisants à voir ». Lors des cérémonies de la nouvelle année, ces travestis prennent l'apparence de la déesse Inanna et dansent pour Ereskigal, reine des Enfers, afin qu'elle ne perturbe pas les festivités.

Babilim : Babylone, la « Porte des dieux ». Par extension, la nation tout entière, appelée aussi « Pays d'Entre-deux-fleuves », parce qu'elle est comprise entre le Tigre et l'Euphrate.

Bâ'iru : unité légère de l'armée, formée aux actions rapides, qui se déplace en canots.

Bârû : littéralement, les « déchiffreurs de rêves ». Corps de magistrats placés sous la protection de Ziquiqû, dieu de l'air et des songes, qui traquent la culpabilité des citoyens dans leur sommeil.
Bit Akiti : temple où l'on conduit les effigies divines, durant les cérémonies de l'an nouveau.

Dinat mesarim : sentence équitable.

Ekal masharti : état-major, quartier général.
Elûlu : dernier mois de l'année.
Esagil : temple de Marduk.
E-sara : le domaine des dieux. Appelé aussi l'« En-haut ».
Etemenanki : la tour de Babel. Littéralement, « Fondation du ciel et de la terre ».
Etemmu : fantôme, esprit du défunt.

Gallu : esprits surgis des Enfers pour s'emparer des vivants.
Ganzir : capitale des Enfers, appelés aussi l'« En-bas » ou le « Pays-sans-retour ».
Goabsiqa : lait tiré d'une belle vache.

Harimtu : prostituée vulgaire.
Harmatu : putain.
Huluppu : arbre de la fertilité, planté par la déesse Inanna-Ishtar.

Ikkaru : paysan.
Istarîtu : sainte prostituée. Courtisane sacrée qui sert Inanna.
Iû tamâta : conjuration prononcée en présence d'un possédé, qui signifie « Sois purifié ! ».

Kapsu : unité mesurant la distance.

Kârum : chambre de commerce.

Kezertu : prostituée reconnaissable à sa chevelure parfumée.

Kittu u Mêsaru : « Stabilité et Ordre », devise des accusateurs.

Kûbu : l'embryon. Désigne aussi les fantômes de fœtus qui ne tolèrent pas que d'autres puissent vivre. Les *kûbu* tentent d'infliger aux nourrissons fièvres et maladies.

Kudurru : dalles. Désigne notamment les stèles qui ornent l'Allée des Justes.

Kulu'u : prostitué passif.

Kurgarru : éphèbe.

Kuzippu : manteau pourpre, insigne de la fonction du Roi des rois.

Lilissu : tambours de cérémonie qui ne résonnent qu'au moment des éclipses ou à la mort du souverain.

Ludlul bêl nêmeqi : « Louons le Seigneur très sage », invocation traditionnelle de Marduk.

Masa'itu : interrogatoire, lors d'un procès.

Mazbaleh : terme araméen qui désigne le dépotoir à ordures collectives situé à l'extérieur du quartier.

Mushkênum : fonctionnaire du palais.

Muskinu : esclave au crâne rasé, à l'exception d'une mèche.

Mutqû : pain aux épices.

Narkabtu : char de combat.

Nivvoul ha-met : interdit araméen, relatif à la profanation des cadavres, qui réglemente sévèrement l'ouverture des corps. Babyloniens et Juifs voyaient dans le sang le siège de l'âme.

Qurbûtu : soldats d'élite du Roi des rois.

Rab reshe : chef des eunuques qui supervise le harem royal.

Rakkabu : émissaire.

Râ's : les « Têtes », magistrats qui effectuent le tri parmi les novices, lors de leur entrée à l'Académie.

Rasâhu : sommeil réparateur, propice aux songes.

Sâb bâb ekalli : garde personnelle du Grand Roi.

Sag-hul : nature de l'homme, qui est de n'être à la fois ni bonne ni mauvaise.

Sâ'ilu : enquêteur qui procède par intuition.

Saklu : idiot.

Sar ha-Panim : « Prince de la Présence », incarnation à Babylone de la volonté du Roi des rois quand il se trouve hors de la capitale.

Sâridu : vendeur d'ânes.

Sar mêsarim : « roi équitable », titre décerné notamment à Hammurabi.

Sar pûhi : sosie du roi. Choisi de préférence parmi les vagabonds ou les simples d'esprit, il a pour fonction d'endosser les malheurs à la place du monarque. Durant son mandat, le substitut vit au palais et jouit des avantages liés à la couronne. Quand les troubles prennent fin, il est exécuté.

Sâru mûtu : le souffle de la Mort.

Sayâdu : chasseur.

Sêkiru : intendant responsable des canaux d'irrigation.

Sêlibu : renard.

Shaknu : gouverneur.

Sha pan ekalli : Grand chancelier du palais.

Shar : cercle symbolisant la perfection de la loi.

Shemsu-Heru : terme égyptien qui signifie « valet du grand Horus ». Titre que porte Pharaon.

Sillu : spectres.

Simdat serim : décret royal.

Sinnisânu : efféminé.

Sudinnu : chauve-souris.

Tâbrit mûsi : visions nocturnes, images données dans les rêves.

Tamharu : littéralement, l'« affrontement verbal ». Défi que peut lancer tout citoyen à un juge et qui porte sur une question de droit. Après la sommation d'usage, l'accusateur accepte l'épreuve. Chacun des opposants grimpe alors sur une hauteur, puis on leur passe une corde autour du cou et le débat s'engage. La foule finit par désigner le perdant, qui est pendu.

Tashritu : mois qui marque l'année nouvelle.

Têbibtu : purification générale du pays, prononcée par le Grand Roi au début de la nouvelle année.

Tilpânu : arc fait de plusieurs pièces de bois, liées par des tendons et renforcées de corne.

Tupsarru : maître scribe.

Turtanu : général qui commande les armées du Roi des rois.

Ubsukkinakku : l'assemblée des dieux.

Ugbatu : mère supérieure du sanctuaire d'Inanna. Incarnation de la déesse.

Ummânu : armée régulière.

Uszu : salive. Désigne aussi le sorcier, « Celui qui lit dans la bave ».

Utukku : démons assyriens.

Wapsu : soldat armé d'une fronde.

Zagmuk : Fête des Sorts, qui a pour but d'examiner les présages pour les douze mois à venir.

Une cité en péril

(Pocket n° 5812)

Hiver 1620. Une guerre qui va durer trente ans ravage le Saint Empire romain germanique. Mais le chevalier Krantz, après une mission au service des Templiers, est de retour dans la cité de Wielstadt, où tout le monde se méfie de tout le monde. La nuit, des goules pillent et assassinent, répandant la terreur dans la ville. Krantz est un croisé, un exorciste en armes ; il aura fort à faire avec les créatures du Mal, les ordres militaires, les sociétés secrètes et les traîtres de tout poil qui complotent contre son monde…

Il y a toujours un Pocket à découvrir

Composition et mise en page

NORD COMPO
multimédia

Impression réalisée sur Presse Offset par

CPI

Brodard & Taupin

42221 – La Flèche (Sarthe), le 20-06-2007
Dépôt légal : juillet 2007

POCKET – 12, avenue d'Italie - 75627 Paris cedex 13

Imprimé en France